唐诗印象

李峰 著

吉林文史出版社

图书在版编目（CIP）数据

唐诗印象 / 李峰著 . -- 长春: 吉林文史出版社，
2023.3
ISBN 978-7-5472-9294-5

Ⅰ . ①唐… Ⅱ . ①李… Ⅲ . ①唐诗 – 诗歌欣赏
Ⅳ . ① I207.227.42

中国国家版本馆 CIP 数据核字（2023）第 046462 号

唐诗印象
TANGSHI YINXIANG

出 版 人 / 张　强
著　　者 / 李　峰
责任编辑 / 王明智
封面设计 / 马　佳
出版发行 / 吉林文史出版社
地　　址 / 长春市福祉大路出版集团 A 座　　　　邮　　编 /130117
网　　址 / www.jlws.com.cn
电　　话 / 0431-81629375
印　　刷 / 三河市龙大印装有限公司
开　　本 / 710mm×1000mm　　　　　　　16 开
字　　数 / 266 千
印　　张 / 18.5
版次印次 / 2024 年 1 月第 1 版　　　　2024 年 1 月第 1 次印刷
书　　号 / ISBN 978-7-5472-9294-5
定　　价 / 78.00 元

代 序
写在前面的话

李翔凌

"为天地立心，为生民立命，为往圣继绝学，为万世开太平"，众所周知，因为"国学"的方兴未艾，更因为文化自信的朝野践行，"横渠四句"近年来已成大众热词。然而，要真正落到实处，哪怕是浅尝辄止，却也谈何容易？！因此，当李峰将他耗数年心血完成的《唐诗印象》放到我的案头的时候，我不禁百感交集。对他说："李家素来以耕读传家，而今以教育为业者，逾十数人。故而为往圣继绝学，实属使命所在。"知难行易，行难知易，抑或知即为行，姑且不论，然峰侄以诗为学，兀兀穷年，终有一本属于自己的唐诗著述，这是我自叹弗如的。

郑玄注《洪范·五行传》："诗之言，志也。"何为"志"？《诗序疏》认为"蕴藏在心谓之志"。此"心"未必等同于王阳明"心学"之"心"。然董仲舒曰"诗以达意"，那么达到什么程度才算本色当行？我个人认为还是"诗无邪"三字最为警策。也就是要达到及发挥教化的作用。而欲行教化，必先从事普及性的工作。作为介绍唐诗的大众读物，以"印象"为题，显然是经过深思熟虑的，对广大青少年特别是中小学生这个受众群体而言，是有针对性的，也可以说是在难易、分寸、角度等方面把握得较为准确。

毋庸讳言，在初读的时候，我感到失之于浅。但随即发现这正是它的长处。本书不同于赏析，亦有别于考据，更不在乎成一家之言。而是厘定了大至"盛世"，下至"家书"等几个方面，并据此为中心，进行发散式思维，由此及彼，触类旁通，从而力求达到使读者对其主题有直观"印象"的理想效果。譬如"诗酒度年华"一章，旨在展示诗酒结合的文化大戏。先介绍关于酒的名、器、词，然后别出心裁地按一般酒客喝酒的过程梳理唐人的酒诗。"饮酒场合"一节，从九个方面分别叙述，堪称层层推进，步步精心。复引贯休之《富贵曲》，完成对现实如烈酒一般火辣辣的深刻揭示。其"浅品文化"部分，以小见大，以点带面，酒中折射的是唐代社会的民俗风情、万千气象。特别是关于"唐代民间的豪饮之风，代表一个民族的精神面貌与心理特征"的结论，真是少少许胜多多许，虽未展将开来，然抵得上一大块文章。故而，全书虽属"印象"，然读者于掠影浮光之际，若稍作审视，尤可获益快心。作为解读唐诗的基础性读物，其知识性、趣味性及语言风格在轻松平易等方面的把握拿捏应该都是谨慎恰当的。若能以此为契机，窥见祖国优秀传统文化的奇伟壮观，进而深入堂奥，"致君尧舜上，再使风俗淳"，不亦宜乎！这也是我对著述者的期冀！

"士不可以不弘毅，任重而道远"，谨以此与有缘读到此书的朋友们共勉！

自 序

15 岁初三毕业的时候，刚好是农忙时节。我和父母、弟弟收割麦子，从红日初升劳作到月上东山。躺在刚刚收割的麦捆上，望着彩云追月的景象，突然冒出几句诗：

> 田家少闲月，五月人倍忙。
> 夜来南风起，小麦覆陇黄。

这是我第一次真切地感受到，诗原来离我们那样近，仿佛触手可及；这也使我深刻地感悟到，先前背过的诗文会在不经意间恰到好处地出现在眼前，仿佛它们就是为了此时此刻的你量身定制。一首诗在历史的长河里静静地等你，一等就是千年！

读诗，是一件最无用也最有用的事情。因为它的作用往往是隐性的，浸透在你的血肉和骨子里，熔铸成你的性格、风骨。

读诗，我最喜欢唐人的作品。唐诗是早晨、是阳光，带着清新的渭城朝雨；唐诗是鲜花、是少年，绽放成蔓延千里的绿映红；唐诗是秋空、是觉醒，最能引发直冲霄汉的诗情；唐诗是流浪、是出走，陪伴的是金鞍玉马夜光杯。唐诗里活跃着新生和希望，燃烧着激情和力量，蕴藏着智慧和仁德。唐诗是一个具有强磁的宇宙！

诵读唐诗，吟哦唐诗，在唇齿的平仄律动中感受诗句的音韵美——形美，这是欣赏唐诗的华丽外衣；真正要走进唐诗的内心，就要学会品鉴意蕴美——神美。

从教以后，我有了写写品读唐诗意蕴的想法。读诗读事读史读世，走进唐人的生活，才能读懂唐人的心曲。由于学识浅陋，写作时断时续，但始终没有放弃。

2015 年 12 月，我有幸认识了中国浦东干部学院的教授李冲锋先生，被他的"燃梦行动"重新点燃，遂晨昏相继，乐此不疲，增删数次，终于完成了这部《唐诗印象》。拿着沉甸甸的书稿，长舒一口气。忐忑地求教于诗人李翔凌先生，先生读稿后，欣然作序推荐，勉励我做好普及性的诗学教化。

"金太阳教育集团"董事长商婷婷女士也非常关注本书的出版，她慷慨资助，力促出版，激励一线教师深耕教苑，泽被桃李。

在此特别感谢李冲锋先生、李翔凌先生、商婷婷女士！

唐诗博约精微，是传统文化最美的载体，作为一名基层语文教师，我有义务做好文化的守护者，更有责任做好文化的传播者，我愿与古人同行，愿与今人共勉，让唐诗融进日常的学习和生活，让我们满眼诗意、满口诗香、满怀诗情。

从 15 岁到 45 岁，三十个年头过去了，白居易的诗句还在耳畔萦绕。

敲着键盘，看窗外月朗星稀，喧闹的街市融入宁静，书稿即将交付出版，我的心反而更加忐忑……

李 峰

2022 年 10 月 14 日

我们为什么要读唐诗？

- 唐诗是经典中的经典，是中华文化皇冠上的明珠。充分展示了古人无与伦比的艺术创造力，渗透着浓郁的人文意识，它体现了中国优秀的文化传统，它是魅力中国的根，是民族精神的魂。

- 之所以喜欢唐诗，是因为我们喜欢高雅文明，乐观开朗、朝气蓬勃、健康向上；之所以喜欢唐诗，是因为我们不喜欢庸俗浅薄，无精打采、弱不禁风、郁郁寡欢。

- 唐朝的诗人是一群再也没有人能超越的天才，唐朝是一个再也没有办法超越的诗歌时代，唐诗是一座再也没有办法企及的高峰。唐诗是古代文化精英们对宇宙自然的独特观照，是对历史人生的深刻感悟，是他们情感生活的凝练体验，是他们思想智慧的萃取结晶。

- 唐诗在我们的骨子里，唐诗在我们的血液里，唐诗在我们的灵魂里，唐诗在我们的人格里。

- 唐诗里有知识，唐诗里有财富，唐诗里有智慧，唐诗里有力量，唐诗里有勇气，唐诗里有取之不尽、用之不竭的宝藏。

- 含苞待放的青少年，口袋里可以没有巧克力，不可以没有唐诗；志存高远的中小学生，书包里可以没有卡通漫画，不可以没有唐诗。

- 中学生正处在记忆的黄金期，要记忆最经典的东西，最经典的东西莫过于唐诗；中学生正处于成长的关键期，要学习最有价值的东西，最有价值的东西少不了唐诗。

"由诗入文是捷径"。如果你的语言不简练，请你读唐诗；如果你的思路打不开，请你读唐诗；如果你的想象力不丰富，请你读唐诗；如果你的创新能力不强，请你读唐诗；如果你的故事不吸引人，请你读唐诗；如果你的作文不生动，请你读唐诗；如果你的人生不精彩，请你读唐诗。

学唐诗可以审美、怡情、修心、悟道。想抒情咏志时读唐诗，想解读人生时读唐诗，想听精彩的故事时读唐诗，想看美丽的风景时读唐诗。想诗意生活时读唐诗，想增加生活的诗意时读唐诗，想提高生活的质量时读唐诗。

想提高学习成绩时读唐诗，想写好作文时读唐诗，想丰富自己的想象力时读唐诗，想让自己才华横溢、出口成章时读唐诗，想提高自己的素养气质时读唐诗，想丰富自己的人生阅历时读唐诗，想让自己魅力四射、光彩照人时读唐诗，想让自己志向远大、胸怀宽广时读唐诗，想让自己豁达豪放、乐观开朗时读唐诗。

读唐诗，是在为生命的天空涂抹彩霞；读唐诗，是在为生活的田园栽种鲜花；读唐诗，是在为学习的航船充电加油；读唐诗，是在为事业的大厦添砖加瓦。

导　读

第一篇

盛世孕华章

　　中国古典文学源远流长，先秦散文、楚辞、汉赋、唐诗、宋词、元曲、明清小说，如大江奔腾一路高歌，振奋着中华儿女的血脉，传承着中华文明的精魂。最能代表中华民族文学的，是哪种文学样式呢？中国古典诗歌什么阶段的诗最好？为什么唐诗能够成为中国古典诗歌成就的最高峰呢？它好在哪里，后人是如何评价的？唐诗是怎样"发表"流传的？唐诗仅仅是上层文人的创作，还是民间也有"粉丝""发烧友"？谜底——为你揭开……

　　唐朝是诗歌的黄金时代，咏史诗也随之进入一个繁荣时期。咏史怀古是我国古典诗歌中一个永恒的主题，它借古抒怀表达文人的理想与抱负。由于刚刚结束魏晋南北朝长达数百年的分裂和动乱，故而，唐朝人特别注重总结历史的经验教训，咏史诗受到了文人雅士的推崇，涌现出大量的优秀诗篇。那么，又有哪些历史人物频频出现在唐人的咏史诗中呢？让我们一同展开书卷，众里寻他……

第二篇

怀才叹不遇

第三篇

烽火燃陇原

　　人类社会在血与火的洗礼中走向文明。在中国古代，边塞烽烟迭起，在造就英雄的同时，也诞生了诸多文学佳作。单是唐朝，就有王之涣的"黄河远上白云间，一片孤城万仞山"；王翰的"醉卧沙场君莫笑，古来征战几人回"；王昌龄的"黄沙百战穿金甲，不破楼兰终不还"；李顾的"白日登山望烽火，黄昏饮马傍交河"；王维的"大漠孤烟直，长河落日圆"；李白的"明月出天山，苍茫云海间"；岑参的"忽如一夜春风来，千树万树梨花开"……

唐代山水田园诗从陶渊明那里撷取淡远的情韵，从谢灵运那里吸取工致的笔意，从道释玄禅那里提取审美的精神，把自然界中最优美、最动人的画面，用精致疏淡的手法表现出来，对后世山水诗歌的创作产生了深远影响，给读者留下了充分想象的空间，开辟了审美新境界。对日渐功利、日渐浮躁、日渐被物欲所奴役的当代人而言，在体验生命、回归自然、唤醒自我、认识世界等方面，无疑也提供了一个颇有价值的人生参照。

自从有了人类，有了社会，便有了分离，许多本该是天长地久的，却不得不天各一方。由于交通不便，通信极不发达，亲人朋友之间往往一别数年难以相见，所以古人特别看重离别。唐代的送别诗，诗人在浓浓的感伤之外，往往还有其他寄寓，作品洋溢着积极向上的青春气息，充满希望和梦想，反映了盛唐的精神风貌。古人已远行，在下一个拐弯处，我们又相逢……

关山茫茫，江浦迢迢，万里河山，阻隔的是孤客归乡的脚步，萦绕的是游子思乡的愁苦。戍边者、宦游者、行商者、漫游者，在唐诗里，有多少身影跋涉于天涯路途？他们思乡思家的缕缕情愫，氤氲在一封封家书中。关于书信，有哪些动人的故事？有哪些诗篇提到家书？唐人的家书都写些什么？他们通过什么方式寄送家书？剪烛展卷，思接千载，让我们一起来品读家书……

唐朝时，酒文化蕴藏着激越和豪迈，五谷精灵酝酿着芳香和仙态。因政通人和、社会繁荣昌盛，因诗人们的才华横溢和超凡脱俗的崇高追求，因诗与酒千年情缘的继承和发扬，赫赫盛世的唐王朝终于把诗酒结合这部文坛大戏推向了"前无古人，后无来者"的高潮。

目 录

第一篇
盛世孕华章

　　中国古典文学源远流长，先秦散文、楚辞、汉赋、唐诗、宋词、元曲、明清小说，如大江奔腾一路高歌，振奋着中华儿女的血脉，传承着中华文明的精魂。最能代表中华民族文学的，是哪种文学样式呢？中国古典诗歌什么阶段的诗最好？为什么唐诗能够成为中国古典诗歌成就的最高峰呢？它好在哪里，后人是如何评价的？唐诗是怎样"发表"流传的？唐诗仅仅是上层文人的创作，还是民间也有"粉丝""发烧友"？谜底——为你揭开……

■神奇的影响

■恰似春风相欺得，夜来吹折数枝花。

中国有句老话"熟读《唐诗三百首》，不会作诗也会吟"，说明国人对唐诗的推崇。我们经常问孩子，你背了多少首唐诗？可见诵读唐诗是现代启蒙教育的重要内容之一。细心一点儿的朋友还会有个小发现：只要小孩背的是诗，不管是唐诗还是宋诗，或者是别的朝代的诗，大人都会肯定，说你的唐诗背得真棒！宋诗也是唐诗吗？其实千百年来，人们一直习惯把一个朝代和一种文学体裁联系在一起称呼，比如先秦散文、楚辞、汉赋、唐诗、宋词、元曲、明清小说，似乎告诉我们，在历史的某个拐弯处，文学也悄然演变，成为某朝某代的代言词，即使改朝换代了，后人依旧把当时的文学样式名称沿用下去。帝王将相虽然显赫一时，最终化为黄土一抔，被遗忘在某个角落——特别是唐朝，在将近三百年的时间里，有二十多位帝王，可是人们一提起这个朝代，记住的皇帝屈指可数，没有几个，但能说上名字的诗人，至少有几十位，而那些经典之作，卷卷藏着精魂，穿越漫漫长空，至今依然闪烁着熠熠光华。犹如寒山寺的钟声，余音袅袅，依然重复着永不改变的晨昏，唐朝的江枫渔火，早已走出隔世的诗行，敲打着今人的无眠。我呢，也正是从这样一个夜晚开始，敲击键盘，打开话匣子，为您讲述唐诗或诗唐的故事——

北宋王安石说过一句话："世间好语言，已被老杜道尽；世间俗语言，已被乐天道尽。""老杜"指杜甫，世界上的好句子，典雅优美的绝妙诗句，都被杜甫写完了；"乐天"是白乐天，就是白居易，他把通俗一点儿的好诗句写光了。作为宋代诗人的杰出代表，又是"唐宋八大家"之一的王安石，觉得唐朝的诗人真的很了不起，几乎把所有的好句子都写光了。这话听起来有点儿夸张，甚至可以说是危言耸听——难道唐人挡住了我们前行的路，是不是我们后人无话可说呢？听了下面这个故事，你一定会跷起大拇指，为唐诗喝彩、点赞！

北宋初年有一个诗人，叫王禹偁，比较有名，但还比不上王安石。淳化二年（991年），庐州尼姑道安诬告著名文字学家徐铉。当时王禹偁担任大理评事，他为冤屈的徐铉辩解，直言抗疏，触怒了宋太宗，被贬为商州（今陕西省商县）团练副使。王禹偁从开封到商州，做了一个闲官。他家有一个小院子，种着一棵桃树和一棵杏树。春天到了，桃杏花开。那天夜里刮了一夜的大风，此情此景诗人可能会吟诵"夜来风雨声，花落知多少"的诗句。第二天早晨王禹偁起来时，桃花、杏花落了一地，只是他看到的景象要比孟浩然更惨：桃树、杏树的树枝都被风刮断了，但树枝上依然是繁花怒放，上面还有小鸟在歌唱。哎，这不正是"春眠不觉晓，处处闻啼鸟"吗？你看，这景象不正是被孟浩然写完了吗？你要再写，就和唐人重复了。不过王禹偁触景生情也写了一首诗：

> 两株桃杏映篱斜，妆点商州副使家。
>
> 何事春风容不得，和莺吹折数枝花。

为了押韵，"斜"读作 xiá。此诗大意为：我是商州的一个副使，一个小官，家里本来就很寒碜，有一棵桃树和一棵杏树在篱笆旁斜斜地长着，有了这桃树、杏树的装点，就多了一点儿春光。为什么春风容不下我，故意把桃花、杏花吹落，连树枝都吹折了呢？

应该说，这是一首好诗。第一，树枝被风刮断了，花依然在树枝上怒放。他写的这种景象比较少见，内容独特，这是文学作品的价值所在。第二，拟人手法贯穿始终，从桃杏妆（装）点到春风不容，情感丰富，爱憎分明。第三，这首诗构思奇特，风本来是无意的，也没有意，而他说春风是有意欺负我，容不得我，故意把树枝刮断。

过了几天，王禹偁的儿子王嘉祐说："父亲大人，你前几天写的那首诗，好像是从杜甫诗里偷来的。"

"这怎么可能呢？"王禹偁说，"我完全是自己独立创作的。"

儿子拿出一本杜甫的诗集，给父亲大人看。

果然，杜甫在成都草堂的时候，写过一首《绝句漫兴九首·其二》：

> 手种桃李非无主，野老墙低还似家。

恰似春风相欺得，夜来吹折数枝花。

"无主"就是没有主人，"野老"是指老百姓，可以理解为这是杜甫，因为他自号"少陵野老"。此诗大意为：我亲自在园子里种下桃树和李树，园墙再低再矮，毕竟也是我的家，别人不能随意来侵犯。晚上这春风欺负我，刮了一夜还不停歇，把我树上的树枝都吹折了，你没看那枝头上面还开着花吗？

这两首诗的题材、内容和句子都非常接近，但是王禹偁并没有抄杜甫的，他事先也不知道"老杜"有这样一首诗。是他看到自己家院子里的景色，自己创作的。听了儿子的话，王禹偁不但没有生气，反而非常高兴。他说："想不到我的诗写得这么好，都赶上'诗圣'杜甫了。"

这个故事说明了什么呢？正如王安石说的，"世间好语言，已被老杜道尽"。唐朝诗人不仅有"李杜"，不仅有"元白"，还有"王孟""高岑""韩柳""小李杜"等，再从称呼上看，有"诗仙""诗佛""诗神""诗魔""诗鬼""诗奴""诗囚""诗豪""诗圣""诗狂""诗杰""诗骨"等。好多好多的诗人，他们写了多好多好的诗啊。可以说，他们把生活中所能看到的景象，所能感受到的喜怒哀乐、悲欢离合，差不多都写了，而且写得都非常好。

我们不妨看看他们的成就，按照初唐、盛唐、中唐、晚唐的顺序简要梳理一下。

"初唐四杰"之一的王勃放声一唱，就是"海内存知己，天涯若比邻"，看看这胸襟和气度！在交通和通信工具不发达的古代，山那边是什么样子很少有人知道，"天涯"是不可能"若比邻"的。

陈子昂，面对无限的时间与无限的空间，如春雷炸响一样高唱着"前不见古人，后不见来者，念天地之悠悠，独怆然而涕下"！悲壮的诗句唤醒了辉煌的盛唐诗！

雄姿英发的边塞诗人王昌龄、高适、岑参是盛唐的仪仗队，展示着盛唐的国威，喷发的是永远震撼人心的边塞英雄交响曲。

李白以惊动千古的气势唱出了"君不见，黄河之水天上来，奔流到海不复回"，这是巨人昂首天外，把盛唐精神推上了照耀千古的最高峰。

历时八年的"安史之乱"，把盛唐气象一下子扫得七零八落。悲天悯人的杜甫唱不出盛唐的理想主义，也唱不出盛唐的浪漫气质。他用嘶哑的歌喉唱出来的是"国破山河在，城春草木深"，这是悲天悯人的血泪，是盛唐气象破灭后的悲哀。

韩愈想把盛唐气象召唤回来，重新振作士气，他大声疾呼，喊出了"物不得其平则鸣"的千古名言。

白居易一出场就唱出了"野火烧不尽，春风吹又生"的倔强坚韧，象征着唐王朝仍然富有活力。他发起了声势浩大的"新乐府运动"，使唐诗呈现出新的天地。

然而，唐王朝毕竟走上了无可挽回的下坡路。唐诗也从中唐的再度繁荣跌进了晚唐的萧瑟。李商隐眼前一片朦胧，不知风从哪里来，也不知道路向哪里去。"夕阳无限好，只是近黄昏"，他是在哀叹自己的不得意，也让我们看到了唐王朝的日暮途穷。

唐王朝的辉煌，最终黯然熄灭了。韦庄站在南京古城墙上唱着"无情最是台城柳，依旧烟笼十里堤"，这是在哀悼六朝的沦落，也是为唐王朝送终，为唐诗留下最后的叹息。

唐诗结束的时候，它的影响却刚刚开始。到唐代才终于定型的绝句，兴起于唐代的律诗，穿越千年，被一直沿用到今天。今人写旧体诗，提笔就是一首五绝、五律、七绝、七律。大概很少有人想过，这是唐朝诗人铸成的模子，才使我们写起诗来能这么方便。宋、元、明、清这几代的诗人，绝大多数或深或浅，或直接或间接地受到唐诗的影响。且不说个人，就说较大的诗派和较有影响的诗歌运动吧。北宋初期的"西昆派"专学李商隐，只求把诗写得朦胧，甚至晦涩，而不管有没有诗味。北宋后期兴起的以黄庭坚为首的"江西派"，则把杜甫奉为祖师爷，讲究用典，以"无一字无来处"相标榜。明代中叶兴起的复古运动，甚至断然以"诗必盛唐"相号召，只求把诗写得语气雄阔，锣敲得震山响就行，管它是不是音乐！直到清末维新运动起来后，传统的诗歌美学开始受到挑战。但中国诗歌终于从唐诗的磁场中跳出来，还是五四运动时"白话诗"兴起以后的事。

鲁迅先生给杨霁云的一封信中说过类似的话："我以为一切好诗，到唐已被做完，此后倘非能翻出如来掌心之'齐天大圣'，大可不必再动手了。"现代诗人闻一多说过:"一般人爱说唐诗,我却要讲诗唐,诗唐者,诗的唐朝也。"唐朝这个时代的特点就是诗歌,它是诗歌的王朝。

■繁荣原因
■唐人生活在自由、开阔、理想的空间里

唐诗是中国诗歌史上的一座高峰。唐朝以前的汉魏时期,诗歌没这么繁荣。唐朝以后的宋、元、明、清,诗歌也没有这么繁荣。恰好是唐朝,诗歌就空前地繁荣起来,这是为什么呢?恐怕不是巧合吧。

首先,唐朝皇室有着独特的民族融合特点。

李世民的父系是汉族,祖籍陇西成纪(今甘肃省秦安县),自称是西汉李广的十六世孙,是西凉武昭王李暠(也写作"李皓")的直系后裔。西凉国(400—421年)是东晋十六国时凉州地区的割据政权,疆域在今甘肃酒泉市、敦煌市一带,以及内蒙古西南部及新疆部分,治地主要是汉族和羌族,所以李氏家族是受少数民族影响极大的汉族。

李世民的曾祖父李虎是西魏、北周的开国功臣,李虎的儿子李昺(李炳)被封唐国公,娶了鲜卑人独孤信的女儿,李昺的儿子就是李渊,李渊娶了北周鲜卑皇族的襄阳公主,生了李世民。再往下看,李世民的长孙皇后也是鲜卑贵族。

不过,稍有历史知识的人都知道,孝文帝汉化改革的重要内容就是不允许鲜卑人自己族内通婚。也就是说,鲜卑人甲必须娶汉人乙,生混血丙,而丙娶妻或嫁人必须选汉人丁婚配,如此下去,鲜卑人的血统很快就被稀释削减。李世民的母亲窦皇后虽然是北周皇族襄阳公主,但是此时距离孝文帝汉化改革已近百年,鲜卑族与汉人通婚已经好几代了,不仅文化上完全汉化,襄阳公主的鲜卑血统也早就被稀释到微乎其微了。

此处为什么要说李世民的血统呢?这和唐朝的精神、唐诗的创作有关系吗?

唐朝之后的历朝历代，从来没有人认为李唐是少数民族政权，到了近代，历史学家陈寅恪在历史研究中认为，唐朝开国皇帝有一点儿鲜卑血统。注意：陈寅恪说的是"有鲜卑血统"，从未说过他是鲜卑人，相反，陈寅恪先生认为，李唐是汉人政权。所以我写这段文字以正视听。

　　正是因为多种文化和传统的结合，培养出李世民文武双全、雄才大略的气质，能文而不醉心于辞藻，能武而不逞匹夫之勇。李世民接受了儒家的"普天之下，莫非王土；率土之滨，莫非王臣"的国家概念，巩固了由拓跋鲜卑进入中原形成的大中华民族群体，奠定了后世多民族国家的版图框架。在用人上，无论是汉族或是少数民族都能充分信任、大胆擢用，如国戚长孙无忌，鲜卑族，任宰相；尉迟恭，鲜卑族，武功居开国功臣之首。对后来归附的其他少数民族上层人物，也能一视同仁，用李世民的话说"待其达官，皆如吾僚"，如李思摩、阿史那社尔、契苾何力、执失思力都是突厥人，他们在唐军中身居要职，并立下卓越的功勋。

　　其次，李世民打破了秦汉以来的狭隘民族观，这是一项划时代的突破，仅就这一点来说，他对中华民族大家庭的贡献超过秦皇汉武。

　　唐朝的民族融合更是史无前例，表现出极大的兼容性，完全是一种开放的视野。我们先说说唐朝的都城长安。

　　长安，意为"长治久安"，它与开罗、雅典、罗马并称"世界四大古都"。我看过一份资料，说唐朝时期的长安规模是现在西安的十倍！我好奇地查证，发现西安市雁塔区雁南二路与慈恩东路交汇处有一处旅游景点，叫"唐城墙遗址公园"，其介绍说"唐代国力昌盛，其都城长安的面积是今天所见西安老城区面积的十倍以上"，这才算有了明确的答案。可以想见，一千多年前的城市有那么大的规模，不愧是"天下第一都"。

　　作为世界上最繁华的大都市，长安有着来自阿拉伯等中东地区的商人及货物，有来自印度的僧侣和佛教经典，有来自朝鲜、日本的大批留学生；与此同时，唐朝还向朝鲜、日本、越南等周边国家输出唐朝文化，这一切都使唐人有着良好的大国感觉。

再次，唐朝特有的风俗更能看出唐人的胸怀，他们兼容并蓄，并且发扬光大，做到极致。比如，唐朝人对丰腴的女子情有独钟，像杨贵妃的传说、《唐宫仕女图》的描绘，都证明唐人有这方面的审美倾向，这与唐朝时的民族融合有很大关系。

李氏一家是深受少数民族习俗影响的汉人后裔，由于在魏晋时期长期与少数民族杂居，风俗习惯也受到少数民族的影响；再从唐朝女子的穿着，以及她们玩蹴鞠、骑马打猎的生活方式来看，当时的女性享受着极大的自由。正是在这样的背景下，任何突破都被看作创新，唐人生活在一种自由、开阔、理想的空间里。他们的自我意识强烈，独立人格鲜明。

中国的诗歌为什么在唐朝最为繁荣并达到不可企及的顶峰呢？我把它归纳为六个原因：

其一，盛世大舞台。唐朝的太平盛世，为诗歌的繁荣提供了广阔的平台和创作的"底气"。当时的诗人都以那个清明的时代而自豪，都想为国家建功立业，甚至出将入相。时代给了诗人以胆魄，而他们的诗歌，也正唱出了时代的昂扬精神。

其二，民族大融合。唐帝国是大一统的国家，东晋十六国时期各民族之间的混战局面平息了，文化融合大大加强。南方的诗人可以到北方去看看大漠、长河、秦城、汉关；北方的诗人可以到南方去看看清溪、绿野、碧树、亭台。同时，中国同西域、中亚、印度、日本等国的文化交流也有较大的发展。玄奘西游、鉴真东渡，唐帝国是一个向世界敞开大门的开放社会。

其三，思想大解放。唐朝思想开放，人际环境宽松、洒脱、大度，所以诗人们写起诗来较为自由、随意。

其四，官府大提倡。这里包含三个层面的意思：一是帝王们自己带头写。唐朝历代皇帝差不多都是诗人，都有诗作传世，帝王都爱诗，上行下效，就形成了创作风气；二是帝王们常鼓励词臣唱和，自己乐观其盛，读者可以查阅，在《全唐诗》中有不少"同题诗"，其成因就是朝廷议事之后，皇上命题，大臣们同时做"作业"；三是科举考试中有

"考诗"的科目，即"以诗取士"，这是很关键的。

其五，艺术大综合。唐诗的繁荣还因为它植根于唐朝肥沃的文化艺术土壤。唐朝时，中国文化中的各种艺术综合成长，高度发达，臻于成熟，呈现出五彩缤纷的光芒。如唐代音乐，有《十部乐》，有《霓裳羽衣曲》，唐玄宗还亲自在禁苑的梨园中训练音乐、歌舞人员，盛极一时，后世遂尊唐玄宗为"梨园"祖师。唐代舞蹈也美不胜收。唐朝又是书法、绘画的时代，中国历史上著名的书法家、画家许多都产生在那个时代。书法如"唐初四大书家"的虞世南、欧阳询、褚遂良、薛稷；盛唐以后的怀素、张旭（"草圣"）、颜真卿、柳公权等；画家如阎立本、吴道子（"画圣"）、李思训、王维等。到唐文宗时，朝廷索性颁下诏书，总结出象征着盛唐精神的三样代表，这就是李白的诗歌、裴旻的剑舞、张旭的草书，称之为"盛唐三绝"。原来，诗歌也可以为一个时代增添灵光。

其六，诗派大汇集。从中国诗歌的成长历史来看，到唐朝时，诗歌走向盛壮之年，理所当然是最美、最完善的时期，这是诗歌自身发展的规律所决定的。

■ 全民皆诗人
■ 他时不用逃名姓，世上如今半是君。

概括地说，就是在唐朝，全社会都重视诗歌、喜欢诗歌、崇尚诗歌。我们主要从两个角度来看这个问题。

先看上层统治阶级。

源于隋朝的科举制度到唐朝时已经比较完善了，应该说，科举制度是中国古代一个非常高明的政治设计。唐朝的科举最主要的是明经科和进士科，其中，进士科最受朝廷的重视。那时流传着这么一句话："三十老明经，五十少进士。"

假如一个人参加明经科的考试，考到30岁终于考上了，别人会说，这个人没出息，30 岁才考上明经，所以叫"三十老明经"。考进士很难，不停地考，考到 50 岁才考上了进士，别人也会说他了不起，才 50 岁，这么年轻就考上进士了，所以叫"五十少进士"。

在唐朝考进士，考什么呢？主要是考诗赋，写一首诗，写一篇赋，其中诗尤为重要。在唐朝，一个人能不能考上进士，关键在于你的诗写得怎么样。既然是考诗文才华，一个人若不会写诗，就很难走上仕途，唐朝的科举制度，引发全社会重视诗歌，只要你想参加考试，就一定要非常努力地去学习写诗，练习写诗。而这样的风气，对诗歌的繁荣起到了极大的推动作用。

在唐朝，参加科举考试是做官资格的重要步骤，那个时候的科举考试，除了参加者的水平要高以外，名人的评价也很重要。所以每到考试来临，很多士子都要把自己的诗文作品抄写出来分送给当世名人，以求获得赏识，得到好名声，称为"行卷"。送一次还不够，为了取得更好的效果，隔一段时间还要再送一批，这就叫"温卷"。唐朝的行卷之风，对诗歌的写作起到了非常大的促进作用。

唐朝的进士考试，跟之后的朝代不一样。从宋朝开始，进士考试是一张试卷定终身，考卷送上去以后，由专人负责重抄一遍，然后再进行批阅。故而，批阅卷子的人不知道是谁写的。而唐朝试卷上就写着考生的姓名。假如有宰相、公主等有地位的人向考官推荐，能借力造势，就会更容易地获得名声、赢得预期的成功。白居易正是借名人之势一举成名。据唐张固《幽闲鼓吹》载：白居易 16 岁时到京师应举，呈递作品拜见当时的名人顾况，顾况本来就很骄傲，很少推举他人，所以看了白居易的名字后，开玩笑说："长安百物皆贵，居大不易。"还有一种说法是："米价方贵，居亦弗易。"但等他看到白居易诗中"野火烧不尽，春风吹又生"的句子，大加赞赏，主动认错道："有句如此，居天下不难，老夫前言戏之耳！"这首诗就是《赋得古原草送别》：

离离原上草，一岁一枯荣。

野火烧不尽，春风吹又生。

远芳侵古道，晴翠接荒城。

又送王孙去，萋萋满别情。

诗中用生机勃勃的古原草起兴，来表达对友人的情意。在时间上，草荣草枯，绵绵不绝；在空间上，芳草碧连天，对于友人的思念也是如此，不因时间的变化和空间的阻隔而有所改变。全诗意境高远、意味深长，用"芳草"比喻离情，显示出作者与众不同的才情和见识，难怪顾况会另眼相看了。

以此为契机，白居易名声大振，居于长安也就很容易了。那时候没有冰箱，人们夏天都用冬天窖藏的冰块制冷。据说，长安的冰块在夏月时价等金璧，而白居易诗歌名动京城，"每需冰雪，论筐取之，不复偿价，日日如是"。这实在是让人羡慕不已。

王维在17岁时就写下《九月九日忆山东兄弟》：

> 独在异乡为异客，每逢佳节倍思亲。
>
> 遥知兄弟登高处，遍插茱萸少一人。

王维是唐人中少见的才子型人物，诗歌、绘画、音乐、书法几乎无所不精。他进入长安上层社会的第一块"敲门砖"，就不是他的"本业"诗文，而是"副业"音乐。

据《集异记》载，王维年轻时游历于诸显贵之间，准备应举，但是那一年名声最响的张九皋（宰相张九龄的弟弟）已经被内定为京兆府首名。而王维也志在头名，于是，他在好友岐王李范的帮助下，准备走当时权势很大的玉真公主的路子。王维预先将自己的得意诗歌抄录了一本，谱了一首新曲子，做好了准备。

等到岐王参加玉真公主的宴会时，王维身穿锦绣衣服，鲜华奇异，列在岐王所带的乐工队伍的最前面，等到酒酣耳热，轮到王维献艺，"妙年洁白，风姿都美"，"独奏新曲，声调哀切，满座动容"。见多识广的玉真公主竟然从未听过这首曲子，王维告诉她，这是自己的新作，叫《郁轮袍》。正在公主惊讶之际，王维适时献上自己的诗集，说这才是自己最擅长的，公主看了，更是惊讶不已：

> 皆我素所诵习者，常谓古人佳作，乃子之为乎？

原来，这些作品都是公主平常非常喜欢且经常吟诵的，还以为是古人的名作呢！得到公主的赏识，王维的待遇立马升格，当即换下演出服装，坐上客位，博得了所有人的喜欢，成为宴会的中心。这时，公主问他，既然有这么好的学问，为什么不应举呢？旁边的岐王代王维回答："此生不得首荐，义不就试，然已承贵主论托张九皋矣。"公主不以为然，推荐张九皋也不过是别人托付而已，于是立刻派人去推荐王维。结果是王维在本年度的科举中一举登第。

自造其势，辅之以个人实力，即使不借助他人，也可以开拓出一片空间。《集异记》载，陈子昂刚从四川射洪来到长安，无人赏识。一天，他在集市上看到有人出售瑶琴，要价千金，周围的有钱人把琴传来传去，无人能够辨识。陈子昂灵机一动，上前买下这张琴。众人皆惊，陈子昂说："我善于此道。"众人都希望听他演奏，陈子昂就和大家约定某日某地聚众人而现其声。很多人如期而至，"众人侧耳垂目之际，子昂将琴举，摔之，乃为片、为线，众哗然。忽地站起，激愤而言：'我虽无二谢之才，但也有屈原、贾谊之志，自蜀入京，携诗文百轴，四处求告，竟无人赏识，此种乐器本低贱乐工所用，吾辈岂能弹之！'"还未等众人回过神，他已拿出诗文，分赠众人。众人为其举动所惊，再见其诗作非凡，争相传看，一日之内，便名满京城。

这一举成名的效果完全是陈子昂自己独立制造出来的。子昂摔琴名动京华，在心高气傲、见多识广的都城名士心中留下深刻印象，获得一席之地。他这番颇具现代传奇意味的"自我推销"之举，实在可以让我们今人当作一个很好的广告文案来看。

从唐朝的科举制度来看，吟诗作赋是入仕的必需条件，所以在唐朝，上至皇帝，下到王侯将相都很喜欢诗歌。

如唐太宗李世民的《赠萧瑀》：

> 疾风知劲草，板荡识诚臣。
> 勇夫安识义？智者必怀仁。

如武则天的《腊日宣诏幸上苑》：

> 明朝游上苑，火速报春知。
> 花须连夜发，莫待晓风吹。

腊月初八，正是天寒地冻的时节，武则天却突然宣诏要到上林苑赏花，而且还指令花神："花须连夜发，莫待晓风吹！"阅读此诗，可以感受作者那不可一世的气势！

传说武则天把牡丹贬出长安城，发配洛阳，这才有了后来的"洛阳牡丹甲天下"。

在朝廷里，唐朝历代皇帝还经常举行诗歌大奖赛。

有一年，唐中宗在长安昆明池前举行诗歌大奖赛。他命人搭了一个彩楼，皇帝、皇后、评委坐在彩楼上，百官坐在楼下。唐中宗让每个人写一首诗来参加比赛。诗写完后交上去，过了一会儿，凡是没有被评上的，就把诗从彩楼上扔下去。只见纸片像雪片一样，从彩楼上飘下来。

最后，只有两个人没有拿到写着诗作的纸片，一个叫沈佺期，一个叫宋之问，他们的诗作还在彩楼上，进入最后一轮的对决。这二位就是当时齐名的诗人"沈宋"。又过了一会儿，一张纸片飞了下来，大家跑过去一看，是沈佺期的。这说明，宋之问获特等奖了，是第一名。

总评委是上官婉儿，她是一个很有才气的女子，武则天非常欣赏她。选完以后，上官婉儿出来进行点评，为什么最后选了宋之问的呢？上官婉儿说："这二位的诗，前两句写得差不多，平分秋色，但是两首诗的结尾，沈佺期的是：'微臣衰朽质，羞睹豫章材。'这两句句子完了，意思也尽了。宋之问的结尾是：'不愁明月尽，自有夜珠来。'诗歌虽然完了，但它的意思没有尽，尚有余味，让你自己去联想回味，所以高人一筹。"沈佺期和大家听了都心服口服。

还有一次，那是在武则天称帝之后，她带领文武百官到洛阳去。在龙门的香山寺亲自导演了"香山赋诗夺锦袍"的诗坛盛会，我们先读一段文字，《唐诗纪事》卷十一载：

> 武后游龙门命群臣赋诗，先成者赐以锦袍。左史东方虬诗成，拜赐。坐未安，之问诗后成，文理兼美，左右莫不称善，乃就夺锦袍衣之。

这场诗歌大奖赛，大家写诗，由武则天亲自评选。武则天性子急，卷子还没有收齐，她就把第一名评出来了。有一个叫东方虬的诗人，诗写得非常好，武则天一看大喜，马上命令左右赏给他一领锦袍。东方虬当众把锦袍披在身上，感到无上荣耀。作品陆续交上去，武则天一看，有人写得更好，是谁呢？——宋之问。武则天以"左右莫不称善，乃就夺锦袍衣之"，下令东方虬，请把你的锦袍脱下来给宋之问披上。……龙门诗会是举国瞩目、风流儒雅的盛举，锦袍一袭激起千重浪，有力地推动了唐代诗歌的大发展，这对社会风气，乃至整个社会上诗人的诗歌写作，起到了推动和促进作用，为盛唐诗歌黄金时代的到来，奠定了基础。

离开帝王将相，再去民间看看吧。

据载，宋朝柳永的词遍布大街小巷，以至"凡有井水处，就有歌柳词者"。那唐诗也是这样吗？有一个《旗亭画壁》的故事，所谓"旗亭"，就是酒店、酒亭。在古代，酒店外面不是挂一个木头招牌，就是挂一面旗，上面写着"某某酒家"。画壁就是在墙壁上画一个记号，这就叫画壁。事情发生在唐玄宗开元年间，王昌龄、高适、王之涣三位诗人一起去酒楼喝酒，顺道也聊聊诗。这天的天气也不怎么好，冷风飕飕，细雪飘飘。他们可能是刚要了酒，或者是刚落座，忽见有梨园掌管乐曲的官员率十几个弟子也来到酒店。三位诗人遂回避一旁，躲在黑暗的角落里，围着小火炉准备看她们表演节目。片刻之后，有四位梨园女子珠裹玉饰，摇曳生姿，登上楼来。随即乐曲奏起，演奏的都是当时有名的曲子。王昌龄等人私下约定："我们三个在诗坛上都算是有些名气，可是一直没有分出高下。今天算是有个机会，可以悄悄地听这些歌女们唱歌，谁的诗入歌词多，谁就最优秀。"

一位歌女首先唱道：

> 寒雨连江夜入吴，平明送客楚山孤。
>
> 洛阳亲友如相问，一片冰心在玉壶。

王昌龄就用手指在墙壁上画一道："我的一首绝句。"随后，一歌女唱道：

> 开箧泪沾臆，见君前日书。
>
> 夜台何寂寞，犹是子云居。

高适伸手画壁："我的一首绝句。"又一歌女出场唱道：

奉帚平明金殿开，且将团扇共徘徊。

玉颜不及寒鸦色，犹带昭阳日影来。

王昌龄又伸手画壁，道："两首绝句。"

王之涣自以为出名很久，然而，歌女们竟然没有唱他的诗作，面子上似乎有点儿下不来。就对王、高二位说："这几个唱曲的，都是不出名的丫头片子，所唱不过是'下里巴人'之类不入流的歌曲，那'阳春白雪'之类的高雅之曲，哪是她们唱得了的呢！"他用手指着几位歌女中最漂亮、最出色的女子说，"到这个小妮子唱的时候，如果不是我的诗，我这辈子就不和你们争高下了；果然唱了我的诗的话，甭客气，二位就拜倒于座前，尊我为师好了。"三位诗人边说笑边等待着。

一会儿，轮到那个梳着双鬓的最漂亮的姑娘唱了。这女子有多漂亮呢？那真是明眸蛾眉容端庄，冰肌玉肤体透香。只见她袅袅登台，轻启朱唇，唱道：

黄河远上白云间，一片孤城万仞山。

羌笛何须怨杨柳，春风不度玉门关。

王之涣得意至极，揶揄王昌龄和高适说："怎么样，我说得没错吧！"三位诗人开怀大笑。

那些歌女听到笑声，不知道发生了什么事情，纷纷走了过来："请问几位大人，你们在笑什么呢？"王昌龄就把比诗的缘由告诉她们。歌女们施礼下拜："请原谅我们俗眼不识神仙，恭请诸位大人宴饮。"三位诗人应了她们的邀请，欢宴了一天。

这个故事说明，在盛唐时期，社会上最流行的歌曲，普遍受欢迎的就是诗。

白居易是伟大的诗人，又是一个通俗的诗人。他的诗连不识字的老太太都能听懂，故而，白居易的诗在社会上被接受的程度非常高，雅俗共赏。

元和十年（815年），44岁的白居易被贬为江州（今江西省九江市）司马，从此"换尽旧心肠"，成了白居易个人际遇和生活的转折点，从"兼济天下"到"独善其身"。这次被贬，白居易自以为沦落天涯，牢骚满腹，顾影自怜，很是写了几首好诗。著名的叙事长诗《琵琶行》

就写于这一时期。

到江州后，白居易给他的一个好朋友元稹写过一封信，他说：我这次从长安到江州，走了三四千里路，一路上，到处都可以看到题着我写的诗，碰到的男女老少，士兵农工商，也都能背诵我写的诗。大家都喜欢我的诗，我很高兴。

当时白居易有一个最热衷的读者，一个非常崇拜他的人。此人名叫葛清，荆州人氏，葛某人喜欢文身，他全身从前胸到后背，从手臂到大腿，刺满了白居易的诗，共30余首，有的还自己配上图画。你问他一句诗，他马上可以告诉你在什么部位。他赤膊走来走去，人人都能看到白居易的诗，活像一块流动的诗板，被时人称为"白居易舍人作诗图"。

同样是在中唐，还有一个故事。有位诗人叫李涉，有一次他去旅行，路过一个叫井栏砂（今安徽省安庆市西南）的地方，这个小村庄在长江边上，他写了一首名为《井栏砂宿遇夜客》的诗，前两句是：

　　　　暮雨潇潇江上村，绿林豪客夜知闻。

黄昏时分下起了细雨，李涉想上岸去投宿，船还没有靠岸就被一伙强盗挡住，让他留下买路钱。跟随李涉的书童就说："这是李涉先生。"强盗问："你真是写诗的李涉吗？久闻大名。既然你是李涉，我就不抢你的东西了，你写一首诗送给我吧。"于是，李涉就写了这首诗的后两句：

　　　　他时不用逃名姓，世上如今半是君。

这首诗怎么理解呢？有两层意思在里面：一种解读是，他年我也不用隐姓埋名了，因为现在的世界上，有一半的人跟你一样，走到哪里都会遇到像你这样的人；还有一种解释是，到了将来，你们也不用隐姓藏名了，世界上的强盗多得是。

强盗拿到李涉写的诗后非常高兴，不但没抢他的东西，反而给李涉送了很多东西。"你是大诗人，这是我送给你的一点儿礼物，请收下留作纪念吧！"

还有一个农民叫"张打油"，也写诗。一日，天降大雪，他诗兴大发：

　　　　江上一笼统，井上黑窟窿。

　　　　黄狗身上白，白狗身上肿。

这首诗写得好不好？非常好。好在哪里？好在只有他能写得出来。此诗描写雪景，由全貌而及特写，由颜色而及神态。通篇写雪，不着一"雪"字，而雪的形神跃然。遣词用字，十分贴切、生动、传神。用语俚俗，本色拙朴，风致别然。格调诙谐幽默，轻松悦人，广为传播，无不叫绝。这个农民生在唐朝，也只有在唐朝那个特定的背景下，才能写出这样幽默、风趣的诗来。所以，他是打油诗的鼻祖。

据说，一位贫寒的女子葛鸦儿怀念又埋怨远方的丈夫，也写诗：

> 蓬鬓荆钗世所稀，布裙犹是嫁时衣。
>
> 胡麻好种无人种，正是归时底不归？

我每天蓬头垢面，柴草当钗，这样的好老婆你打着灯笼也找不到；我的衣服还是出嫁的时候买的，早都过时了。你是怎么回事？挣没挣到钱倒是小事，你快赶紧回来。都到了农忙的时候，你怎么还不回来呢？眼看胡麻都没人种，该如何是好呢？

贺知章是浙江人，他20多岁中进士，做官做到85岁，才告老还乡：

> 少小离家老大回，乡音无改鬓毛衰。
>
> 儿童相见不相识，笑问客从何处来？

在唐朝，老人写诗，儿童也写诗。骆宾王7岁写出了《鹅》：

> 鹅，鹅，鹅，
>
> 曲项向天歌。
>
> 白毛浮绿水，
>
> 红掌拨清波。

此外，一个7岁的女孩，也很会写诗，武则天很欣赏她，想把她召到宫里，她哥哥送她进宫准备回去时，小女孩写了一首诗送她哥哥：

> 别路云初起，离亭叶正飞。
>
> 所嗟人异雁，不作一行归。

但她不如骆宾王幸运，因是女孩，所以连名字也没留下，被称为"七岁女子"。

这些故事说明，唐朝社会上上下下都崇尚诗歌，上至帝王后妃，下至村夫农妇；雅至文人学士，俗至文盲武夫；长至耄耋老人，幼至垂髫儿童，人人能写，个个会吟。满眼满耳是诗，全民皆为诗人，都懂得诗歌的价值，都尊敬诗人。整个唐朝，将近三百年，流传至今有名有姓的诗人有两千两百多位。在这样一个大环境下，唐诗要不好也难！

■ **发表的方式**
■ **每到驿亭先下马，循墙绕柱觅君诗。**

诗人写诗除了自我欣赏之外，也想让自己的诗作传世。唐朝时都有哪些诗歌的发表方式呢？

唐朝时大众媒体很不发达，没有报纸期刊，没有广播电视，更没有互联网，只能靠一些原始简单的方式传播。方法拙朴，却多姿多彩，饶有趣味。

一是呈示寄赠。这是当时最普遍的方式，如李白的《赠汪伦》《沙丘城下寄杜甫》，刘禹锡《酬乐天扬州初逢席上见赠》，孟浩然的《秋登万山寄张五》等。有时，诗人直接把自己的新作向友人吟诵，如杜甫的诗友苏涣，曾到杜甫的船上拜访，当面把自己的诗吟诵给杜甫听。这是最为普遍的方式。

唐朝的许多文人雅士为了获得声誉，顺利及第，往往会把自己的得意之作献给当时的名流，以显露才华，提高身价。

诗人朱庆馀在临考前给水部员外郎张籍写了一首七言绝句，探听虚实：

> 洞房昨夜停红烛，待晓堂前拜舅姑。
> 妆罢低眉问夫婿，画眉深浅入时无？

洞房花烛夜后，早晨要拜见公婆，精心梳妆，羞问夫婿，眉毛的深浅合不合时宜？此诗借新婚之后的脉脉情事，把自己比喻成即将拜见公婆的新媳妇，把张水部比喻成"夫婿"，把考官比作舅姑（公婆）。比喻通俗贴切，别出心裁。

张籍看过，大为赏识，回诗一首《酬朱庆馀》：

> 越女新妆出镜心，自知明艳更沉吟。

齐纨未是人间贵，一曲菱歌敌万金。

诗歌仍以比喻作答，把朱庆馀比作"越女"，把他的诗比作"菱歌"，用"一曲菱歌敌万金"表明对其才华的赏识。

李白初到长安，便把自己的新作《蜀道难》呈献给当时的文坛领袖贺知章。贺知章读完后夸奖说："先生真是谪仙啊！"由此，李白被尊为"诗仙"而名扬天下。孟浩然的《望洞庭湖赠张丞相》，就是呈献给丞相张九龄的；韩愈的《早春呈水部张十八员外》是呈给水部员外郎张籍的。白居易16岁时游历长安，拿出自己的诗集呈献给名士顾况，得到他的赏识，由此名扬天下。许多举子文人为了获得名声，攀附高师，就把自己的得意之作献给当世的名流。

不少诗人才华横溢，出口成章，能即席吟诗。如王勃的《滕王阁序》、郑谷的《席上贻歌者》都是席上之作。卢纶、韩翃、李端等所谓"大历十才子"，常奔走于王公贵戚的宴席上赋咏酬答，从而声名大振。

二是题诗传播。驿馆、驿亭、寺观等公开场所的墙壁、柱子，都是唐代诗人约定俗成的诗歌的"发表园地"。如宋之问的《题大庾岭北驿》、骆宾王的《在狱咏蝉》等诗就是题写在墙壁上的。李白游黄鹤楼，被眼前的景物所陶醉，却不题诗了，因为"崔颢题诗在上头"，"诗仙"感觉自己的诗无法超越崔颢，只写下"虫二"一字，遂成为千古之谜。有研究者说，这两个字刚好是"風月"去掉外框，应该解读为"風月无边"，是赞美黄鹤楼周边的美景无限。这也是我读到的最浪漫的诠释。常建的《题破山寺后禅院》题写在兴福寺的墙壁上。白居易在《蓝桥驿见元九诗》中"每到驿亭先下马，循墙绕柱觅君诗"，说的就是这种情况。据记载，饶州干越亭上的题诗多达上百首，晚唐诗人张祜曾在全国各地几十座著名的寺观里题过诗。

为了保护墙壁亭柱，也为了方便题诗者，不少寺院、驿站专门设有诗板诗牌。设立诗板的多是当地县令、寺观主持等，他们请过路人留下诗篇，以求为本地、本寺观增光添彩。盛唐诗人李白游报恩寺，寺僧恭敬地捧出诗板求诗。据说，王之涣的《登鹳雀楼》就是从诗板题诗传开的。中唐以后较为流行的诗板题诗，一经题写就很快普及。诗板多了，有些拙作也会混进来，所以要经常筛选，抽走劣诗。晚唐咸通年间，诗人薛能经过蜀地的飞泉亭，曾看见"亭中有诗板百余"，薛诗人抽走大部分诗板，只留下李端的《巫山高》等篇。刘禹锡路过巫山庙时，摘下千余块诗板，只留下数十块。

诗人还喜欢在绘画作品上题诗，画旁有诗，诗旁有画，诗画相映成趣，相得益彰，画以诗名，诗以画传。如韦庄的《金陵图》就是一首题画之作，诗人欣赏了六幅描画南朝史事的彩绘，有感而发，便挥笔在画上题诗。

三是卖乞刺诗。古代没有稿费，但有"润笔"，写诗可以索取润笔费。中唐后期，卖诗的现象比较普遍，诗价最高的要数白居易、元稹了。白居易一首诗起价100金，如《长恨歌》卖给勾栏歌院就卖了500金。诗作值钱，能唱《长恨歌》的歌伎也身价倍增。受欢迎的诗歌可以作代金券，如持有李益的诗可以在勾栏歌院喝酒，甚至还可以充当车马费、坐轿费。写诗有了价值，诗人便有了创作热情，诗也可以广泛流传。

寺院乃藏龙卧虎之地，寺僧中也有不少诗人，所以会有人上寺院乞诗。"山僧封诗寄，野客乞诗归"，乞诗可以让寺僧的诗作流传于世。李商隐晚年隐居山林，不少人通过各种渠道向他乞诗。

把诗刺在身上，很能引起轰动效应。唐朝有个县令，捕得一个叫李胜的罪犯，县令判他杖刑一百。临刑时，衙役们脱下犯人的衣服，只见他浑身都刺有时人诗作，县令查看竟有一首自己写的七绝，大为感动，便下令免刑。唐朝时，长安人烟阜盛，混混也多，五陵少年多以文诗为时髦，身上文有诗人新作，很受勾栏歌女的青睐。

四是器物传诗。传诗就是用盛具传递诗作。盛具一般是竹简或特制的瓷筒。王维晚年隐居辋川别墅，与时任地方太守的裴迪写诗唱和。因为该地盛产竹子，王维常用竹筒盛诗和裴迪互赠诗作。白居易任杭州太守，公余节假时便与当地文人饮酒赋诗寄兴。诗人元稹时任会稽（今浙江省绍兴市）太守，白居易常派歌伎高玲珑、谢好好用瓷筒传递双方诗作。为此，他还写诗记胜："为向两州邮诗作，高谢来去递诗筒。"晚唐隐士诗人唐求思想兼有儒释道三家，被誉为"唐隐""一瓢诗人"，《全唐诗》收录其作品30余首。据说，他常常写诗自娱，放入葫芦，沿深山小涧漂流而下，直到锦江，任其西东。有人乘小船打捞葫芦，唐求的诗遂得以流传。为此，他还写诗说："斯文不沉没，方知吾苦心。"此外，还有在树叶上、纸帛上写诗，用盛具装好后放在河中漂去，让别人捡去面世"发表"。

还有其他方式，如剽窃他人新作，据为己有。当时没有知识产权法，有的文人就抄袭或略作改动。唐代某次科举考试，有一位应试者盗得杨衡诗一首，结果获得进士及第。后来杨衡遇到抄袭者，问他："'一一鹤声飞上天'一句，是否抄去？"那人答曰："此句是兄台的最爱，不敢私吞。"杨衡见自己佳句未偷，转怒而笑："犹可恕也。"唐时，白居易和元稹的诗经常被偷窃。

第二篇
怀才叹不遇

　　唐朝是诗歌的黄金时代，咏史诗也随之进入一个繁荣时期。咏史怀古是我国古典诗歌中一个永恒的主题，它借古抒怀表达文人的理想与抱负。由于刚刚结束魏晋南北朝长达数百年的分裂和动乱，故而，唐朝人特别注重总结历史的经验教训，咏史诗受到了文人雅士的推崇，涌现出大量的优秀诗篇。那么，又有哪些历史人物频频出现在唐人的咏怀诗中呢？让我们一同展开书卷，众里寻他……

■傲骨雄心
■此处不留爷，自有留爷处。

这一章的主题是"怀才不遇"。怀才不遇的前提是你要有才，有什么才？怎样算有才？谁说了算？"王婆卖瓜，自卖自夸"式的自我欣赏能算有才吗？如果不能弄清楚这一点，就很难说清"不遇"了。

纵观大唐，自我欣赏的文人是数不胜数，他们的自信、做派甚至到了无所顾忌的程度。

我们先举几个鲜活的事例吧！

天宝十二载（753 年），李白写过一首干谒书，就是写给达官贵人希望能提拔任用自己的书信，现在叫作"自荐信"。在这封《上安州裴长史书》中，李白先说自己博学多闻，有"四方之志"；再论自己乐善好施，重情重义；接着写自己隐居养禽，林泉高致，修养品格；又写名流俊彦对自己作品的评价，借他人之口，道出自己文章的非同寻常；然后盛赞裴长史地位高贵，英俊潇洒，才华横溢，希望裴公能提携自己。信里说了很多自己的优点，最后结尾时说，如果裴大人不重用自己，"白既膝行于前，再拜而去，西入秦海，一观国风，永辞君侯，黄鹄举矣。何王公大人之门，不可以弹长剑乎？"李白说，哪一位王公大人的门口没有弹宝剑的机会呢？他借用了孟尝君的门客冯谖"弹剑而歌"的典故。用现在的话说就是"此处不留爷，自有留爷处"。像李白这样直接说出如果不被举荐的后果是一种冒险的做法，对当权者似有威胁之嫌，有些人只好退避三舍。不过，一个人敢在自荐信的结尾说"此处不留爷，自有留爷处"，那是何等的自信与傲骨，除了个人勇气之外，更重要的是这个社会给他做了足够的铺垫。个人的傲骨雄心来源于社会对他的认可，而社会的包容也成就了一个时代整体的气象，这就是"盛唐气象"。

李白还有一首诗，是写给渝州（今重庆市）刺史李邕的。李白游渝州谒见李邕时，因为不拘俗礼，谈话时放言高论，纵谈王霸，在李邕看来，是没有把我这个前辈放在眼里，很不高兴，史称李邕"颇自矜"，为人自负好名，对年轻后辈态度很是怠慢。李白在临别时写了一首毫不客气的《上李邕》，以示回敬。

> 大鹏一日同风起，扶摇直上九万里。
> 假令风歇时下来，犹能簸却沧溟水。
> 世人见我恒殊调，闻余大言皆冷笑。
> 宣父犹能畏后生，丈夫未可轻年少。

此诗意为：大鹏一日从风而起，扶摇直上九万里之高。如果在风歇时停下来，其力量之大犹能将沧海之水簸干。时人见我好发奇谈怪论，听了我的大言皆冷笑不已。孔圣人还说后生可畏，大丈夫可不能轻视年轻人啊！

该诗通过对"大鹏"形象的刻画与颂扬，表达了自己的凌云壮志和强烈的用世之心，对李邕瞧不起年轻人的态度非常不满。年轻的李白敢于向大人物发起挑战，充满了初生牛犊不怕虎的锐气。不过我觉得，这还能说明唐人的可爱，不藏掖，有话当面说。人往往是因为优点变得可敬，因为缺点而显得可爱，所以这两个人都很有意思。

李白在李邕这里碰了钉子，但他觉得无所谓，唐人的追求是快乐、自由，是自我价值的实现。如果委屈自己博得他人的欢心，"何王公大人之门，不可以弹长剑乎"？

年轻气盛的李白丝毫不退缩，这位陇西成纪（甘肃省秦安县）的才子遍干诸侯，写过很多干谒诗文，也到过长安，都没有得到重用，但是他的诗名得到了很好的传播。开元二十二年（734年），李白听说，时任荆州长史兼襄州刺史、山南东道采访使的韩朝宗谦恭下士，识拔人才，便去拜见。这次的遭遇和见李邕会有区别吗？李白吃了一堑，能长一智吗？

李白初见韩朝宗时写了一封气势雄壮的自荐书《与韩荆州书》。文章开头先赞美韩朝宗，接着毛遂自荐，介绍自己的经历、才能及气节。说自己是"陇西布衣，流落楚汉""虽长不满七尺，而心雄万夫"，展示出自己恃才自负、平交王侯的性格。

信中有这样一段话，是现代人可能想都不敢想，更不要说写进自荐信里了：

> 君侯制作侔神明，德行动天地，笔参造化，学究天人。幸愿开张心颜，不以长揖见拒。必若接之以高宴，纵之以清谈，请日试万言，倚马可待。今天下以君侯为文章之司命，人物之权衡，一经品题，便作佳士。而君侯何惜阶前盈尺之地，不使白扬眉吐气，激昂青云耶？

李白是说：您的著作堪与神明相比，您的德行感动天地；文章与自然造化同功，学问穷极天道人事。希望您度量宽宏，和颜悦色，不因我长揖不拜而拒绝我。如若肯用盛宴来接待我，任凭我清谈高论，那请您再以日写万言试我，我将手不停挥，顷刻可就。如今天下人认为您是决定文章命运、衡量人物高下的权威，一经您的品评，便被认作美士，您何必舍不得阶前的区区一尺之地接待我，而使我不能扬眉吐气、激励昂扬、气概凌云呢？

李白依旧我行我素、不拘礼节，给别人戴"高帽子"，目的是提升自己的价值。李白之所以这样做，是因为他觉得自己生活在一个清明时代，对人尽其才充满了信心。《送杨少府赴选》开篇这样写道：

> 大国置衡镜，准平天地心。
> 群贤无邪人，朗鉴穷情深。
> 吾君咏南风，衮冕弹鸣琴。
> 时泰多美士，京国会缨簪。
> 山苗落涧底，幽松出高岑。
> 夫子有盛才，主司得球琳。
> 流水非郑曲，前行遇知音。
> ……

该诗意为：我唐朝是天下泱泱大国，人才选拔有很公允的标准，如明镜悬天，公平核准天地良心。朝廷群贤聚集，没有邪心坏肠之人，明鉴民情，深入民心。当今陛下具有穿华服、咏《南风》、弹鸣琴，无为而天下大治的美德。天下太平，高手云集，你这次有幸与他们共聚都城长安与高官会晤。现如今是贤哲上庸者下，是小草就落涧底，是幽松就出高山顶。夫子你又才华突出，你的上司像得到宝玉一样得到了你。你如高山流水一样高洁，并非那些靡靡之音可比，尽管前行，一定可以找到知音。……

李白潇洒地说："天生我材必有用，千金散尽还复来。"读《唐才子传》就会发现，"天生我材必有用"不是李白的独唱，它表达的是一个时代的心声，正因如此，唐朝才会受到后来人的回忆和追想。除了大才子李白之外，还有一些不怎么有名的人，也是充满傲骨。

王泠然，是唐朝的一位读书人，考中进士但还没有授官职。他日夜思索如何跻身于官场，想起自己曾与御史大夫高昌宇有过交往，一定是对方当官后把他给忘了，便提笔给高昌宇写信说："意者望御史今年为仆索一妇，明年为留心一官。"意思是：今年你给我找个老婆，明年给我找个官做。接着他又说："君之此恩，顶上相戴。倘也贵人多忘，国士难期，使仆一朝出其不意，与君并肩台阁，侧眼相视，公始悔而谢仆，仆安能有色于君乎？"如果给我办好了，你的恩情我会牢记，如果你把这事忘了，我的前途便很难预料，等到有一天我发达了，和你平起平坐，我怎么能有好脸色给你看呢？这封信对后世还有一个贡献，衍生出了"贵人多忘事"的俗语。

王泠然的傲，是因为他认为自己有实力，有真本事，否则就是狂妄了。王泠然于开元五年（717年）登进士第，后官居太子校书郎。《唐才子传》对他的记录是："气质豪爽，当言无所回忌，乃卓荦奇才，济世之器。惜其不大显而终。"《全唐诗》存其诗4首，本书只选其一首《古木卧平沙》，这是他当年应进士试时所作的考场诗，大略相当于今人的高考作文。

> 古木卧平沙，摧残岁月赊。
> 有根横水石，无叶拂烟霞。
> 春至苔为叶，冬来雪作花。
> 不逢星汉使，谁辨是灵槎？

该诗意为：一棵古树横卧在沙地之上，它备受摧残，树龄已经很大了。树根横穿进石缝中寻求水分，也没有叶子来拂动烟霞。春天来了，枝上滋生苔藓当叶子，冬天到了，枝上落雪如开花。若没有遇到银河的使者，谁能辨认出这就是上天的木筏？

只读前三联，人们不禁要问：这样的古木又有何用？读了尾联才豁然开朗：此木乃良材，只可惜不遇伯乐！诗中蕴藏着作者的寄托和渴望得到赏识、想有所作为的迫切愿望。

唐初还有个叫员半千的人，他曾给唐高宗写过一篇感情激越的《陈情表》，全文共计4396字，这是一篇相当长的文言文，相当于5篇高考作文的字数。"表"这种文体的特定读者只有皇帝一人，侧重抒情，以情感人。他先是诉说自己的生活状况，"臣贫穷孤露，家资不满千钱；乳杖藜糗，朝夕才充一饭"。家境贫寒，资产不值几个钱；饮食粗劣，一天只能吃一顿饭。接下来，他还是很谦虚地说："若使臣平章军国，燮理阴阳，臣不如稷契；若使臣十载成赋，一代称美，臣不如左太冲；若使臣荷戈出战，除凶去逆，臣不如李广；若使臣七步成文，一定无改，臣不愧子建；若使臣飞书走檄，援笔立成，臣不愧枚皋。"有人肯定要问，这不是说自己没本事吗？还能指望朝廷任用？这说明你还没有读懂。若你再读两遍就会明白，员半千历史知识丰富，文学功底扎实！五个句子构成排比，一气呵成，酣畅淋漓。

紧接着，他说了一句狠话："陛下何惜玉阶前方寸地，不使臣披露肝胆，抑扬辞翰？"您为什么要吝惜台阶前面的一寸土地，不让我到您面前把我的心里话全说出来呢？这一点和李白的"而君侯何惜阶前盈尺之地，不使白扬眉吐气，激昂青云耶"很接近。员半千写信的时候，武则天是皇后，因为唐高宗有病不能亲理朝政，故而，看到信的人是武则天。员半千继续写道：把天下有才的三五千人都召到京城来，让我和他们一起测试六种文体，如果有一人超过我，就可以斩下我的头颅，挂在城门上向天下才子谢罪！俗话说，"山外有山，人外有人"，五千才子大比拼，拔得头筹的概率是万分之二！这还要分布均衡。所以员半千必须要做到万无一失才行，但他认为自己就是山外山、人外人，就是第一名。接下来，他的语气有所缓和：您要是听了我的话，我的这些想法就都敢和您说，不是挺好的吗？您要是不采纳，我就把笔墨纸砚全烧了，坐在山林里看您能招来什么样的人才。

放到现在，写出这样表白内心真实感受的"美文"，找工作肯定不行。员半千呢？他后来专门负责为武则天起草诏书。起草诏书在古代是非常重要的工作，意味着能够参与国家大政方针的制定。

据史书记载，员半千原本姓刘，叫刘馀庆，他认为自己的忠烈和伍员伍子胥相当，北魏皇帝因此封赐其姓氏为"员"。刘馀庆拜学士王义方为师，王义方非常欣赏他的才能，说："五百年有一贤者降生，你当之无愧。"因此，改名为"五百"，感觉不太好，就改为"半千"。

员半千与骆宾王最友善，二人常有文字来往。员半千也是有名的诗人，但留存至今的诗只有 3 首。其中有两首都写到甘肃，《陇右途中遭非语》一诗，突出表现了他遭谗不惧、狂傲不羁的鲜明个性：

> 赵有两毛遂，鲁闻二曾参。
>
> 慈母犹且惑，况在行路心。
>
> 冠冕无丑士，贿赂成知己。
>
> 名利我所无，清浊谁见理？
>
> 敝服空逢春，缓带不著身。
>
> 出游非怀璧，何忧乎忌人。
>
> 正须自保爱，振衣出世尘。

边塞诗《陇头水》，写得粗犷豪放，极有气势：

> 路出金河道，山连玉塞门。
>
> 旌旗云里度，杨柳曲中喧。
>
> 喋血多壮胆，裹革无怯魂。
>
> 严霜敛曙色，大明辞朝暾。
>
> 尘销营卒垒，沙静都尉垣。
>
> 雾卷晴山出，风吹黄叶翻。
>
> 将军献凯入，万里绝河源。

员半千活了 94 岁，终其一生，经历了唐太宗、唐高宗、武则天、唐中宗、唐睿宗、唐玄宗六个皇帝，可谓是"六朝元老"。

从李白到王泠然，再到员半千，证明傲骨雄心不是个别人的专利，而是一种社会风气。唐人往往锋芒毕露，以为天下无不可为事，无不可做成之事。即使屡受挫折，也是初衷不改，浩气长存。

李商隐是唐代诗人中不得志的典型，然而，我们看他的《安定城楼》，尽管怀才不遇，那种铮铮傲骨，依旧是深情绵丽的诗风所无法掩盖的：

> 迢递高城百尺楼，绿杨枝外尽汀洲。
>
> 贾生年少虚垂涕，王粲春来更远游。
>
> 永忆江湖归白发，欲回天地入扁舟。
>
> 不知腐鼠成滋味，猜意鹓雏竟未休。

诗人以少年才子贾谊、王粲自许，说自己并非普通的名利之徒，只不过希望有所作为，然后急流勇退，别人却如同猫头鹰猜疑凤凰一样猜疑自己，以小人之心度君子之腹。

他的那首《初食笋呈座中》也许就是这种以天下自命、以功业自诩的时代心理的陈述：

> 嫩箨香苞初出林，於陵论价重如金。
>
> 皇都陆海应无数，忍剪凌云一寸心？

本来可以高耸入云的竹子，结果在春天刚是竹笋的时候就被做成价值千金的食品卖出了。天下稀奇的食材有很多，为什么偏偏要毁灭有凌云壮志的"竹心"呢？

唐代诗人崔珏有一首《哭李商隐》，表达对朋友的痛惋、对世情的不满，因为人不能尽其才而"虚负"才华，打抱不平中依然透露出唐人的自信。

> 虚负凌云万丈才，一生襟抱未曾开。
>
> 鸟啼花落人何在，竹死桐枯凤不来。

从人格到前程，从眼前到将来，从个人追求到天下大计，唐人始终充满了磅礴的信心，干脆利索，从不拖泥带水，不管是对别人还是对自己。这种精神风貌源于那个强大的时代和国家，也源于人们对所作所为的一种近乎虔诚的认真。后来开创南唐的李昪，当他还是军中一个小人物的时候，曾经给自己的主将献过一首《咏灯》：

> 一点分明值万金，开时惟怕冷风侵。

主人若也勤挑拨，敢向尊前不尽心？

诗中有一种谦卑，但是谦卑中蕴含着一种信心和豪气——给我一根杠杆，我也许能撬起整个地球。

■文坛清明
■既许官州放火，也许百姓点灯。

为什么这些话、这些人能出在唐朝？

李世民，这位历史上口碑最好的皇帝曾有一个很有趣的比喻：日子短得像是在玩鹞，总没个够。

某天，鹞坊主送来一只鹞鸟取悦圣上，这只鹞鸟会在人的手掌心跳"胡旋舞"。这令唐太宗很是高兴，几乎日日无鸟不欢。有一天，魏徵老远就看见正在皇帝手上转圈儿的鹞鸟，走了过来。李世民龙颜惶惧，连忙把那只鸟揣在怀里，清了清嗓子，接见这位最"难缠"的谏官。魏徵假装不知，礼毕后就开始奏事。说得喉咙干燥如同十年不下雨的旱地，嘴角淌下的白沫沾满胡子仿佛初冬时的霜挂。

魏徵估摸着，自己嘴干舌燥之时，也是与鹞鸟口吐白沫之际。等魏徵走后，唐太宗连忙把鹞鸟从怀里掏出来，却发现刚才"疾如风焉"大秀"胡旋舞"的鹞鸟已经被憋死了。

其实，养鹞子不过是养宠物鸟而已，魏徵连这点儿小事也不放过，还用玩物丧志之类的话来箴谏唐太宗，是不是太过分了呢？但我们仔细想一想，如果唐太宗一直尽兴玩鹞子养宠物，治国的精力也许就会受影响、打折扣，所以魏徵的监督提醒很有必要。从此，李世民终生都不再玩鹞子了。

能对臣子心生畏惧的皇上总比让臣民天天"筛糠"的皇上好。作为皇帝，你能容忍的底线也就是大臣的才智发挥到最大的程度。

武则天身边有一个重要的女性，叫上官婉儿，后来被唐玄宗杀了。唐玄宗为什么要斩杀上官婉儿呢？因为她是自己的政敌。然而，杀了她之后，仍然为其出了《上官昭容文集》，请宰相来写序，说她生有异象，称量天下，品德美好，才华卓著等。

还有一个著名的例子，就是武则天和骆宾王。骆宾王写过一篇著名的《为徐敬业讨武曌檄》。武则天看了这篇檄文之后，问是谁写的? 写得太好了! 这样的人才流落民间，没有被重用，实在是太可惜了，这是宰相的失职啊!

以上例子充分说明，唐朝人敢说这样的话，敢做这样的事，不会有人嫉妒，不会有人嘲笑，也许他们打心眼里觉得，只有尊重自己，看重自己，有所作为，才不枉来人世一遭!

我喜欢养鱼，我知道同样品种的锦鲤如果养在三尺缸里，只能长到三寸，养到三米的池塘里，它能长到一尺，如果养在三顷的湖泊，它就能长到更大。同样的道理，唐朝这个伟大的时代赋予了他的子民空前的创造力、非凡的想象力及最大限度的独立人格! 比如，历朝历代都有避讳，对父母长辈不能直呼其名，平辈之间也要互称表字，对帝王、官员名字里的字，甚至同音字都不能说、不能写。成语"只许州官放火，不许百姓点灯"就是避讳闹出的笑话。唐太宗曾通告天下，只要不是"世民"二字连用，就可以不避；还有他立下不干涉文艺的规矩，故而，唐朝的文人进行艺术创作时，没有禁区，几乎没有顾虑，思想感情能够完整表达，个性才情得以充分展现。

研究唐朝著名的诗人，可以发现一个现象：他们的人生，无论是政治理想，还是物质生活，追求的道路可能充满坎坷，甚至最后是以失败告终。他们对朝廷对礼法对官府对社会，会有一些牢骚不满，例如，李白"珠玉买歌笑，糟糠养贤才"的不平，"大道如青天，我独不得出"的愤懑；杜甫"朱门酒肉臭，路有冻死骨"的揭露，"不过行俭德，盗贼本王臣"的警告……但是，他们始终没有放弃自己的政治理想，没有断绝对朝廷的系念，没有终止对社会的关心。他们对时代都有类似屈原对楚国"虽九死其犹未悔"的不渝眷恋，同时又有屈原所没有的对希望的坚定信念。他们有傲骨雄心，始终活在希望里，活在自信里……

■扶风豪士

■张良未逐赤松去，桥边黄石知我心。

　　唐诗写自己怀才不遇，往往"舍近求远"，"题云咏史，其实咏怀"，借助历史题材抒发自己的理想抱负，因而产生了很多咏史诗。

　　现存最早的咏史诗是东汉班固的《咏史》。西晋左思作《咏史八首》，开创了咏史组诗的先河，其中最有名的一首是：

> 郁郁涧底松，离离山上苗。
>
> 以彼径寸茎，荫此百尺条。
>
> 世胄蹑高位，英俊沉下僚。
>
> 地势使之然，由来非一朝。
>
> 金张藉旧业，七叶珥汉貂。
>
> 冯公岂不伟？白首不见招。

　　"郁郁涧底松"四句，以比兴的手法表现了当时社会的不公平。以"涧底松"比喻出身寒微的士人，以"山上苗"比喻世家大族子弟。山上仅有一寸粗的树苗竟然遮盖了涧底百尺高的大树，从表面看来写的是自然景象，实际上诗人借此隐喻人世间的不公平，包含了特定的社会内容。

　　"世胄蹑高位"四句，写当时的世家大族子弟占据高官之位，而出身寒微的士人却只能获得低下的官职。这种现象就犹如"涧底松"和"山上苗"，是地势导致它们如此，由来已久，不是一朝一夕之事。左思以形象的语言，有力地揭露了士族门阀制度造成的不合理现象。从历史上看，门阀制度在东汉末年已有所发展，至曹魏时期推行的"九品中正制"对门阀统治起到了巩固作用。西晋时期，由于"九品中正制"的继续实行，门阀统治进一步加强，其弊病也日益明显。

　　"金张藉旧业"四句，紧承"由来非一朝"。内容由一般而至个别，更为具体。"金"，指金日磾家族。据《汉书·金日磾传》载：汉武帝、昭帝、宣帝、元帝、成帝、哀帝、平帝七代，金家都有内侍。"张"，指张汤家族。据《汉书·张汤传》载："自汉宣帝、元帝以来，张家为侍中、中常侍、诸曹散骑，列校尉者凡十余人。""功臣之世，唯有金氏、张氏，亲近宠贵，比于外戚"，这是一方面；另一方面是"冯公"，即冯唐。他是汉文帝时人，很有才能，但出身低微，直到年老才做到中郎署长这样的小官。左思的《咏史》，实际上是咏怀。诗人只是借助历史抒发自己的抱负，并对不合理的社会现象进行了无情的揭露和抨击，这就是咏史诗的传统。

李白有一首《梁甫吟》：

> 长啸梁甫吟，何时见阳春？
>
> 君不见，朝歌屠叟辞棘津，八十西来钓渭滨。
>
> 宁羞白发照清水，逢时壮气思经纶。
>
> 广张三千六百钓，风期暗与文王亲。
>
> 大贤虎变愚不测，当年颇似寻常人。
>
> 君不见，高阳酒徒起草中，长揖山东隆准公。
>
> 入门不拜逞雄辩，两女辍洗来趋风。
>
> 东下齐城七十二，指挥楚汉如旋蓬。
>
> 狂客落魄尚如此，何况壮士当群雄！
>
> ……

在这首《梁甫吟》中，李白津津乐道的是姜尚（姜子牙），他80多岁才遇上周文王，并成为帝王之师，最终辅佐周武王灭商开创了数百年的基业；悠然神往的是郦食其，他本是高阳酒徒，却能够一朝得志，谈笑之间说服齐国七十二座城池降服刘邦。

李白还咏过鲁仲连和张良，这两个人的功业，也是李白的政治理想。

鲁仲连也叫鲁连，是战国时期的齐国义士。此人善于谋划，常周游列国，为诸侯排忧解难，从来不收受酬报，视功名富贵如草芥蓬蒿。公元前260年，秦军围困赵国都城邯郸，鲁仲连挺身而出，建议赵、魏联合燕、齐、楚共同抗秦，才使邯郸解围。公元前249年，齐国派兵收复被燕国占据的聊城，鲁仲连将亲笔书信射入聊城。一箭书退敌百万之兵，创造了中国军事史和辩论史上的奇迹。历史上的鲁仲连，不仅是聪明过人、才智非凡的语言大师，还是一位善于排患解难、解人倒悬的"及时雨",更是一个急公好义、有强烈爱国思想和社会责任感、救民于水火的平民英雄。

李白仰慕鲁仲连,说鲁仲连是他心中的偶像,礼赞这位傲视功名、才干卓越、潇洒狂放的英雄,并且说,我和你虽然没有生在同一时代,但心中的志向一模一样。其《古风·其十》写道:

> 齐有倜傥生,鲁连特高妙。
> 明月出海底,一朝开光曜。
> 却秦振英声,后世仰末照。
> 意轻千金赠,顾向平原笑。
> 吾亦澹荡人,拂衣可同调。

该诗大意为:齐国有个倜傥洒脱的士人名叫鲁仲连,他的才气过人,就像一颗夜明珠从海底升起,散发的光芒照亮了天地。他用雄辩游说赵、魏联合拒秦,逼退秦军建立莫大的功勋。他的英名传遍天下,他的光辉照耀后世,让后人无限敬仰。他看轻功名富贵,笑着拒绝了平原君的千金馈赠。我和他一样也是豁达之人啊,事了拂衣去、功成便身退是我们共同的志趣。

李白仰慕的另一个人是张良。楚汉相争时,张良能够"运筹策于帷帐之中,决胜于千里之外",被誉为"兴汉三杰"之一。他的祖父、父辈等先辈曾任过五代韩王之相。诗人访寻英雄遗迹到河南道泗州,经过下邳(在江苏省邳州市睢宁县一带)圯桥时,在传说张良遇到老师黄石公的地方久久徘徊,写下了《经下邳圯桥怀张子房》这篇怀古感慨之作:

> 子房未虎啸,破产不为家。
> 沧海得壮士,椎秦博浪沙。
> 报韩虽不成,天地皆振动。
> 潜匿游下邳,岂曰非智勇?
> 我来圯桥上,怀古钦英风。
> 唯见碧流水,曾无黄石公。
> 叹息此人去,萧条徐泗空。

此诗意为:张良少年时未能得志如虎啸时,为求刺客而不顾破产败家。从沧海公那里得到一名壮士，在博浪沙中用金椎狙击秦始皇。这次刺秦的报仇行动虽未成功，其名声却因此名震天下。为了逃避追捕他曾经过下邳，事虽未成，但智勇双全丝毫不差。今天我怀古来到圯桥上，更加钦羡张良的雄姿英发。桥下唯有碧绿的流水，不知黄石公如今何在。我站在圯桥上叹息着张良这样的英雄逝去，徐、泗两州从此便变得萧条空乏。

张良确实派过一个大力士去行刺秦始皇，据《史记》记载：

张良曾"东见沧海君，得力士，为铁锥重百二十斤。秦皇帝东游，良与客狙击秦皇帝博浪沙中"。

李白还有一首《扶风豪士歌》，这是一首长诗：

洛阳三月飞胡沙，洛阳城中人怨嗟。
天津流水波赤血，白骨相撑如乱麻。
我亦东奔向吴国，浮云四塞道路赊。
东方日出啼早鸦，城门人开扫落花。
梧桐杨柳拂金井，来醉扶风豪士家。
扶风豪士天下奇，意气相倾山可移。
作人不倚将军势，饮酒岂顾尚书期？
雕盘绮食会众客，吴歌赵舞香风吹。
原尝春陵六国时，开心写意君所知。
堂中各有三千士，明日报恩知是谁？
抚长剑，一扬眉，清水白石何离离。
脱吾帽，向君笑。饮君酒，为君吟。
张良未逐赤松去，桥边黄石知我心。

这首诗是李白在"安史之乱"爆发后第二年的春天奔往吴地，在一位被称作"扶风豪士"的人家里做客时即席写成的。所谓的"扶风豪士"，可能是籍贯扶风的溧阳市主簿，名叫嘉宾，大约是性情豪爽而好客，因此，李白称他为"豪士"。

诗一开始，直写时事。这一年正月，安禄山在洛阳称"大燕皇帝"，洛阳成了叛军的政治中心。洛城西南的天津桥下血流成河，洛城的郊野白骨如山。报国无门，空有一身匡世救国之心的诗人李白无奈只能奔往东南吴地以避战乱。就在这时，李白遇到了"扶风豪士"。"东方日出啼早鸦"的十句，描写在豪士家饮宴的场景。清人毛稚黄说："方叙东奔，忽著'东方日出'二语，奇宕入妙。"奇宕，就是叙事过程的跳跃和描写场景的转换。经这一宕，转出一个明媚华美的境界，这是闲中着色：四句赞美环境，四句赞美主人，两句赞美盛筵。这些诗句并不意味着李白置国家兴亡于不顾而沉溺于个人安乐，只不过是即事即景的一段应酬之辞罢了。从章法上说，有了这段穿插，疾徐有致，后面才能变幻迭出。

李白并没有在酣乐中沉醉。铺叙过后，转入抒情，举出"战国四公子"之事，用以引发下面的自我抒怀。在战国那个动乱的时代，赵国的平原君、齐国的孟尝君、楚国的春申君、魏国的信陵君各自蓄养了数千门客，其中不乏杰出人物。信陵君的门客重义气，轻死生，以大智大勇协助信陵君成就了却秦救赵的奇勋，千秋万代，为人传诵。此时又逢罹乱，李白很想效法他们报效国家。眼前这位扶风豪士虽然不能给李白提供立功报国的现实机会，但他"开心写意"以待李白，使李白顿生知遇之感，禁不住要将胸中块垒一吐为快。"明日报恩知是谁"一句极为自负，大意是说：我今天受到了你的款待，明日定要干出一番事情来叫你瞧瞧！诗人故意用了反诘的语气将下文引出："抚长剑，一扬眉，清水白石何离离！脱吾帽，向君笑；饮君酒，为君吟：张良未逐赤松去，桥边黄石知我心。"末段表明心迹，一片真诚。南朝陈诗人江晖有句："恐君不见信，抚剑一扬眉。"古乐府《艳歌行》有句："语卿且勿眄，水清石自见。"李白化用其语，以"三三七"的句法出之，"清水白石"比喻其心地光明，"脱吾帽"四句益发烂漫，活画出诗人率真的天性。接着以张良为喻，张良怀抱着向强秦复仇的志向，在圯水桥上遇见黄石公，接受了《太公兵法》一编。后来，张良在鸿门宴上智救刘邦，以其出色的智谋协助刘邦在楚汉之争中打败项羽，夺得了天下，后又帮助吕后扶持刘盈保住太子之位，立下了不朽之功。天下大定后，他不留恋权位，自请引退，晚年跟随赤松子学做"神仙"，云游四方，逍遥快活。李白把张良的事迹倒转过来，说"张良未逐赤松去，桥边黄石知我心"。这两句的大意是：我之所以没有像张良那样随赤松子而去，是因为功业未成，国难当前，我更得报效于国家。耿耿此心，黄石公可以明鉴。

这两个人的人生经历是李白的人生理想。李白希望自己能挺身而出为国家做贡献，功成名就后就退隐。

■致君尧舜
■出师未捷身先死，长使英雄泪满襟。

杜甫的咏史诗写得最多的人是诸葛亮。

在现存的《杜甫诗集》里有 20 多首诗吟咏或提到诸葛亮，杜甫对诸葛亮可谓是倾心仰慕，在唐代诗人中找不出第二个。

杜甫怀有"致君尧舜"的政治理想，却生活在唐室衰颓的时代，仕途坎坷，报国之志不能实现。"安史之乱"之后，几经颠沛流离，杜甫于乾元二年（759 年）举家逃难到成都，时住时迁，直至大历三年（768 年）。入川之后，杜甫报国无门，在生活上更要仰仗他人，"再光中兴业，一洗苍生忧"，提起"中兴业"，他就自然会怀念起三国时以蜀地为基业，五次北伐中原，想要恢复汉室江山的诸葛亮。《咏怀古迹五首·其五》这样写道：

> 诸葛大名垂宇宙，宗臣遗像肃清高。
> 三分割据纡筹策，万古云霄一羽毛。
> 伯仲之间见伊吕，指挥若定失萧曹。
> 运移汉祚终难复，志决身歼军务劳。

蜀地多有诸葛亮的祠庙，杜甫经常入祠凭吊，在《诸葛庙》一诗中，杜甫借刘备、诸葛亮的鱼水情深，寄托了自己的郁愤胸怀。

> ……
> 君臣当共济，贤圣亦同时。
> 翊戴归先主，并吞更出师。
> ……

在蜀地八年多的时间里，他时刻思念被叛军占领的中原地区的父老乡亲，希望能尽快恢复昔日繁荣的大唐盛世，想到一代贤相诸葛亮为兴复汉室劳累过度呕血身死五丈原，于是，他写下了这首《蜀相》：

丞相祠堂何处寻，锦官城外柏森森。

映阶碧草自春色，隔叶黄鹂空好音。

三顾频烦天下计，两朝开济老臣心。

出师未捷身先死，长使英雄泪满襟。

杜甫的凭吊怀着深深的敬意，他不仅缅怀了诸葛亮的显赫功勋，也蕴藉着自己匡时济世的抱负，希望自己也能像诸葛亮一样，得遇贤君明主，从而一展才华建功立业。杜甫写诗道："赋诗独流涕，乱世想贤才"，"经纶中兴业，何代无长才？"杜甫多么希望且坚信有像诸葛亮那样的经国重臣出现，从而定国安邦、恢复国家。但现实异常残酷，他的理想是君臣和衷共济，得到的却是冷遇凄凉，难怪他感慨道："自古圣贤多薄命，奸雄恶少皆封侯。"就这样，杜甫把诸葛亮引为知己、视作楷模。杜甫愁肠百转，却不知计将安出，他在《夔州歌十绝句·其九》中又感叹道：

武侯祠堂不可忘，中有松柏参天长。

干戈满地客愁破，云日如火炎天凉。

■谁是典型
■千载琵琶作胡语，分明怨恨曲中论。

李白和杜甫都在古人中找到最契合自己人生理想的人物。就整个唐朝而言，诗人们最喜欢咏叹的历史人物是谁呢？

在中国历史上，汉朝是我国封建时代第一个鼎盛时期，和唐朝有许多相似或相近的地方，所以颇受唐人的青睐，诗人们大多有着浓浓的汉朝情结，而贾谊是他们写诗用典的第一人选。

贾谊是西汉初年著名的政论家、文学家，也是历史上怀才不遇的典型人物。贾谊博学多才，深得汉文帝的赏识，他在 20 多岁便被汉文帝刘恒召为博士。贾谊希望革新政治，提出"改正朔，易服色，法制度，定官名，兴礼乐"等一系列建议。一年之内又越级升为太中大夫。汉文帝想让他做公卿，地位很高，因为他刚 20 岁出头，朝廷里很多地位高的臣子，如周勃、邓通、灌婴等人都妒忌他，这些人资格老、年纪大，看到汉文帝要委以他重任都不乐意，纷纷进谗言诽谤贾谊，说他"年少初学，专欲擅权，纷乱诸事"。汉文帝三年，23 岁的贾谊被贬到偏远荒凉的长沙，让他去做长沙王的太傅。四年后，贾谊 27 岁，汉文帝又把他召回长安。据史书记载，贾谊当时给朝廷写了一篇著名的奏疏《陈政事疏》，说大汉帝国现在看起来好像很强大，实际上有很多内忧外患。班固的《汉书·贾谊传》这样记录道："臣窃惟事势，可为痛哭者一，可为流涕者二，可为长太息者六。"

令他想痛哭的是诸侯王势力过大。汉王朝封了很多诸侯王，这些诸侯王是地方王国，如吴国、楚国等。这些诸侯王太强大了，中央政府就很难控制他们，久而久之，国家就会分裂。贾谊说，分封的诸侯王是心腹大患，应该解决。让他感到最遗憾的是外患匈奴，他提出了一些解决问题的办法和措施，希望汉帝国能长治久安。

汉文帝看到这篇论疏后更加赏识贾谊，觉得这个人了不起，便委任他来辅佐自己的小儿子梁怀王。可惜两个人命运不好，只有十几岁的梁怀王从马上摔下来死了。贾谊自责自己失职，经常哭泣，一年之后，郁郁而死，只有 33 岁。他对朝廷的建议，没来得及实施就撒手人寰了，后世人认为贾谊是怀才不遇的典型。杜甫说，自从"贾谊恸哭后，寥落无其人"，现在再也没有人像贾谊那样关心国家大事了。

中唐诗人刘长卿，因"刚而犯上，两遭迁谪"，路过长沙市，正是秋冬之交。傍晚时分，诗人只身来到长沙贾谊的故居，但见斜阳暮鸦，衰草连天，阴风满庭。他十分同情被贬谪到这里的贾谊，曾在湘江边凭吊屈原，如今自己也来到这里缅怀两位古人。类似的遭遇令刘长卿感慨万千，思绪纷繁。不知道是历史开了个玩笑，还是有意为之，让我、贾谊和屈原在这里相聚……

于是，他就在《长沙过贾谊宅》一诗中写下了自己的困惑：为什么你会被贬谪到这里呢？除了你，谁还会像你一样呢？你的院落为什么这么萧条冷落呢？文帝有恩吗？湘江有情吗？我和你，还有屈子都是无罪的啊，为什么要受到这样的惩罚？流落到天涯……

三年谪宦此栖迟，万古惟留楚客悲。

秋草独寻人去后，寒林空见日斜时。

汉文有道恩犹薄，湘水无情吊岂知？

寂寂江山摇落处，怜君何事到天涯！

湘江总是无情的，千百年来就这么浩浩荡荡地流淌着；诗人总是有情的，它在苦苦寻求知音，楚国的屈原能知道百年之后的贾谊会来到湘水之滨悼念自己吗？当年，贾谊伫立江边触景生情，有感而发写下《吊屈原赋》，是否会想到近千年之后的刘长卿又会迎着萧瑟的秋风来凭吊你的故居呢？

汉文帝在位二十三年，是一位宽厚节俭的仁义之君。他在位时轻徭薄赋，让老百姓休养生息。皇宫里的帐幔是把用过的布口袋缝在一起做的，这在历史上是绝无仅有的。但是，即使你碰到的是这么好的皇帝，他对于你贾谊，其恩也不厚啊！

刘长卿为什么说汉文帝对贾谊"其恩不厚"呢？有一首诗可以说明这个问题，晚唐时的李商隐写有《贾生》一诗，诗中说：

宣室求贤访逐臣，贾生才调更无伦。

可怜夜半虚前席，不问苍生问鬼神。

此诗意为：汉文帝在未央宫的正殿宣室置酒求贤，召见被放逐长沙的贾谊，贾谊的才能无人能比。可惜促膝谈心到半夜，竟丝毫不问如何治国安民，却问起神仙鬼神的事情！

贾谊讲得太好了，汉文帝听得入了迷。不知不觉把身子朝前移动，这叫"前席"。这首诗讽刺汉文帝只关心自己而忘记了天下百姓，使贤才虚受知遇之宠。李商隐觉得十分可惜。表面上看，汉文帝重视贾谊，将他召回京城半夜接见，又让他辅佐太子，但文帝没有从根本上采纳贾谊的意见，安邦定制、强国富民，这只是亲近而不是重用啊！

唐朝时的诗人觉得贾谊怀才不遇，因而写了很多有关贾谊的诗篇。

此外，还有一位历史人物，在唐朝的咏史诗中绽放异彩，虽然她只是一个弱女子，却让许多文豪、诗杰为她咏叹，她是谁呢？——她就是王昭君，古代"四大美女"之一。

王昭君，西汉元帝时人，朝廷选美人时被选到宫里。王昭君在宫里时一直没有机会见到皇帝，就这样默默地待在宫里。有一年，南匈奴的首领呼韩邪单于朝见汉朝皇帝。为了笼络匈奴，表示友好，汉元帝决定从宫中选五名美女嫁给呼韩邪单于。

王昭君主动报名并最终入选。出发那一天，皇帝设宴招待呼韩邪单于一行人，然后把五名美女叫出来交给单于，说你带走吧！王昭君一出现，整个皇宫顿时失去光彩，汉元帝一看愣在当场，心想：怎么送给匈奴这么一个绝色佳人呢？我从来没有见过，这个美女是我的啊！但是现在名单已经公布，追悔莫及。王昭君就这样嫁给了匈奴呼韩邪单于，这一去，再也没有回来，后来死在匈奴之地、葬于大漠之中。

《汉书》《后汉书》都记载了这件事，其他著作如《西京杂记》还记载了一些细节：为什么王昭君进宫多年却从来没有见过皇帝呢？原来汉元帝选美不是一个一个地亲自过目，而是看宫廷画师的画像。那些画工趁机捞钱，哪个宫女给他钱，他就画得美一点儿，若不给钱，就画得丑一点儿。也许王昭君觉得自己天生丽质，也许是她品性正直，自觉抵制歪风邪气，所以不屑去行贿。总之她没有给画师毛延寿送礼，自然，就不给你好好画。正因如此，汉元帝从来没有见过这个汉宫中美貌第一的女子。

事情真是这样吗？后人虽将王昭君的人生悲剧归罪于画师毛延寿，但实际上，昭君的美不仅仅是容貌，而重在精神、气质和风度。不管毛延寿的心术、品德如何，他那支画笔是无法把这"最高级的美"用视觉艺术表现出来的。诗人白居易就尖锐地把批判的矛头指向了君王：

自是君恩薄如纸，不须一向恨丹青！

宋代诗人王安石也支持白居易的观点，指出以图选美本身就是错误，再杀画师则是错上加错。

意态由来画不成，当时枉杀毛延寿。

王昭君这样一位容貌昳丽、气质高雅的女子，深锁宫中，不见天日，一朝远嫁匈奴，客死他乡。王昭君的遭遇引起了后人无穷无尽的同情和慨叹，李白、杜甫都为她写过诗。如李白的《王昭君二首》：

其 一

> 汉家秦地月，流影照明妃。
>
> 一上玉关道，天涯去不归。

王昭君西嫁越走越远，汉朝的月亮也跟着她出了玉门关。关外不是汉朝疆域，而是匈奴的地界，昭君啊昭君，此生再也无法回还！

其 二

> 昭君拂玉鞍，上马啼红颊。
>
> 今日汉宫人，明朝胡地妾。

昭君心中犹豫，依依不舍地蹬上马鞍，任凭眼泪从两腮滑过嘴边往肚子里咽。今天还是宫人身在大汉，明天就得去匈奴和亲靖边！

> 汉月还从东海出，明妃西嫁无来日。
>
> 燕支长寒雪作花，蛾眉憔悴没胡沙。
>
> 生乏黄金枉图画，死留青冢使人嗟。

此诗意为：汉月又从东海升到了中天，伴随着昭君西行，长途漫漫。燕支山，这座匈奴境内的山，一年四季天气奇寒，漫天飞舞的雪花堆积在高山。昭君啊，你在燕支山的西面憔悴衰老了美貌容颜。最后死在漠北，在黄沙漫天的他乡长眠！生前你没有黄金送给画工，死后只留下一座青冢，让后人到这里来凭吊叹惋！

传说在燕支山上生长着一种草，叫焉支草（胭脂草）。当地妇女用它来化妆。汉武帝时，汉朝军队攻下焉支山后，匈奴有一首歌唱道："……失我焉支山，使我妇女无容颜。"燕支山丢了，匈奴的妇女没有化妆品用了。

"青冢"是指王昭君的墓，在今内蒙古自治区呼和浩特市南边。传说当地的草都是白色的，只有"青冢"上的草是绿色的，所以叫"青冢"，其墓碑上题有一诗：

> 一身归朔漠，数代靖兵戎。
>
> 若以功名论，几与卫霍同！

此诗意为：昭君啊，你孤身一人去了苍莽的大漠，使得边疆免受战乱之苦。如果要论功名的话，你几乎可以跟卫青、霍去病平起平坐了！

杜甫晚年时来到夔州，一连写了五首诗来缅怀五位古人，即魏晋南北朝时最后一个大文学家庾信，跟屈原同时代的楚辞作家宋玉，以及三国时的英雄豪杰刘备和诸葛亮。前两位是男性文学家，后两位是男性英雄，第五位便是王昭君，是一个弱女子。在杜甫心目中，这五个人是平等的，都是具有重大意义的历史人物，他的《咏怀古迹·其三》，写的就是王昭君：

> 群山万壑赴荆门，生长明妃尚有村。
>
> 一去紫台连朔漠，独留青冢向黄昏。
>
> 画图省识春风面，环佩空归夜月魂。
>
> 千载琵琶作胡语，分明怨恨曲中论。

明朝有个叫胡震亨的人，他说杜甫这首诗开头两句写得不好，崇山峻岭一路飞奔向东，气势雄伟，在这里应该诞生一个英雄人物才对，现在诞生的是王昭君，是一个弱女子，两者不相称。

而清人吴瞻泰不同意胡震亨的看法，他说：这个头开得非常好，山川气势雄伟、钟灵毓秀，山川的精华凝聚在一个点上，一个小小的村庄上，在这个村庄出现了王昭君这样一个人物。这两句诗他用八个字来评价：窈窕红颜、惊天动地。虽然产生的是一个柔弱的女性，一个美女，但她是一位惊天动地的大人物！

清代的金圣叹评价杜甫的这首诗时说："为千古怀才不遇的人，抒发一种牢骚。王昭君并不是才子，她是一个美女，美女没有受到重视，跟怀才不遇为什么不一样呢？"

在古代有一个词叫"郎才女貌"，有句话说"士为知己者死，女为悦己者容"，男女的社会地位不同，男性以才能见重于社会，女性只能以容貌取悦于男性。所以，女性的美貌不被重视跟男性的怀才不遇在价值上是一样的，都是人生的悲剧。

因此，在咏史诗中表达怀才不遇这一主题时，贾谊就成了男性版本，昭君就成了女性版本；贾生叹长沙，明妃湮胡沙。往事越千年，换了人间，但他们的名字却活在唐人的诗句里，让今人吟哦叹惋……

偏巧在这个时候，我读到唐人张仲素的一首题为《王昭君》的绝句，才感到一些温暖，不由得使我赞叹起来：昭君，你是和平的使者！是感动历代爱国诗人的巾帼英雄！

　　　　仙娥今下嫁，骄子自同和。

　　　　剑戟归田尽，牛羊绕塞多。

第三篇
烽火燃陇原

　　人类社会在血与火的洗礼中走向文明。在中国古代，边塞烽烟迭起，在造就英雄的同时，也诞生了诸多文学佳作。单是唐朝，就有王之涣的"黄河远上白云间，一片孤城万仞山"；王翰的"醉卧沙场君莫笑，古来征战几人回"；王昌龄的"黄沙百战穿金甲，不破楼兰终不还"；李颀的"白日登山望烽火，黄昏饮马傍交河"；王维的"大漠孤烟直，长河落日圆"；李白的"明月出天山，苍茫云海间"；岑参的"忽如一夜春风来，千树万树梨花开"……

■烽火甘肃

■陇右局势，决定边塞诗的主旋律。

唐朝时，边塞战争频繁的地区主要在"三边"——西北、朔方、东北，其中尤以西北为甚。大唐的边敌有突厥、吐谷浑、吐蕃、回纥、契丹、大食、突骑施、勃律、南诏等。

唐朝将全国分为十道，西北为陇右道，辖地极广，包括今甘肃省、青海省青海湖以东地区及新疆维吾尔自治区大部分地区，与京城所在的关中唇齿相依。陈寅恪曾指出："李唐承袭宇文泰'关中本位政策'，全国重心本在西北一隅"，所以从开国的太宗到盛唐玄宗，都以"保关陇之安全为国策"。陇右的安危对唐王朝的盛衰兴亡具有举足轻重的影响。史载：天宝元年，十镇（统率全国边兵）兵员486900人，军马80000匹。西北的安西、北庭、河西、陇右等节度使所占比例较高，如陇右节度使统兵73000人，军马18800匹，因为这里北有突厥，南有吐蕃，是唐朝的边患大敌。

突厥原来控制今蒙古国、中国新疆维吾尔自治区和内蒙古自治区的部分地区，后来分裂为东、西突厥，唐太宗时灭东突厥，高宗时灭西突厥。由于对此区域无法进行有力的管辖，一部分归降的突厥人又北迁至今蒙古国和俄罗斯境内再次建立后突厥帝国。后来突厥帝国被回鹘（即回纥）所灭。

吐蕃在今天的西藏自治区和青海省大部，唐朝时虽与吐蕃有过几次和亲，但唐、蕃关系并不好，曾多次爆发过战争。

对边塞诗深有研究的胡大浚先生说："边塞诗是大西北的歌，是大西北的骄傲。"信哉斯言！

一部《全唐诗》收录唐诗48900多首，其中有2000多首边塞诗，而在边塞诗中，有1500多首与西北有关。更引人注目的是，在盛唐时的边塞诗中，今甘肃省的阳关、玉门关、敦煌、酒泉、凉州、临洮、金城、秦州、祁连、河湟、陇山、皋兰等地都是诗人们行吟的地方。古往今来，究竟留下了多少诗歌谁也说不清楚，唯一能够证明的是，在众多的诗歌流派中，边塞诗是甘肃大地上最为精彩，也最让人热血沸腾的一页华章。

甘肃省历史跨越8000多年，是中华文明的重要发祥地之一，中华民族的"人文始祖"伏羲、女娲和黄帝相传诞生于甘肃省；周人崛起于庆阳；秦人肇基于天水、陇南。被誉为"河岳根源，羲轩桑梓"。

"甘肃"之名取甘州（今张掖市）与肃州（今酒泉市）两地的首字而成，由于西夏时曾置甘肃军司，元代时曾设甘肃省，简称"甘"；又因省境大部分在陇山（六盘山）以西，而唐朝曾在此地设置过陇右道，故又简称为"陇"。古人以西为右，陇山以西就是陇右。

陇右边塞的局势决定了唐代边塞诗的主旋律，即初唐的热情激愤，盛唐的昂扬反思，中唐的哀愁无奈，晚唐的休战反战。初、盛唐时西北国土的开拓与边战的胜利，使边塞诗高扬着理想的光芒；"安史之乱"后陇右失陷，使志士扼腕、百姓怨愤，收复失地遂成为全民的心声，也成了中唐边塞诗的主题；唐宣宗时，河湟地区被收复，接着河西归唐，举国欢腾，在晚唐衰微的诗风中亦大振人心。

■正名边塞诗
■描写边塞军旅生活和边塞风光的诗

"什么是边塞诗？"

这好像是一个非常简单的问题，不就是描写边塞军旅生活和边塞风光的诗吗？

边塞诗反映的是边关的军旅生活，要写到战争，但写军旅生活和战争内容的并不一定就是边塞诗。举例来说，屈原的《国殇》、刘邦的《大风歌》、汉乐府民歌《战城南》《十五从军征》及曹操的《蒿里行》

等作品都写战争，但这些不属于边塞诗。为什么呢？因为《国殇》写于秦军大败楚军于丹阳、蓝田之后，是悼念楚国阵亡士卒的挽诗；刘邦的《大风歌》写于平定淮南王英布叛乱之后；乐府民歌《战城南》写的是战乱；《十五从军征》写的是军人归家后看到的荒凉景象；曹操的《蒿里行》写的是讨伐董卓，此事发生在中原，无关边塞。

边关的将士思念家中亲人，是边塞诗；而后方思妇的闺怨诗不能算作边塞诗，因为它没有反映边塞的军旅生活和塞外风光。如我们非常熟悉的金昌绪的《春怨》：

> 打起黄莺儿，莫教枝上啼。
>
> 啼时惊妾梦，不得到辽西。

此诗意为：一个梦中思妇被黄莺的啼叫声所惊醒，她有些恼怒地赶走黄莺，让它不要搅扰美梦，因为她刚刚梦到了远征辽西的丈夫。

这首诗写到了边塞"辽西"，但此诗是家中妻子对常年在外的丈夫的思念，没有涉及边塞的军旅生活。

又如侯氏的《绣龟形诗》写道：

> 暌离已是十秋强，对镜那堪重理妆。
>
> 闻雁几回修尺素，见霜先为制衣裳。
>
> 开箱叠练先垂泪，拂杵调砧更断肠。
>
> 绣作龟形献天子，愿教征客早还乡。

此诗意为：丈夫张暌离开家人已有十几年的光景了，现在我孤苦伶仃，哪有心思对镜梳妆？每当大雁飞过我都要写封信，每到寒霜初降我都为他赶制寒衣。开箱取衣我先流泪，到河边洗衣我更是断肠牵挂。我把这首诗绣成龟形图献给天子，希望能让丈夫早点儿回家。

据《唐诗纪事》载：

> 会昌中，边将张暌防戎十年余，其妻侯氏绣回文作龟形诗，诣阙进之。武宗览诗，敕暌还乡，又赐侯氏绢三百匹，以彰才美。

可见，这首诗产生了不错的效果：丈夫回到了身边，侯氏也得到了不少赏赐。选者评价说："读来格外真实感人，在有唐一代边塞诗作中绝无仅有。"

这是一首边塞诗吗？诗中只写妻子对"征客"的长久思念，及"愿教征客早还乡"的盼望，但没有一句写到边塞生活或风光。

　　还有一些诗作，可能作于边塞，但不涉及边塞生活，或者内容涉及胡人，但诗歌写于内地，这些诗是否也可以算作边塞诗呢？如陈子昂的《登幽州台歌》、王维的《送元二使安西》、杜甫的《兵车行》《闻官军收河南河北》等。《登幽州台歌》作于幽州之地，地近边塞，但其内容是抒发自己的人生感慨，无一字一句涉及边塞的军旅生活或边地风光，看不到边塞的任何特点，虽然此诗可以联系到战国时燕昭王的黄金台，但把它当作边塞诗来解，太过勉强了；王维的《送元二使安西》之所以被当作边塞诗，仅是因为诗题中有个"安西"字样而已：安西督护府治地在龟兹，而这首诗写于秦代都城旧址渭城，诗中描写的内容是发生在京城长安附近的人和事，看不到任何边塞的影子；杜甫的《兵车行》描写的是京畿一带征兵时"耶娘妻子走相送，尘埃不见咸阳桥的状况"，通过和"行人"的对话揭露了频繁的战争给百姓带来的灾难；《闻官军收河南河北》表现了诗人因"剑外忽传收蓟北"而引起的激动、喜悦之情，实际上并未描写边塞。

　　在弄清楚"边塞诗"的概念后，还有一个更重要、更复杂的问题摆在我们的面前——唐朝的对外战争是属于国内民族矛盾，还是国家之间的矛盾？

　　国家疆域的发展定型，是一个历史概念。

　　中国历史上的著名王朝，其统一的形式和统一的程度，存在明显区别。

　　在西周前期，一方面，是王权得到拥护，"普天之下，莫非王土；率土之滨，莫非王臣"；另一方面，又是诸侯国遍布天下，甚至在王畿附近，在周天子的眼皮底下也有分封的国家。发展到春秋战国时期，通过兼并战争列国逐渐减少，标志着社会又向前进了一步，但还不是全国性的统一，仍有各诸侯国在争雄角逐。秦灭六国后，建立了专制主义的中央集权国家，这时的统一远非周代可比。到汉朝和唐朝，国家的统一事业又前进了一步，但无论是秦、汉、隋、唐，在"大一统"的局面下，"在某种程度上仍旧保留着封建割据的状态"。因此，我

第三篇　烽火燃陇原

们在研究唐史时，要看到这个多民族国家的统一事业发展到了空前的高度，当时的吐蕃、回纥、南诏等都是中国境内的少数民族政权，它们和唐王朝保持着密切的联系，在民族和睦相处时，他们都是拥戴唐王朝，并接受唐王朝的册封和任命。

■ 威哉边塞诗
■ 唐人好诗，多是征戍、迁谪、行旅、离别之作。

边塞诗源远流长，上可追溯到《诗经》中有关战争和征戍题材的诗歌，经过汉魏六朝及至盛唐达到高峰，成为唐文化乃至中华文化的奇观，意境豪迈、气象雄阔、令人倾倒，成为中国古代反映军事斗争和边塞生活最集中深刻也最异彩纷呈的一页。南宋时的严羽曾说：

> 唐人好诗。多是征戍、迁谪、行旅、离别之作，往往能感动激发人意。

为什么恰好是在唐朝，边塞诗得到空前的发展并达到鼎盛呢？

一是国力强盛。唐王朝是一个大一统的国家，国力强盛，疆域辽阔；随着经济的繁荣，国家的军事力量也日益强大。据《资治通鉴》记载：开元、天宝年间时，"是时中国盛强，自安远门西进唐境历二万里。间阎相望，桑麻翳野"。杜甫有一首写当时社会治安良好的诗："九州道路无豺狼，远行不劳吉日出"；盛唐时的边塞诗人岑参在其诗作《过碛》中也写出了他对大唐辽阔疆域的具体感受：

> 黄沙碛里客行迷，四望云天直下低。
>
> 为言地尽天还尽，行到安西更向西。

这首诗似乎告诉人们，天地有尽，唐疆无界。这里表现出国家统一，疆域广阔，交通便利，给诗人提供了自由驰骋的空间，并转化为诗人精神上的开阔雄浑。

二是政治开明。唐朝之前的边塞诗大多是泛写关山月色、沙场征尘，没有具体新鲜的内容。唐代的诗人往往敢于直面残酷的战争，直面边塞现实，做出自己独立的判断，在诗中直抒胸臆，因而盛唐边塞诗的繁荣与政治思想上的开放宽松的时代气氛分不开，不论正义或非正义的战争，诗人们都能无所顾忌地道出自己的体验或看法，这就是唐朝时代精神在边塞诗中的体现。如天宝年间，歌舒翰夺取石堡城、收复九曲的战争，在李白、杜甫诗中，都有所抨击：

> 君不能学哥舒，横行青海夜带刀，西屠石堡取紫袍。（李白《答王十二寒夜独酌有怀》）

> 杀人亦有限，列国自有疆。苟能制侵陵，岂在多杀伤？（杜甫《前出塞》）

杜诗直抒胸臆，明确提出边防的作用是抵御侵略，而不是为了多杀人逞强。每个国家都有自己的疆界，应该彼此尊重。

三是社会风尚。在唐朝，上自帝王将相，下自庶民百姓，人人爱诗、人人习诗，把作诗视为"第二生命"，作为生活的重要内容，作为才能学问的直接象征，通过投赠诗文而求取官职。"好语王霸大略""高自称许"成为唐代文人共同的风尚。他们不甘心皓首穷经的文士生涯，而以天下为己任，屡出塞外，久佐戎幕，焕发出为国立功的荣誉感和英雄主义。用一句话概括唐朝的时代风尚，那就是胸怀政治理想，热衷于科举功名，追求于边塞建功。

祖咏的《望蓟门》，说自己少年时虽不像班超那样投笔从戎，但论功名他还是想学终军，自愿请缨：

> 少小虽非投笔吏，论功还欲请长缨。

汉朝人班超家贫，常为官府抄书以谋生，曾投笔叹曰："大丈夫当立功异域以取封侯，安能久事笔砚间！"后终以功封定远侯。汉人终军曾向汉武帝请求："愿受长缨，必羁南越王而致之阙下。"后被南越相所杀，年仅20多岁。

四是文人应募。从太宗、高宗到玄宗时期，唐帝国东征西讨，大破突厥，屡败吐蕃，招安回纥，解除了东部、北部的威胁，西域各国也纷纷归附。唐帝国在四方边境先后设置了六个都护府，在"安史之乱"之前，边境一直保持着强大的军事力量。开元以后，"天子好武功"，一旦边塞建功，立刻名动京城；再加之，节度使由边疆入京城即为高官，使得朝野内外很快就形成了以征战为荣的风气。由于连年征战，使得各民族之间的经济往来和文化交流不断增加，人们对边塞问题愈发关注，许多胸怀大志又科场失意或干谒不成的文人便投身边塞。受时代的影响，边将大多能文能武，喜好文艺，"上马击狂胡，下马草军书"是他们生活的真实写照，他们都愿延揽文人学士充实幕僚。

高适的《塞下曲》写道，生为大丈夫就要万死不辞，要成为麒麟阁的立功之臣，他嘲笑那些文臣只会读经书，不能真的杀敌报国，嗟叹那些文人参不透这一点白白地衰老死去，不能名留青史。

......

万里不惜死，一朝得成功。

画图麒麟阁，入朝明光宫。

大笑向文士，一经何足穷！

古人昧此道，往往成老翁。

又如岑参的《东归留题太常徐卿草堂》：

圣主赏勋业，边城最辉光。

王维的《送赵都督赴代州得青字》，该诗书写了赵都督的内心世界及他戍边卫国的耿耿忠心，表现了青年王维希望有所作为、济世报国的思想。

忘身辞凤阙，报国取龙庭。

岂学书生辈，窗间老一经。

战争给人类带来了无数灾难，却也为人类文明史的发展起到了不可替代的促进作用，正如某人类学家所说：

战争选择的是大道义、大精神，战争是一种金属文化。如果没有战争，人类怕是还处在茹毛饮血的原始社会。

■英雄壮志

■功名祗向马上取，真是英雄一丈夫。

很多唐朝诗人都去过边关、上过前线，带过兵、打过仗，有的还因军功而升官晋爵。陈子昂两度从军；燕国公张说率轻骑二十平息了突厥九姓的骚动，又亲领步骑万人击溃党项羌；李白出川后，东北到过幽州；杜甫也曾投奔严武的幕府中；王昌龄进士及第后，赴西北边塞从军，亲身经历过许多著名的战役；王维曾以监察御史职奉旨慰问战胜吐蕃的唐军，并在河西节度使幕下兼任判官；"以诗人为戎帅"的高适三度出塞，去过辽东、河西，又北上蓟门，漫游燕赵；岑参两度出塞，在安西、北庭节度使任职多年；崔颢曾在河东代州任职；"关西将家子"的李益曾五度于塞上从军，出生入死地参与战斗；卢纶在大将军浑城幕府做过判官，随军到过当时抗击吐蕃的边防前线……

> 烽火照西京，心中自不平。
>
> 牙璋辞凤阙，铁骑绕龙城。
>
> 雪暗凋旗画，风多杂鼓声。
>
> 宁为百夫长，胜作一书生。

这是"初唐四杰"之一的杨炯写下的《从军行》。"牙璋"，是古代发兵所用的兵符，分凹凸两块，分开则各有牙状，合在一起是一整块，分别掌握在朝廷和主帅手中。"凤阙"代指皇宫。"龙城"又称龙庭，汉时为匈奴要地，汉武帝派卫青出击匈奴，曾在此获胜，这里是泛指塞外的敌方据点。

此诗大意为：边疆报警的烽火传到了长安，壮士的心怀自然无法平静。主帅接到调兵的符信，率兵告别了国都。黑夜中的大雪使将军旗上的图案凋落暗淡，凛冽的风声混杂在军鼓声中。我宁做百夫长冲锋陷阵，也不愿手握笔砚舞文弄墨做个书生。

这首诗描写了士子从戎、征战边庭的心理及过程。其中"照"字

第三篇 烽火燃陇原

极为形象生动，使人感到战火炙手、欲燃眉睫。"自"字贴切有力，将书生那种"天下兴亡，匹夫有责"的爱国之情催化为燎原之势；最后两句直抒胸臆，铿锵有力，投射出初唐在崇尚立功边塞的时代大气候中众多文人向往边塞生活的价值取向。

王昌龄精神昂扬、高度自信；关心政治、热衷功业，"三面黄金甲，单于破胆寒""气高轻赴难，谁顾燕山铭""明敕星驰封宝剑，辞君一夜取楼兰"等诗句，从不同角度表达了他意欲投身报国的抱负和胸襟。高扬英雄主义气魄与爱国主义情怀，一种盛世进取的精神始终引人奋发向上。如《出塞二首·其二》：

> 骝马新跨白玉鞍，战罢沙场月色寒。
>
> 城头铁鼓声犹振，匣里金刀血未干。

岑参是在西域生活时间最长的诗人，他一生曾两度到河西边疆，前后共五六年，其间沿丝绸之路，度陇头，穿河西，出阳关，过流沙，体验边塞军旅生活，领略戈壁雪山风光，获得了丰富的创作源泉，为边塞诗的题材、意蕴做出了开拓性的贡献，为唐代诗歌增添了光辉；他说自己"小来思报国，不是爱封侯""勤王敢道远，私向梦中归"。这个时期，在爱国主义思想的影响下，诗人们流露出强烈的重武轻文的倾向，如他的《送李副使赴碛西军》：

> 火山六月应更热，赤亭道口行人绝。
>
> 知君惯度祁连城，岂能愁见轮台月？
>
> 脱鞍暂入酒家垆，送君万里西击胡。
>
> 功名祗向马上取，真是英雄一丈夫。

天宝六年（747）六月，岑参的友人李副使要离开武威，远赴碛西，即安西都护府（新疆维吾尔自治区库车市附近），岑参写了此诗为他壮行。

"火山五月行人少"，何况是六月酷暑？！此诗以"火山""赤亭"起句，造成一个特殊的背景，烘托出李副使不畏艰苦，毅然应命前行的豪迈气概。三、四句明写李副使不平凡的经历，激励他一往无前：知道你经常出入边地，岂能因见到轮台的月亮而惹起乡愁？暗示他长期驰骋沙场，早已把乡愁置之脑后了。这句是盛唐时代人们积极进取精神的反映，是盛唐之音的一个昂扬的音节。五、六句挽留脱鞍稍驻，暂入酒家，饮酒话别。诗人直接提出了此次西行"击胡"的使命，化惆怅为豪放，开拓了送别诗的新意境。末句直抒胸臆，气贯长虹，功名请向戎马沙场上求取，这才是一个真正的大丈夫！这首送别诗激情荡漾，其英雄豪气令多少读者为之激动振奋。

骆宾王也曾两度从军塞上，两次都投在名帅裴行俭的帐下任书记。他在《宿温城望军营》诗中写道：

> 投笔怀班业，临戎想顾勋。
>
> 还应雪汉耻，持此报明君。

在《相和歌辞·从军行》里写道：

> 平生一顾念，意气溢三军。
>
> 野日分戈影，天星合剑文。
>
> 弓弦抱汉月，马足践胡尘。
>
> 不求生入塞，唯当死报君。

在唐代诗人，尤其是初唐、盛唐诗人的眼里，君国利益也就是国家利益是高于一切的；就个人的荣辱、功名而言，仕途不通还可以走从军之路；是热血男儿，就应该到保卫家国的战场上去博取功名。这就是李颀所说的"直爱出身早，边功沙漠垂"，以及陈陶所倡的"誓扫匈奴不顾身，五千貂锦丧胡尘"。

虽说是"报国行赴难，古来皆共然"，但反映在唐代诗人，特别是初唐、盛唐诗人笔下的爱国主义与英雄主义意识的昂扬振奋、高睨雄阔却是前朝所不能比拟的。

历史的积怨、现实的召唤及个体功名的诱惑，使得边塞诗中的杀伐之气表现得尤为突出。那么，应该怎么评价这种杀伐之气呢？

首先，不能把边塞诗人与政治人物观察思考问题的角度和深度等量齐观；其次，诗人们讴歌战争，最初动机仍是希望重现和平。见惯了残酷杀伐、常年征战的诗人，没有哪一位是真正狂热的好战主义者，相反，他们认为只有让和平回归，才算真正实现战争的目标。

■ 征战沙场

■ 黄沙百战穿金甲，不破楼兰终不还。

李白的《塞下曲六首·其一》极力铺写塞外奇寒的气候，赞扬了将士们豪气冲天、杀敌报国的决心，令人感佩。

> 五月天山雪，无花只有寒。
>
> 笛中闻折柳，春色未曾看。
>
> 晓战随金鼓，宵眠抱玉鞍。
>
> 愿将腰下剑，直为斩楼兰。

战斗的生活是那样紧张。"愿将腰下剑，直为斩楼兰"，表达了诗人挥舞宝剑，直捣敌营的希望和决心，道出了边地将士在高原苦寒的环境中所向无敌的激昂斗志。

王昌龄的诗描述了将士们紧张、激烈的战斗生活，展现了戍边将士们积极备战、抵御外敌的壮观场面，读之如身临其境，仿佛已闻其声，已见其人，如其组诗《从军行七首·其四》，书写了边地生活的孤寂和艰苦，以及边疆战事的频繁和激烈，突出了戍边将士们强烈的责任感，他们的忠勇爱国之情喷薄而出，豪迈动人。

> 青海长云暗雪山，孤城遥望玉门关。
>
> 黄沙百战穿金甲，不破楼兰终不还。

"楼兰"，是汉朝时的西域国名，这里借用汉朝著名外交家傅介子斩杀楼兰王的典故，唐诗中经常以"楼兰"代指外族或敌人。

此诗意为：青海湖的上空阴云弥漫，一直延伸到天边，连终年积雪的祁连山也在那浓重的阴云下变得灰暗了。越过绵延横亘的雪山，在河西走廊的荒漠中矗立着一座孤城，与古城遥遥相望的就是军事要塞玉门关。将士们在漫漫黄沙中身经百战，以至连铠甲都几乎磨穿，他们犹自豪气冲天，发誓不灭敌人誓不还家！

读《三国演义》，读者对"关云长温酒斩华雄"留下深刻印象，书中并没有正面描写单刀匹马的关羽与领兵五万的华雄如何交手，而是写关羽未喝曹操奉上的热酒，随后用了这样一段文字：

> （关羽）出帐提刀，飞身上马。众诸侯听得关外鼓声大振，喊声大举，如天摧地塌，岳撼山崩，众皆失惊。正欲探听，鸾铃响处，马到中军，云长提华雄之头，掷于地上，其酒尚温。

这段文字笔墨简练，以当时的气氛和诸侯的反应写出了关羽的神威。论其艺术效果，比写大战数十回合更加引人入胜。通过气氛的渲染和侧面描写，让人去想象战争的场面。从这一点来看，王昌龄《从军行七首》的第五首应该说早著先鞭。这首诗描写了奔赴前线的戍边将士听到前方部队首战告捷时的欣喜若狂，反映了唐军强大的战斗力：

> 大漠风尘日色昏，红旗半卷出辕门。
>
> 前军夜战洮河北，已报生擒吐谷浑。

此诗大意为：塞北沙漠中大风狂起，尘土飞扬，天色因之昏暗，前线军情十分紧急，接到战报后迅速出击。先头部队已于昨夜在洮河北岸和敌人展开激战，刚刚听说与敌人交战，现在就传来了获得大捷的消息。

王维在任监察御史出使西北边塞视察慰问时曾写过一首《出塞作》。从表面上看写的是打猎，实际上写的是在居延城外与突厥日夜激战的情形。诗作颂扬了戍边将士不畏强敌、英勇奋战的大无畏精神，以及昂首挺胸、弯弓射雕的豪迈气概，表现了他们守卫边疆、奋勇必胜的信心。

> 居延城外猎天骄，白草连天野火烧。
>
> 暮云空碛时驱马，秋日平原好射雕。
>
> 护羌校尉朝乘障，破虏将军夜渡辽。
>
> 玉靶角弓珠勒马，汉家将赐霍嫖姚。

此诗大意是：戍边将士在居延城外打击自称是"天之骄子"的敌人。野火烧尽了连天白草，这就是消灭敌人的战场。大漠空旷、平原广阔，任我军驰骋。早晨，戍边将士们登上遮虏障防守，夜晚，渡河攻打敌人。朝廷把镶着玉的剑，雕刻兽角的弓，以及马嚼子上镶有宝珠的良马赏赐给这些得胜的"霍去病们"。

从以上几首诗中不难发现，唐代边塞诗中经常出现汉朝的称谓，比如"龙城""楼兰""匈奴""汉家""霍嫖姚"，这是什么原因呢？

汉朝是我国封建历史上第一个鼎盛时期，经过"文景之治"，汉朝积累了雄厚的经济、军事实力。唐人朝气蓬勃，具有强烈的进取心，溯源历史，汉之威武与唐人的精神风貌不谋而合。因此，在唐代的边塞征战诗中，有着一种浓郁的汉代情结，即以汉代唐。出征的军队称为"汉兵"，将领称为"汉将"，皇帝称为"汉皇"，边塞称为"汉塞"，关隘称为"汉关"，就连天上的月亮也称为"汉月"……不仅如此，一般的边塞诗在提及周边的少数民族时，往往也沿袭了汉朝的称谓，把交战的对方称为"匈奴""楼兰"，把其首领称为"单于""左贤王"；在称颂战地英雄时，常常提到的也是汉代的霍去病、李广、卫青、班超、马援、终军等，他们的辉煌功业激励着将士们要奋勇作战，以便名垂青史。这种汉代情结既是对历史的继承，又是对历史的超越，在时空的变换中更能体现出忧患意识、家国意识，这是唐代边塞征战诗中所特有的一种文化现象。而且这种汉代情缘俯拾皆是，仅以将领来说，王维的《出塞作》写的是霍去病，戴叔伦的《塞上曲二首·其二》写的是班超：

> 汉家旌帜满阴山，不遣胡儿匹马还。
>
> 愿得此身长报国，何须生入玉门关？

此诗的前两句和严武的"更催飞将追骄虏，莫遣沙场匹马远"异曲同工。我大唐的猎猎旌旗在阴山飘扬，突厥胆敢来犯，定叫他有来无回。作为子民，我愿以此身报效国家，大丈夫建功立业何须活着返回家园？

李益的《塞下曲·其二》和戴叔伦的诗作如出一辙，不过，他连用了三个典故：

> 伏波惟愿裹尸还，定远何须生入关。
>
> 莫遣只轮归海窟，仍留一箭射天山。

"海窟"，本指海中动物聚居的洞穴，这里借指当时敌人所居住的瀚海（沙漠）地方。

全诗大意为：为保家卫国，边塞将士应长期驻守边疆，宁愿战死疆场，也无须活着回到玉门关。要全歼敌人，不能让一个敌人逃跑，而且应该留驻边疆，叫敌人不敢再来侵犯。

这两首诗运用了同一典故，即"生入玉门关"。班超，是东汉时著名的军事家、外交家。他不甘为官府抄写文书，于是投笔从戎，随窦固出击北匈奴，又奉命出使西域，在三十一年的时间里，平定了西域50多个国家，为国家鞠躬尽瘁，做出了巨大贡献。公元95年，朝廷为了表彰班超的功勋，下诏封他为定远侯，食邑千户。《后汉书·班超传》说，班超在边地年老思归，曾上书给皇帝说："臣不敢望到酒泉郡，但愿生入玉门关。"

戴叔伦和李益的爱国之心是好的，义无反顾也是好的，但放到班超这个实际例子上看，似乎有些不近人情。年老的班超久在绝域，虽功成名就，但对中原之思念成为最后的寄托，而这更是家国情怀的体现。中国历来君臣观念深重、乡土情结浓烈，班超年老时渴望荣归故土更值得世人敬仰。

李益的诗还运用了另外两个典故：一是马革裹尸。马援，东汉开国功臣之一，是著名的军事家。新朝末年，天下大乱，马援为陇右军阀隗嚣属下，深得隗嚣的信任。后归顺刘秀，为刘秀统一天下立下了赫赫战功。天下统一之后，马援虽已年迈，但仍请缨东征西讨，西破羌人，南征交阯，官至伏波将军。其老当益壮、马革裹尸的气概深得后人的崇敬。《后汉书·马援列传》记载马援的原话："男儿要当死于边野，以马革裹尸还葬耳，何能卧床上，在儿女手中邪！"二是"一箭定天山"，运用《旧唐书·薛仁贵传》的典故。唐高宗时，薛仁贵领兵在天山迎击九姓突厥十余万军队，发三矢射杀他们派来挑战的三个人，其余都下马请降。薛仁贵率兵凯旋时，军中唱道："将军三箭定天山，战士长歌入汉关。"

■边疆风情

■万里寒光生积雪，三边曙色动危旌。

让我们尽情地想象一下，如果我们能跟着唐朝人跃马驰骋在西北边疆，会看到怎样的风景，会听到怎样的声音，会领略到怎样的风情？我想，我们的眼前，我们的耳边，我们的肌肤一定都会被周围的一切紧紧包围，我们的身心会被感染、震撼、催化——

那是戈壁、瀚海、金河、黑山、长云、寒月、雪山、孤城……

那是胡、番、羌、羯、夷、楼兰、龟兹、匈奴、单于……

那是羌笛、琵琶、芦管、号角、金鼓、箫笛……

那是旌旗、烽火、羽书、战车、铁衣、铁骑、玉鞍……

那是戈、矛、剑、戟、斧、钺、刀、铩……

中国古典诗歌是极其精练的语言艺术，"言约而意丰"是历代诗人追求的目标之一。因此，在中国古典诗歌中很少出现泼墨如水的鸿篇巨制，相反，人们更加推崇那些惜墨如金、一字千金的精简短章。

言不尽意，圣人立象以达意。唐代边塞诗中意象众多，大体可分为五类：西域的地理山川；西域的民族称谓；西域的乐器及乐舞；战具兵甲装备；汉代的征戍将军及官职。这些丰富的意象不仅增强了诗歌语言的表现力，还提高了诗歌的审美韵味，使诗歌涵咏无穷，蕴藉生动。

在众多唐代边塞诗中，诗人们都饱含深情地讴歌了塞外壮美的自然风景，使得这些诗歌充满了神奇瑰丽的浪漫色彩。如李白的《关山月》：

明月出天山，苍茫云海间。

长风几万里，吹度玉门关。

此诗以"明月""云海""长风""玉门关"等几个鲜明的意象，为我们描绘了一幅浩渺无边、月穿云海、长风横渡的"塞外夜景图"。又如王维的《使至塞上》中：

大漠孤烟直，长河落日圆。

用"大漠孤烟""长河落日"两组意象，为我们勾画出一幅壮阔美丽的"塞外夕照图"，读之令人欣然神往。再如祖咏的《望蓟门》中写道：

万里寒光生积雪，三边曙色动危旌。

沙场烽火侵胡月，海畔云山拥蓟城。

诗中用"万里寒光""三边曙色""沙场烽火"等图景，为我们描绘出凉州一带雄伟壮阔的战地风光；这样的诗句只能写于大西北，只有见到当地广袤的戈壁、沙漠，才会产生这种诗思。再如陈羽的《从军行》：

海畔风吹冻泥裂，枯桐叶落枝梢折。

横笛闻声不见人，红旗直上天山雪。

该诗抓住"泥裂""枝折"两个典型细节写景，再用"闻声不见人""直上天山雪"写人，描绘了山势峭拔的天山上朔风劲吹，大雪纷飞，将士们冒寒挺进，真可谓一幅的"冬日行军图"。

这些描绘边塞战争的诗歌之所以很成功，无不与边塞独特景色的描写紧密地结合在一起。

音乐具有极强的感染力。它是情感的流泻，是时代精神的张扬，是审美意蕴的标志。

出生于陇西狄道（今甘肃省临洮市）的李益是"大历十才子"之一。他善于描写音乐，让读者随着乐声进入诗境，通过音乐引起的客观效果让读者窥见诗中人物的内心世界。悠悠笛声划破夜空，飞回故乡家园，诉说着演奏者心中的万千情思，因此，李益获得了"诗笛"的桂冠。笛子凄凉的旋律吹奏出了戍边士卒的忧伤，从而奠定了李益在中唐边塞诗中的地位。《唐才子传·李益传》记载李益作诗时的情景：

每每篇就，乐工赂求之，被于雅乐，供奉天子。如《征人》《早行》篇，天下皆施绘画。二十三受策秩，从军十年，运筹决胜，尤其所长。往往鞍马间为文，横槊赋诗，故多抑扬激厉悲离之作。

第三篇 烽火燃陇原

人们评论说，这是继高适、岑参之后的又一位著名边塞诗人。清代沈德潜称他"音节神韵，可追逐龙标、供奉"，说他是和王昌龄、李白齐名的诗人。他的边塞诗中，有三首专写边地音乐，值得一读。

回乐烽前沙似雪，受降城外月如霜。

不知何处吹芦管，一夜征人尽望乡。

这首《夜上受降城闻笛》在当时已广为传颂，刘禹锡提到李益时写有"边月空悲芦管秋"一句，即指此诗。

李益用"沙似雪""月如霜"反映出塞上的寂寞与清寒，这是最容易引起乡思离愁的景象和气氛。在这沙冷月寒、夜阑人静之时，远处传来了凄凉幽怨的芦管声，更加唤起了征人的思乡之情。其诗句与王昌龄的"撩乱边愁听不尽，高高秋月照长城"同工，也可以与李白的"举头望明月，低头思故乡"媲美。只是不知为什么，此诗中将"笛""芦管"混为一谈。唐时的芦管与当时的觱篥相似，管身竹制，长约七寸，上开七孔，竹管上插一个将芦苇压扁制成的双簧吹嘴，芦管现在依然是纳西族及西南各少数民族常见的乐器。再如《从军北征》：

天山雪后海风寒，横笛遍吹《行路难》。

碛里征人三十万，一时回首月中看。

《乐府解题》说，《行路难》兼有离别悲伤之意，是一首声情哀怨的笛曲。这些此吹彼和、响彻夜空的笛音合鸣，不再是前诗中所呈现的孤单、幽怨，而是悲中见壮。荒漠月夜、雪后寒风中的横笛合奏让30万将士回首顾望。诗人只摄取一个万夫"回首"的动作，引导读者追寻这片月光，凝立冥想。

"角"是一种真正和军队有关的乐器，最早的"角"是用动物的角制作的，流行于北方游牧民族地区。角在唐朝边塞军中主要是一种壮军威的仪仗乐器，"角声一动胡天晓"，说明角还用于军事集结。如李益的《听晓角》：

边霜昨夜堕关榆，吹角当城汉月孤。

无限塞鸿飞不度，秋风卷入《小单于》。

后人评价此诗"偏师取胜"，不直接写人，而人在诗中；不直接写情，而情在诗外。全诗表现了征人的边愁乡思，但诗中只有一片角声回荡，只有一群塞雁盘旋。

秋深霜浓，晨星寥落，残月挂天，榆叶凋零，这凄清气氛中的角声，平添了几多悲凉哀怨！"边霜""月孤"既点明边关，又突出了孤独之感。和前两首不同的是，这首诗未写征人的感受，视线依旧停留在辽阔的秋空，由天边的孤月移向盘旋的鸿雁——这群由塞北南飞的候鸟因《小单于》而动情，它们在边关上空低回留恋、盘旋不度。

李益以雁代人，写出了角声的悲壮凄凉；雁犹如此，人何以堪？征人的感受不言而喻。

将音乐与西域风情密切结合的当属唐代七绝的压卷之作——王翰的《凉州词》。"凉州词"并不是诗题，而是流行于凉州一带的曲调名，许多文人采用它填词，一般都称为"凉州词"。

> 葡萄美酒夜光杯，欲饮琵琶马上催。
>
> 醉卧沙场君莫笑，古来征战几人回？

在荒寒艰苦的环境、紧张动荡的征战中，难得有欢聚的酒宴。晶莹的葡萄酒，剔透的夜光杯，这些都是京城难得一见的，更何况有歌舞壮行，谁能不开怀畅饮、一醉方休呢？该诗的第一句"葡萄美酒夜光杯"，犹如突然间拉开帷幕，亮出征战之余将士们开怀畅饮的欢快心情。这景象使人惊喜、使人兴奋。"欲饮"二字，表现出这美酒佳肴盛宴的诱人魅力，将士们那种豪爽开朗、不做作的性格一览无遗。马背上的琵琶手奏起了急促欢快的旋律，"催"出将士们举杯痛饮。有人说着醉话："醉就醉吧，就算醉卧沙场，也请诸位莫笑，我们不是早将生死置之度外了吗？"饮酒之时有一种豁达、纯朴率真的胸怀——"纵死犹闻侠骨香"。生命的价值在热烈的追求中焕发异彩，若是放弃了追求，生命又有何可恋？我起初就是这样理解的。

最近，我在阅读有关凉州的史料时有了新的发现。《隋书·音乐志》评价"凉州曲"说它"掩抑摧藏，哀音断绝"。凉州曲调苍凉、悲哀深沉、婉转动人。有大量传世诗作可以佐证，李频有诗云：

> 闻君一曲古凉州，惊起黄云塞上愁。
>
> 秦女树前花正发，北风吹落满城秋。

这样看来，《凉州词》的基调就不是雄壮豪放了，它不是侠骨义胆

065

第三篇　烽火燃陇原

的吟唱。既然如此，王翰的诗可否理解为以乐景衬哀情，使哀情更哀，折射出出征将士内心深处的悲苦和无奈呢？

　　代表唐代边塞诗最高水平，并且最成功地展示大西北瑰丽、神奇景色的诗人是岑参。他怀抱热切追求功业的愿望从军出塞，在多年往来于鞍马烽尘的征程中，以坦然无畏的心胸去适应那片陌生的苍茫大地，以炽热昂扬的情志去审视它、感受它，那独特的地域文化在他面前展示出了万种风情。他的诗又好又多，把天山南北童话般的神奇美景一一作了展现，如《白雪歌送武判官归京》《天山雪歌送萧治归京》《热海行送崔侍御还京》《火山云歌送别》等。如果没有岑参描绘西域的瑰丽风光，唐代的边塞诗不知会黯淡多少？其诗作《白雪歌送武判官归京》，描绘了边疆奇寒的气候和戍边将士的生活，洋溢着乐观主义精神和深挚的友情。

> 北风卷地白草折，胡天八月即飞雪。
> 忽如一夜春风来，千树万树梨花开。
> 散入珠帘湿罗幕，狐裘不暖锦衾薄。
> 将军角弓不得控，都护铁衣冷犹著。
> 瀚海阑干百丈冰，愁云惨淡万里凝。
> 中军置酒饮归客，胡琴琵琶与羌笛。
> 纷纷暮雪下辕门，风掣红旗冻不翻。
> 轮台东门送君去，去时雪满天山路。
> 山回路转不见君，雪上空留马行处。

　　此诗意为：塞外的朔风来势迅猛、摧枯拉朽，有横扫一切的威力，刚到八月就漫天雪舞，一夜之间，千树万树银装缀琼，就像春风催开满树的梨花。片片飞花飘飘而来，穿帘入户，粘在幕帷上慢慢消融，穿着狐裘犹然不暖，裹着锦衾尚嫌单薄。将军的角弓拉不开了，都护的铁甲也冰冷无比。把客人送出辕门时已近黄昏，大雪又下得铺天盖地。辕门上的红旗冻僵了，一动不动，把客人直送到轮台东门，大雪满山，友人渐行渐远，慢慢消失在雪山上，眼前只有马蹄深深浅浅的足迹……

　　阅读此诗，使人仿佛置身冰天雪地之中，心中却有一幅春风送暖、千树万树梨花怒放的壮观景象。它以梨花喻雪，以春暖显奇寒，使荒蛮雪封之地顿时春意盎然。在写西北严酷的自然环境中透出诗人高昂的乐观主义精神，不愧为千古传诵的咏雪佳句。

■思归厌战
■可怜无定河边骨，犹是春闺梦里人。

从大量写边塞地理山川的诗作来看，这里的生态环境极其恶劣，绝不是游山玩水的乐园，更不是安居乐业的福地。进入中唐以后，社会问题突出，民族矛盾加深，兵燹边衅频发，戍边将士兵役繁重、防御线长，许多战士甚至被强留以至久戍不归。在他们的心中，除了奋发有为的进取精神，慷慨激昂的尚武精神，豪雄尚气的任侠精神之外，连年征战，生死未卜，他们的思家念亲、厌战反战的情绪亦日渐浓烈，一些作品揭露将帅无能贪功，甚至控诉朝廷穷兵黩武。悲壮、凝重、沉郁、苍凉日益成为边塞诗的基调，愈近唐末，愈显强烈。如王之涣的《出塞》：

> 黄河远上白云间，一片孤城万仞山。
>
> 羌笛何须怨杨柳，春风不度玉门关。

如王昌龄的《塞下曲四首·其二》：

> 饮马渡秋水，水寒风似刀。
>
> 平沙日未没，黯黯见临洮。
>
> 昔日长城战，咸言意气高。
>
> 黄尘足今古，白骨乱蓬蒿。

此诗大意为：单薄的戍城孤零零地倚在祁连山下，羌笛吹奏出愁怨的《折杨柳》曲；寒水刀风中诗人河边饮马，看到的是风吹草低见白骨；阳春三月，白雪融化渗入高高堆起的坟冢……

又如柳中庸的《征人怨》：

> 岁岁金河复玉关，朝朝马策与刀环。

第三篇 烽火燃陇原

三春白雪归青冢，万里黄河绕黑山。

这些诗句都以凝重的笔调描述了边地的萧条、荒凉、冷清、单调、肃杀之景，从侧面烘托出征人、戍士们艰苦的作战环境和悲凉的生活状况。在这样的情境中，故乡家园的影子会格外清晰，尤其是到了月满中天，先闻三更戍鼓已断肠，更添一声清笛惹乡思！无论多么刚强的汉子，也会褪去白日的坚强，任由乡思在胸中弥漫。如李白的《关山月》：

由来征战地，不见有人还。

戍客望边邑，思归多苦颜。

高楼当此夜，叹息未应闲。

自古以来，远征的人有谁能活着回到故土家园呢？那些深夜戍守在哨所长吁短叹的兵士，因为思归而面带愁苦之色呀！如岑参的《胡笳歌送颜真卿使赴河陇》中写道：

胡笳怨兮将送君，秦山遥望陇山云。

边城夜夜多愁梦，向月胡笳谁喜闻？

白天的时光还算好过，可到了晚上经常在梦中愁醒，月照荒漠，有谁愿听胡笳悲鸣呢？如陈陶的《陇西行》写道：

可怜无定河边骨，犹是春闺梦里人。

无定河边的那些年轻人早已化作森森白骨，可他们依旧出现在家人的梦中！她们哪里知道，自己朝思暮想的丈夫早已战死沙场呢？

这些诗句以戍客的归心似箭，征人在断肠般的胡笳声里熬过漫漫长夜，高楼中思妇接连不断的叹息声，春闺里妻子梦中见到思念的丈夫等一系列催人泪下的细节刻画，形象生动地反映出塞外战争给戍士及其家人带来了无尽的痛苦和灾难，含蓄地表达了戍卒们的反战思想。值得注意的是，在表现思乡时，往往借助女性的口吻倾诉衷肠，情真意切，委婉动人，但它不属于边塞诗，应该归入闺怨诗。这里只录一首崔湜的《横吹曲辞·折杨柳》：

二月风光半，三边戍不还。

年华妾自惜，杨柳为君攀。

落絮缘衫袖，垂条拂髻鬟。

那堪音信断，流涕望阳关。

　　这首由男性代写的闺怨诗模仿女子口吻，道出丈夫出征已久、远在阳关之外、音讯杳无的现实。眼看已经到了二月，中原到处是莺歌燕舞，可是丈夫戍边还没有回还。每年的这个时候，面对新发的柳条，我都要为你折下几枝，希望你能早点儿回来。可是直等到柳絮飘飞、垂条拂肩，等来的只是音信断绝，独留我泪眼望向阳关！

　　李颀的《古从军行》约写于唐玄宗天宝年间，采用乐府旧题，以古喻今，借汉讽唐：

　　　　白日登山望烽火，黄昏饮马傍交河。
　　　　行人刁斗风沙暗，公主琵琶幽怨多。
　　　　野云万里无城郭，雨雪纷纷连大漠。
　　　　胡雁哀鸣夜夜飞，胡儿眼泪双双落。
　　　　闻道玉门犹被遮，应将性命逐轻车。
　　　　年年战骨埋荒外，空见蒲桃入汉家。

　　先用互文的修辞方式写出将士们日夜观测敌情、饮马交河，随时做好战斗准备的紧张情形。在茫茫大漠之中，与将士为伴的，除去狂沙乱舞，就只有打更的刁斗。第四句中的公主为细君公主，汉武帝时，以江都王刘建之女细君嫁与乌孙国王昆莫，公主担心自己在漫漫路途中烦闷，因而一路弹奏琵琶以娱乐。当年细君公主出塞犹赖琵琶以抒幽怨之情，将士之怨情又何以诉说？万里戈壁、苍茫天空、雨雪交加、大雁哀鸣，连胡人听之都觉惨然，更别说是中原将士！诗歌写出了战士有家不能归，只得在边地死战的悲苦命运，此诗借汉讽唐，暗讽统治者一意孤行、穷兵黩武，将士们出生入死抛尸荒野换来的只是贡品葡萄，供好大喜功的统治者享乐受用。

　　此外，刘湾的"死是征人死，功是将军功"，以及曹松的"凭君莫话封侯事，一将功成万骨枯"，这些诗句都是对战争深刻的反省与谴责。

　　高适是唐代诗人中唯一被封侯的，作为唐代边塞诗派的主将，他的边塞诗除了反映塞外风光、征人思妇的内容外，其突出特色是以政治家的眼光分析边防问题，并以政论的笔调抒写了自己复杂深沉的感慨。笔力雄厚、感情真挚，这样的诗在盛唐边塞诗中独树一帜，如其诗作《燕歌行》就以丰富的内容和深刻的思想成为唐代边塞诗中的现实主义杰作，无人可比。

> 汉家烟尘在东北，汉将辞家破残贼。
> 男儿本自重横行，天子非常赐颜色。
> 摐金伐鼓下榆关，旌旆逶迤碣石间。
> 校尉羽书飞瀚海，单于猎火照狼山。
> 山川萧条极边土，胡骑凭陵杂风雨。
> 战士军前半死生，美人帐下犹歌舞。
> 大漠穷秋塞草腓，孤城落日斗兵稀。
> 身当恩遇常轻敌，力尽关山未解围。
> 铁衣远戍辛勤久，玉箸应啼别离后。
> 少妇城南欲断肠，征人蓟北空回首。
> 边庭飘飖那可度，绝域苍茫更何有。
> 杀气三时作阵云，寒声一夜传刁斗。
> 相看白刃血纷纷，死节从来岂顾勋？
> 君不见沙场征战苦，至今犹忆李将军！

《燕歌行》是高适的第一长篇诗。前八句诗概括了将士们出征的过程，第二个八句写战斗危急而失利。在这个开阔而无险可凭的地带，胡骑迅猛剽悍，如狂风暴雨卷地而来。汉军奋力迎敌，杀得昏天暗地，不辨死生。紧接下来的八句写战争带给士兵的痛苦，这正是被围困在险境中的士兵的心情写照。最后四句收束全篇，感慨无穷，淋漓悲壮。"相看白刃血纷纷，死节从来岂顾勋？"战士们浴血奋战、视死如归，又岂是为了讨得个人的功勋！

这首诗从旁观者的角度热烈地颂扬了士兵们的英勇无畏和爱国精神，同时严厉抨击了将领们的享乐腐败和漠视士兵生命的轻敌冒进。使苦与乐、庄严与无耻形成了鲜明的对比。结句借古喻今，写将士们怀念体恤士兵、威震边境的李广将军，点出朝廷用人不当所造成的恶果，比一般因靖边而思名将的立意更为深刻，应该说这是因为高适是政治家，比一般诗人站得高、看得远。

边塞诗中的负面情绪还需要从更久远的历史时空寻找渊源。在中华大家庭的形成进程中，各兄弟民族间的碰撞融合经常需要通过杀伐、征战来实现。秦汉以来，边疆民族的进犯确实给中原带来了灾难。当吐蕃、突厥这样的强邻再度寇扰唐朝边境，汉民族深入骨髓的忧患意识与民族自尊心很容易被重新激起，如李白的《古风五十九首·胡关饶风沙》写道：

> 荒城空大漠，边邑无遗堵。
>
> 白骨横千霜，嵯峨蔽榛莽。

此诗用十分宏阔的笔触描写了千百年来外族进犯的危害；王维的《燕支行》开篇就说"汉家天将才且雄"，以汉喻唐自有深意；高适的《登百丈峰二首》先后列举了汉朝霍去病征讨匈奴未竟全功与西晋末年北方少数民族南下中原等事，都说明在广大汉族士人心目中，并未忘记民族之间恩怨纠葛的历史。现实中的劲敌与历史上的宿怨相交织，形成了盛唐时诗人难解的心结。如王昌龄的《出塞》：

> 秦时明月汉时关，万里长征人未还。
>
> 但使龙城飞将在，不教胡马度阴山。

又如李白的《战城南》：

> 去年战，桑干源；今年战，葱河道。
>
> 洗兵条支海上波，放马天山雪中草。
>
> 万里长征战，三军尽衰老。
>
> 匈奴以杀戮为耕作，古来唯见白骨黄沙田。
>
> 秦家筑城避胡处，汉家还有烽火燃。
>
> 烽火燃不息，征战无已时。
>
> 野战格斗死，败马号鸣向天悲。
>
> 乌鸢啄人肠，衔飞上挂枯树枝。
>
> 士卒涂草莽，将军空尔为。
>
> 乃知兵者是凶器，圣人不得已而用之。

此诗中，无论是"胡马"，还是"匈奴"，都借指当时唐廷所面临的最大边患吐蕃。诗人却偏爱使用历史名词，除了艺术手法上的考虑，更包含着一种深沉而悲怆的历史追忆与反思。从"秦家""汉家"到"去年""今年",这些表示朝代与时间的词语序列暗喻历史与现实的相似,是对边患绵延久远、难以消弭的焦虑与愤懑。王昌龄的"黄沙百战穿金甲,不破楼兰终不还",之所以如此誓言战胜"楼兰"之敌,表现出视死如归的决绝,是因为其中不仅有新仇,也有旧恨。李白的"汉下白登道,胡窥青海湾",将汉高祖遭遇匈奴的白登之围,与如今吐蕃对于青海的觊觎对举,正是将现实的吐蕃之患纳入到汉民族抵御外敌的全部历史之中来观照。

■民族交融
■凉州七里十万家,胡人半解弹琵琶。

唐代边塞诗的另一个重要内容是从不同侧面表现了当时各民族的交往和互相影响,以及边境不同民族的风情。如岑参的《凉州馆中与诸判官夜集》:

弯弯月出挂城头,城头月出照凉州。

凉州七里十万家,胡人半解弹琵琶。

武威,古称凉州。公元前121年,汉武帝派卫青、霍去病击败匈奴,汉朝为彰显其武功军威,武威由此得名;又因"金行其地,是故寒凉",所以又名"凉州"。

开元年间仅29年,在凉州就进行了24次大的战役。整整一个唐朝,在"丝绸之路"上进行了上百次的大战役,前后三百年,前仆后继,为开拓这条人类文化的脉流、中西友谊之路,所付出的代价真是血流成河、尸堆成山。在唐朝国力极度强盛时,西域诸国与大唐的关系进入了政治、经济、文化、艺术等方面水乳交融的阶段。正如希腊、罗马文化在印度和本土文化相撞击而产生了犍陀罗文化一样,凉州作为河西走廊的"桥头堡",自然也达到了繁华鼎盛时期,其知名度仅次于都城长安,《资治通鉴》说:"天下富庶者无出陇右。"

唐人小说《集异记》中讲述了一个故事：有一年正月十五，上阳宫张灯结彩，喜庆灯节。唐明皇看到宫中到处灯火辉煌，花样新颖别致，深感欣慰。这时，有个道士感慨道："除了凉州，天下没有比长安更盛大红火的灯节了。"唐明皇问道："你到过凉州吗？"道士说："我刚从凉州回来。"玄宗惊异，又问道："我想到凉州看看，行吗？"道士说："可以，你闭上眼睛，一会儿就腾空到了凉州。"玄宗果然看到"千条银烛，十里香尘，红楼迤逦以如昼，清夜荧煌而似春"的繁华景象。这固然十分荒诞离奇，但也说明盛唐时代，凉州的确是一个繁华的城市。元稹有诗云：

> 吾闻昔日西凉州，人烟扑地桑柘稠。
>
> 蒲萄酒熟恣行乐，红艳青旗朱粉楼。

张乔的《书边事》，描写了"小太宗"唐宣宗大中五年（851年），张议潮收复三州七关、河西故地后，边疆和平安宁的景象，表达了诗人渴望民族团结的思想感情。

> 调角断清秋，征人倚戍楼。
>
> 春风对青冢，白日落梁州。
>
> 大漠无兵阻，穷边有客游。
>
> 蕃情似此水，长愿向南流。

"断"有占尽的意思；"倚"写出征人安闲的神态；"青冢"指王昭君的坟墓；"梁州"即凉州。

清秋季节，万里晴空；角声回荡，悦耳动听；征人倚楼，赏景听曲。诗人由昭君和亲联想到边关安宁、民族团结正是人们的长期夙愿。傍晚时分，凉州城一派平和、安康的气象。行走在荒漠深处，不再担心有番兵阻拦，在遥远的边疆都有游客观光！诗人面对滔滔奔流的河水，思绪联翩：若是蕃情能像这大河一样，长久地向南流入中原该有多好啊！

唐朝皇室大多都能实行开明的民族政策。唐太宗说："自古皆贵中华，贱夷狄，朕独爱之如一"，这是唐朝历代帝王相沿不改的民族观念。国家统一有利于民族团结，原来尖锐对立的民族一旦在政治上统一起来，化干戈为玉帛，仇敌也就成了兄弟。初、盛唐时期，唐廷平息了多方的侵扰和叛乱，妥善安置了少数民族事务，吸引了大量周边的少数民族前来朝觐内附，汉民族和少数民族之间的矛盾趋于缓和。如陈陶的《陇西行四首·其四》：

> 黠虏生擒未有涯，黑山营阵识龙蛇。
>
> 自从贵主和亲后，一半胡风似汉家。

诗中说的"和亲"也是唐朝统治者结好周边国家的一项基本国策。比较著名的当数贞观十五年（641年）文成公主嫁与松赞干布，唐中宗景龙三年（709年）金城公主进藏。有唐一代，有数十位公主担任了和平的使者。如常建的《塞下曲四首·其一》，就歌颂了和亲带来的睦邻友好关系：

> 玉帛朝回望帝乡，乌孙归去不称王。
>
> 天涯静处无征战，兵气销为日月光。

持玉帛上朝，表示臣服和归顺；"望"字笔重情深，眷恋不舍中暗示恩义深远。乌孙是生活在伊犁河谷的游牧民族，属西域诸国中的大邦。汉武帝为了安抚西域、遏制匈奴，两次和乌孙订立和亲之盟。自此，两国长期保持友好关系。常建讴歌这段历史是有感于唐玄宗晚年的黩武政策，体现了诗人热爱和平、反对战争的美好愿望。沈德潜说此诗"句亦吐光"，可谓当之无愧。

和亲之策能带来短暂的安宁，但终非长久之计，也有诗人反对。王维的"当令外国惧，不敢觅和亲"，认为和亲是唐室懦弱无能的表现。高适的《塞上》也是对被动应战、妥协和亲政策的抨击：

> 转斗岂长策，和亲非远图。
>
> 惟昔李将军，按节出皇都。
>
> 总戎扫大漠，一战擒单于。

这首诗约作于玄宗开元年间，奚、契丹常在北方边境骚扰生事，玄宗采取和亲的政策企图结好他们，但是奚、契丹的首领仍不断起兵叛乱，战祸连年。

纵观历史，和亲政策的成功与否主要取决于唐廷的实力。初唐时期，尤其在贞观年间，因唐室武力雄厚、力量强大，和亲政策取得了较大的成就。到了唐朝中晚期，国势衰败，和亲之好成了一厢情愿，有时甚至化为泡影。不论和亲结果如何，这一政策在客观上促进了民族融合，带动了少数民族的共同发展。

在上层统治者友好往来的同时，边疆汉族将领与西域百姓相处如一家，他们带领当地百姓发展生产，两军之间往来增多。如岑参的《赵将军歌》写道：

> 九月天山风似刀，城南猎马缩寒毛。
>
> 将军纵博场场胜，赌得单于貂鼠袍。

"赵将军"可能是指赵玭，天宝十四年（755年），他代理北庭节度使之职。游牧民族经常举行赛马、比武大赛。天寒地冻，两军玩起竞赛游戏，表现了不同民族将领之间的友好关系，语言俏皮诙谐。

《酒泉太守席上醉后作》是至德二年（757年）春，岑参感谢酒泉太守的应景之作，诗中写道：

> 琵琶长笛曲相和，羌儿胡雏齐唱歌。
>
> 浑炙犁牛烹野驼，交河美酒归巨罗。

室内瑰丽的装饰，美人艳丽的服饰，热烈奔放的舞蹈，少数民族组成的歌队，宴席上奇异的器皿，内地所没有的种种美味，交河的葡萄佳酿未饮人先醉，牦牛、野骆驼被整个儿烧烤，这一切融汇成浓烈、粗犷的塞上情调，真切生动地展现了多民族文化互相影响下的社会面貌和生活风尚。

文化是民族的根本特征之一，民族间深层的交往就是文化的交流融合，像音乐、舞蹈、饮食等文化，也一同构成了民族交融的内容。《旧唐书·音乐志》记载，唐代的音乐种类丰富，除了传统的清商乐外，大量吸纳胡夷精华，如西凉乐、高丽乐、扶南乐、龟兹乐、疏勒乐、高昌乐等。

到了中晚唐，大片国土被吐蕃占据，有些诗作就反映了这一背景下的民族关系。如中唐王建的《凉州行》就写了凉州沦陷之后，胡人日渐汉化、汉人日渐胡化的情形。胡人的汉化是学习汉人的农桑生产，以加强他们的武备；汉人的胡化，只是学习胡人的音乐歌舞，作为长夜荒淫的宴乐。《凉州行》主观上表现了诗人强烈的忧患意识，客观上却反映了胡、汉民族经济、文化的交流。

> 凉州四边沙皓皓，汉家无人开旧道。

边头州县尽胡兵，将军别筑防秋城。

万里人家皆已没，年年旌节发西京。

多来中国收妇女，一半生男为汉语。

蕃人旧日不耕犁，相学如今种禾黍。

驱羊亦着锦为衣，为惜毡裘防斗时。

养蚕缫茧成匹帛，那堪绕帐作旌旗。

城头山鸡鸣角角，洛阳家家学胡乐。

"汉家"映射唐朝；"旧道"指开元、天宝年间的西域通道。

此诗大意为：现在已没有昔日开元、天宝年间的骁将开拓边疆，凉州城外又是黄沙漫天，各郡县已被吐蕃所据。每到秋季，马壮粮足的游牧民族常会进犯中原，守边的唐军只好另筑"防秋"的城堡。那些万里从征的将士大都战死在边塞上，可是京城里还在年年下令征兵。吐蕃进犯后，从中原掳掠妇女，她们生下的孩子多半能说汉语。受中原农耕文明的影响，胡人开始种起庄稼，脱去珍贵的毡裘以备作战时穿用，寻常牧羊时穿起了轻便的丝质锦衣，绢帛制作的旌旗围绕在营帐四周。城上的山鸡报晓，天色渐明，城中的达官显贵依旧沉迷在胡乐的歌舞宴会中！

晚唐司空图的《河湟有感》更有意思，也更值得玩味。

一自萧关起战尘，河湟隔断异乡春。

汉儿尽作胡儿语，却向城头骂汉人。

"萧关"曾是唐人引以为豪的地名，是战争时的后方大本营，王维有"萧关逢候骑，都护在燕然"的诗句。而现在，河湟"华人百万皆陷于吐蕃"，在以后的百十年里，河湟地区的唐人与吐蕃人杂居，使用吐蕃语，家国意识淡薄，反将唐人当作仇人，使用吐蕃语痛骂汉人。

第四篇
悠然见南山

　　唐代山水田园诗从陶渊明那里撷取淡远的情韵，从谢灵运那里吸取工致的笔意，从道释玄禅那里提取审美的精神，把自然界中最优美、最动人的画面，用精致疏淡的手法表现出来，对后世山水诗歌的创作产生了深远影响，给读者留下了充分想象的空间，开辟了审美新境界。对日渐功利、日渐浮躁、日渐被物欲所奴役的当代人而言，在体验生命、回归自然、唤醒自我、认识世界等方面，无疑也提供了一个颇有价值的人生参照。

■道释玄禅
■认识世界、体验生命、回归自然、唤醒自我

《诗经》和《楚辞》是秦汉以前诗歌的两座高峰，其中，有些篇章写到了自然景物，如《关雎》《采薇》《兼葭》等，但它们或者是作为寄意的媒介，或者是作为比德的载体，以《诗经》为例：

关关雎鸠，在河之洲。窈窕淑女，君子好逑。

昔我往矣，杨柳依依。今我来思，雨雪霏霏。

兼葭苍苍，白露为霜。所谓伊人，在水一方。

这样的写景佳句，只是作为人物活动的一种背景，自身还不是独立的审美对象。在《诗经》《楚辞》所经历的漫长时代，还没有出现一首专门描写自然山水的诗篇。

谁的作品称得上是山水诗的第一篇章呢？让我们沿着历史的长河顺流而下。两汉数百年，乐府五言诗特别是铺采摘文的辞赋，已经有了较多对自然风光的描写。但在魏晋之前，诗歌的内容主要是与人类密切相关的诸如生存、欲望、政治、战争等。自然风光依然是文学宝藏中的一块璞玉，并未有人为之专门写诗。直到汉末建安十二年（207年），曹操的《观沧海》曲终奏雅，为诗坛献上了第一首完整的山水乐章。

东临碣石，以观沧海。
水何澹澹，山岛竦峙。
树木丛生，百草丰茂。
秋风萧瑟，洪波涌起。
日月之行，若出其中。
星汉灿烂，若出其里。
幸甚至哉，歌以咏志。

这是曹操北征乌桓，消灭了袁绍残部，于凯旋途中登临碣石山时写的一首诗。诗中描绘了中华河山的雄伟壮丽，表达了作者豪迈乐观的进取精神。

诗人自觉地以自然山水为题材写诗，为什么会出现在魏晋时期，是什么原因让自然山水成为一种独立的审美对象？

魏晋六朝是一个干戈纷扰、政治紊乱，经学衰落、玄学盛行，思想开放、人性觉醒的时代，走马灯似的王朝更迭和杀伐，人命危浅、朝不保夕的恐怖和悲哀，使许多公卿士大夫和诗人走向觉醒，他们以新的眼光来审视社会。

> 膏火自煎熬，多财为患害。
>
> 布衣可终身，宠禄焉足赖？

"生逢乱世，多财富有反而会带来灾难，做个普通百姓倒可以平安稳妥，高官显贵又怎能靠得住呢？"出于这样的认识，为了躲避灾祸，他们不得不退出动荡的政治，逃离残酷的战争，藏身匿迹于林泉之间，开始和自然亲密接触，诗人由写人事倾情于描绘自然，山水诗逐渐出现在嵇康、张华、左思、郭璞等人的诗篇中。如左思的《招隐诗二首·其一》：

> 白雪停阴冈，丹葩曜阳林。
>
> 石泉漱琼瑶，纤鳞亦浮沉。

直到晋、宋时代，终因陶渊明、谢灵运这两位大诗人的出现，使得山水田园诗终于化茧成蝶，翩飞于诗坛的百花园。

对中国文学史稍有了解的人都知道陶渊明"不为五斗米折腰"的故事，他只做了八十一天的彭泽令就"守拙归园田""种豆南山下"了。陶渊明为官，只有这一次经历吗？其实，他的仕宦之路并不平坦，从29岁到41岁，历时十三年，这又从哪里说起呢？

陶渊明，浔阳柴桑（今江西省九江市）人，名潜，字元亮，唐代时为了避讳唐高祖李渊，改称"陶深明"（或"陶泉明"）。他的曾祖父陶侃是东晋的开国元勋，到陶渊明这一代时，家势衰微。屋漏偏遇连阴雨，他9岁丧父，跟母亲生活在外祖父家，这是一个书香门第，陶渊明得以遍览经书，少年时即有"猛志逸四海，骞翮思远翥"的志向。陶渊明想大济苍生，但森严的门阀制度使庶族寒门出身的他备受歧视，只担任过一些小官，最后，他干脆辞官回家，躬耕自给，闭户高吟：

> 寝迹衡门下，邈与世相绝。
>
> 顾盼莫谁知？荆扉昼常闭。

陶渊明原本是飞翔于田园的慧鸟，性真直率，做不了污浊世态下的好官，一旦脱离樊笼，复返自然，喜庆之情，不能自已。其《归园田居五首·其一》写道：

> 少无适俗韵，性本爱丘山。
>
> 误落尘网中，一去三十年。
>
> 羁鸟恋旧林，池鱼思故渊。
>
> 开荒南野际，守拙归园田。
>
> 方宅十余亩，草屋八九间。
>
> 榆柳荫后檐，桃李罗堂前。
>
> 暧暧远人村，依依墟里烟。
>
> 狗吠深巷中，鸡鸣桑树颠。
>
> 户庭无尘杂，虚室有余闲。
>
> 久在樊笼里，复得返自然。

农村生活是那样舒心愉快，田园风光是那样怡人美好，两相对比，官场生活是那样令人厌烦，一旦摆脱种种藩篱、羁绊，诗人大有如释重负的痛快！其中的妙趣，只可意会不可言传！

陶渊明实打实地过上了躬耕陇亩的生活，他披星戴月、劳作不辍，庄稼的长势怎样呢？其《归园田居五首·其三》写道：

> 种豆南山下，草盛豆苗稀。
>
> 晨兴理荒秽，带月荷锄归。
>
> 道狭草木长，夕露沾我衣。
>
> 衣沾不足惜，但使愿无违！

此诗大意为：我在南山下种了豆子，天蒙蒙亮我就扛着锄头出门了。来到田间地头，只见杂草长势茂盛，豆苗少得可怜。我在地里忙碌起来，不知不觉天黑了，这才回家。山路狭长，叶露晶莹，我的衣服都被露水打湿了。这有什么遗憾的呢，只希望上天不要辜负我归隐的心意！

晨雾暮霭，他葛衣芒鞋，荷锄走来。简朴的居处，平常的村落，作者以平淡的口吻，活脱脱勾勒出一个超然物外、淡泊守拙、率真自在的隐士形象。

陶渊明要的不是外物自身，而是心灵之趣。故而，他的诗注重写意，而不是摹象，诗是他"旷而且真"个性的自然流露，是"浑然天成"的大境界。苏东坡评其诗说："陶渊明意不在诗，诗以寄其意耳"，元好问说其诗"此翁岂作诗，直写胸中天"。

如果说陶渊明是田园诗的开创者的话，谢灵运则是山水诗的奠基人；如果说陶渊明开寄意田园、浑然天成之先河，谢灵运则开摹山范水、精雕细琢之先河。

谢灵运和陶渊明都生活在动荡的历史转型期。谢灵运比陶渊明小20岁，但他出身名门望族，祖父是东晋名将谢玄，母亲是大书法家王羲之的外孙女，"少好学，博览群书，文章之美，江左莫逮"，按理说，出身高贵、文采卓然的他有着得天独厚的政治条件，完全可以大展宏图。事实上，宋文帝刘义隆对他"唯以文义见接，每侍上宴，谈赏而已"，这很像汉文帝在未央宫接见贾谊的情形，都属于亲近而不重用。谢灵运在朝不得志，在外任永嘉太守、临川内史等职期间，发明了一种登山鞋——"谢公屐"，即此屐的脚掌和脚跟处各有一齿，上山去前齿，下山去后齿，使爬坡下岭如履平地。从此，谢灵运在永嘉、会稽、彭蠡等地以文会友，共赏山水，探奇览胜，写了大量的山水诗。

这些作品的质量如何，我们先听听谢灵运对自己的评价。他曾在众人面前说："魏晋以来，天下的文学之才共有一石，其中曹植独占八斗，我得一斗，天下其他人共分一斗。"话说得有些狂妄，除了曹子建，我把谁都不放在眼里，但他的水平摆在那里，不服都不行。

为什么这样说呢？

谢灵运的诗句秀辞巧，往往着一字即显山水情态，他是调度语言的大师，这一点让李白也佩服至极。如：

乱流趋正绝，孤屿媚中川。

白云抱幽石，绿筱媚清涟。

池塘生春草，柳园变鸣禽。

春晚绿野秀，岩高白云屯。

野旷沙岸净，天高秋月明。

谢灵运以其绝对的灵慧构思诗句，山姿水态、昏晓阴晴、四季景象，经他妙手剪辑、精雕细刻、描摹敷彩，即刻成为流光溢彩的清丽画面，赢得了后人"谢诗如新发芙蓉，自然可爱"的赞誉。

南朝宋景平元年（423 年）秋，谢灵运辞官回到故乡会稽始宁（今浙江省绍兴市上虞区）的庄园，建书斋"石壁精舍"，有诗作《石壁精舍还湖中作》：

昏旦变气候，山水含清晖。

清晖能娱人，游子憺忘归。

出谷日尚早，入舟阳已微。

林壑敛暝色，云霞收夕霏。

芰荷迭映蔚，蒲稗相因依。

披拂趋南径，愉悦偃东扉。

虑澹物自轻，意惬理无违。

寄言摄生客，试用此道推。

此诗大意为：黄昏和清晨时天气的晦明变化，山水中往往带着清灵的光芒，这一切都让人愉悦、留恋。从峡谷出来好像时间尚早，及至上船发现天色已晚。树林、山壑、暮雨、云霞汇成傍晚的美景，芰荷、菖蒲、麦苗交相呼应、生机勃勃。手持拂尘走过小路，倚靠在柴门边欣赏晚景，心中颇有感悟：物欲少了，外物的诱惑就不起作用，忧虑少了自然会没有烦心事，心情舒畅就会万事如意！这就是我的养生之道，说出来和大家分享。

在政局混乱、险象丛生、名士动辄被杀、争权夺利的晋、宋时代，谢灵运的这种随性适性、虑澹物轻的养生方法无疑要比当时盛行的服药炼丹、追慕神仙的虚妄态度理智、高明得多。

陶、谢作为山水田园诗开宗立派的鼻祖，他们都明显地受到了玄学思潮的影响，这在他们的作品中随处可见。不同的是，陶诗中的玄旨和理趣往往含蓄渗透在"此中有真意"的田园画面里，而谢诗直接用"虑澹物自轻，意惬理无违"这样的诗句来表达。

道释玄禅的人生情趣和艺术精神，始终贯穿于山水田园诗的发展之中。

到了唐朝，山水田园诗出现了丽日经天的壮观，形成了一个与边塞诗派交相辉映的诗派。

山水田园诗的鼎盛与它诞生最初的历史原因是否相同呢？

山水田园诗诞生于干戈纷扰、政治混乱的魏晋六朝时期，兴盛在社会安定，国力强大，政治、经济、文化全面繁荣的唐代。唐代统治阶级提倡佛、老，由于皇帝认为自己是老子李耳的后代，所以社会上佛、道思想流行，道家崇尚自然、返璞归真的追求和佛家净心明性的境界为诗歌提供了丰厚的文化及审美积淀。一时间，隐逸成为一种时尚，有人由隐而仕，有人由仕而隐，有人亦官亦隐。

■ 王维摩诘
■ 画意、禅理与诗情三者的组合

王维是盛唐"山水田园诗派"的代表诗人。

他早岁春风得意，支持张九龄的开明政治，有"为苍生谋"的宏愿，这一阶段的诗作有不少反映边塞生活，歌颂游侠精神，抒发了其创建宏业的豪情壮志。诗歌豪迈雄浑，入世思想较强，充满了英雄主义气概。即使是山水诗，也是气象峥嵘、意境开阔。如他的《华岳》一诗：

西岳出浮云，积雪在太清。

连天凝黛色，百里遥青冥。

白日为之寒，森沉华阴城。

昔闻乾坤闭，造化生巨灵。

右足踏方止，左手推削成。

天地忽开拆，大河注东溟。

遂为西峙岳，雄雄镇秦京。

大君包覆载，至德被群生。

上帝伫昭告，金天思奉迎。

人祇望幸久，何独禅云亭？

王维用神来之笔，描写了华岳与天相接的雄伟气势，又以河神巨星的传说追溯华山峻峭五峰的形成，充满了浪漫主义的神奇想象。阅读此诗，不禁使人产生"登泰山而小天下"的壮志，给人一种雄心勃勃的崇高享受，并由华山的壮美进而感到一种巨大的精神力量，间接反映了诗人青年时期的远大志向和政治开明、经济繁荣、文化发达的开元盛世。

再如《汉江临泛》，全诗运用了水墨山水的意境，从大处落墨，勾勒出汉江的雄浑壮阔，水天一起浮动，山色若有若无的景色。

楚塞三湘接，荆门九派通。

江流天地外，山色有无中。

郡邑浮前浦，波澜动远空。

襄阳好风日，留醉与山翁。

此诗的颔联把所见江山的空间跨度极力加以扩展，以至无穷无尽。"有无中"的山色，"天地外"的江流，这种因远而虚的境界，展示了江面之宽、江流之长。诗人用"有无"和"外"，点出了画面由实景而化入虚白。颈联再用一个"浮"字，以郡邑浮沉、天空摇曳的幻觉，极写水势的浩渺，似乎把郡邑描写成海市蜃楼了。但也只有这样，才能更真切地表现出"前浦"波澜壮阔、浩渺连天的风貌。

一直过着舒适生活的王维，在40多岁的时候卷入了政治旋涡，先是贤相张九龄被罢免，李林甫上台，接着杨国忠专权，朝政腐败与社会阴暗日重，王维的政治热情渐渐降温。让他万万没想到的是，一场飞来横祸迅速冰封了他"愿得燕弓射天将，纵死犹闻侠骨香"的功业心。

是什么灾祸呢？

在玄宗天宝十四年（755年）爆发的"安史之乱"中，王维被叛军捕获，被迫当了"大燕国"的伪官。叛乱平息后，投效叛军的官员要被处斩，王维的名字就记在"黑名单"上。幸好战乱中，唐玄宗读到了王维写的思慕天子的诗，时任刑部侍郎的弟弟王缙（曾跟随皇帝出逃）也极力求情，愿以自己的官职换取哥哥的性命，如此王维才免于一死。

> 古人非傲吏，自阙经世务。
> 偶寄一微官，婆娑数株树。

目睹了官场倾轧，体验到了仕途沉浮后，王维回避政治斗争，选择了一条亦官亦隐的生活道路，栖身于山水田园的闲适世界，把大自然当作纯洁的理想王国，描绘洁净的山石、清澈的溪流、和谐的农村，表现出流连光景的娱悦和高蹈出尘的满足，曲折地表达了自己对黑暗官场的厌恶之情。如《渭川田家》：

> 斜阳照墟落，穷巷牛羊归。
> 野老念牧童，倚杖候荆扉。
> 雉雊麦苗秀，蚕眠桑叶稀。
> 田夫荷锄至，相见语依依。
> 即此羡闲逸，怅然吟《式微》。

此诗大意为：暮色苍茫，牛羊回村，慈祥的老人拄着拐杖正在柴门外迎候放牧归来的小孙子；麦苗清秀，麦地里的野鸡叫得十分动听；桑叶稀少，蚕儿开始作茧营造自己的安乐窝；农夫们三三两两，扛着锄头，在田间小道上偶然相遇，亲切絮语，有点儿乐而忘归，好一幅恬然安宁的"田家晚归图"！面对此情此景，诗人联想到自己的处境和身世，油然而生羡慕之情，抒发了自己归隐田园的心情。

王维是诗、画、音乐艺术的集大成者，在其生前及后世都享有盛名。《新唐书》记载："名盛于开元、天宝间，豪英贵人虚左以迎，宁、薛诸王待若师友。"少年时，王维演奏自创作品《郁轮袍》"独奏新曲，声调哀切，满座动容"；苏轼曾评论说："味摩诘之诗，诗中有画；观摩诘之画，画中有诗"；唐代宗评价王维是"天下文宗"；还有人说"顾长康善画而不能诗，杜子美善作诗而不能画，从容二子之间者，王右丞也"。这些评价足以说明王维在诗歌、绘画、音乐方面的高超造诣。

王维的山水田园诗在艺术上集中表现为语言美、绘画美、音乐美。王维的山水田园诗几乎都是五言诗。他的诗作追求明净淡雅的语言，不尚浓艳，不重华饰。如《山居即事》：

> 寂寞掩柴扉，苍茫对落晖。
>
> 鹤巢松树遍，人访荜门稀。
>
> 绿竹含新粉，红莲落故衣。
>
> 渡头烟火起，处处采菱归。

此诗中，诗人以浅切的语言、白描的手法，写出了山居环境的幽静可人及富有生气。在夕照浑茫的大背景下，古松参天，仙鹤盘旋，访客罕至，柴扉独掩，可谓幽静之至。诗人以"苍茫""遍""稀"这些词来渲染寂静的氛围，又用"新粉""落""烟火""处处"等传神的字眼传递出大自然勃勃的气象和人们怡然自乐的精神面貌。

王维善于发现和捕捉自然景物的形象特征和状态，以画家的绘画技巧去构图和选择色彩，并将诗人对自然独特的情感体验、审美感受及精神境界融入景物之中，创造出了优雅秀美的艺术境界。

王维以画入诗，使他笔下山水田园景物的布局错落有序，富于绘画美。

绘画艺术讲究虚实相生，常留虚白供读者再补充。王维深谙此道，在描绘山水景物时，往往从虚处落笔，如其诗作《汉江临泛》的颔联"江流天地外，山色有无中"，其状江水浩渺、山色空蒙，有以少胜多、以一当十的艺术效果。山水田园诗成熟的一个重要标志就是对色彩使用的自觉程度。王维作为一个画家诗人，对色彩的价值认识及对色彩的把握，使其诗作更具创造性了。如以《山中》为例：

> 荆溪白石出，天寒红叶稀。
>
> 山路元无雨，空翠湿人衣。

此诗大意为：初冬时节，山中溪水变成涓涓细流，露出嶙嶙白石，特别清浅可爱；因为天寒，红色的霜叶变得稀少，反而显得格外鲜艳夺目。诗人行走在山路上，苍翠的山色是那样浓、那样嫩、那样润，仿佛把人的衣裳都要沾湿了。

全诗仿佛是随意点染，却已非自然之色了，再衬以通感的手法滋生出来的诗意感受和心灵色彩，全幅画就蒙上了似幻而真的生命感动的烟雾。就像他所开创的南宗画派以水墨为主一样，在水墨的浓淡明暗变化中表现山水的物理和质感。而且王维用色偏好青、白两色，如《白石滩》：

> 清浅白石滩，绿蒲向堪把。
>
> 家住水东西，浣纱明月下。

河滩上的水，水底的石和水中的蒲草清晰如画，以明月照彻滩水，水才显其"清"，滩才显其"浅"，水底之石才显其"白"。不仅如此，从那铺满白石的水底到那清澈透明的水面，还可以清楚地看到生长其中的"绿蒲"，它们长得又肥又嫩，差不多可以用手满把地采摘。这里特别值得注意的是一个"绿"字：光线微弱，绝色就发暗，能见其绿，足见月光之明亮。月之明，水之清，蒲之绿，石之白，相映相衬，给人以极其鲜明的视觉感受。

而王维诗中的白色主要取象于白云。司空图的《诗品》中就曾用"白云"比喻"超诣"的神韵，说"如将白云，清风与归。远引若至，临之已非"。王维将心性具象为白云正是基于这种考虑，也恰恰是这种效果。

> 但去莫复问，白云无尽时。
>
> 不知香积寺，数里入云峰。
>
> 行到水穷处，坐看云起时。
>
> 回看射雕处，千里暮云平。

青色则是苍苔、雾霭、山岚：

> 返景入深林，复照青苔上。
>
> 坐看苍苔色，欲上人衣来。

山路元无雨，空翠湿人衣。

白云回望合，青霭入看无。

"白云""苍苔""雾霭""山岚"都给人一种奇幻幽深的感觉。一切都是寂静无为的，虚渺无常，没有目的，没有意识，没有生的喜悦，没有死的悲哀，但一切又都是不朽的、永恒的，正像胡应麟《诗薮》所评：使人"读之身世两忘，万念皆寂，不谓声律之中，有此妙诠"。

王维的山水诗画面层次丰富、远近相宜，乃至动静相兼、声色俱佳，更多一层动感和音乐美，如"松含风里声，花对池中影""万壑树参天，千山响杜鹃""草间蛩响临秋急，山里蝉声落暮悲"。

人闲桂花落，夜静春山空。

月出惊山鸟，时鸣春涧中。

这首《鸟鸣涧》，"人闲""夜静""山空"皆是静态描写，构成了春夜山涧的静谧；诗人又写了"花落""月出""鸟鸣"这些动景，一个"惊"字唤醒了息息相通的世界，"鸟鸣山更幽"，既突出了山涧的宁静幽美，又显得富于生机和情致。又如《过香积寺》：

不知香积寺，数里入云峰。

古木无人径，深山何处钟。

步入茫茫山林，行不到数里，就进入白云缭绕的山峰之中，古树参天的丛林中杳无人迹，忽然不知从哪里传来一阵隐隐的钟声，在深山空谷中回响。有小径而无人行，听人声而不知何处，再衬以周围参天的古树和层峦叠嶂的群山，这是多么幽静、空灵的境界！在此诗中，诗人描绘了幽静的山林景色，更着意写了隐隐的钟声，这钟声非但没冲淡整个环境的平静，反而增添了深山丛林的僻静氛围。

王维的高妙更在于其诗的语言美、绘画美、音乐美不是孤立存在于一首首诗中的，而是将其统一于一首诗中，构成流动的有声有韵的立体画面；形象鲜明、色彩清丽、构图精美、层次丰富、情感浓郁。如其《山居秋暝》：

空山新雨后，天气晚来秋。

明月松间照，清泉石上流。

竹喧归浣女，莲动下渔舟。

随意春芳歇，王孙自可留。

　　此诗描写的是秋日傍晚雨后的山村风光，随意挥写，语出自然。在这首诗里，空山雨后的秋凉，松间明月的清光，石上清泉流动的声响，浣纱归来的女孩子们在竹林里的笑声，小渔船缓缓穿过荷花的情态，都和谐完美地交织在一起，像是一幅清新秀丽的有声画，又像是一支恬静优美的抒情曲，我们仿佛呼吸到了雨后清新的空气。

　　秋夜雨后的山村在诗人的笔下多么纯净美好，多么富有诗情画意！这正是诗人所追求的理想境界。诗人捕捉了景物中最优美、最动人的一刹那，随意挥洒，毫不着力地写来，却是如此形象生动，色彩鲜明，意境优美，韵律悠扬，而且通篇有比有兴，含蕴丰富，耐人寻味。

　　又如《新晴野望》这首诗，不仅有形态、色彩和构图，还有光线和颜色的和谐映衬，明与暗的对比，远近、高低、大小、干湿、虚实的巧妙布置，富有层次感、纵深感。

新晴原野旷，极目无氛垢。

郭门临渡头，村树连溪口。

白水明田外，碧峰出山后。

农月无闲人，倾家事南亩。

　　清新开阔的原野，明净无尘的天空，仿佛是画幅的大背景。村前较远处有"郭门""渡头"，较近处有"村树""溪口"；村后近处是"白水""明田"，远处是"碧峰"。近景、中景、远景组成了画面的纵深感和层次感，远山碧峰又构成了立体的景深。明亮的白水、碧绿的峰峦，明与暗、光与色调和入妙！"无氛垢""临渡头""连溪口"中有亮度，田外白水、山后碧峰中有湿度。稳坐"盛唐画坛第一把交椅"的王维精通画理，他能最大限度地发挥语言的启发性，在读者头脑中唤起对形、声、光、色、质、态的丰富联想和想象，组成一幅幅生动的图画。王维更懂得绘画长于静态也拘于静态，所以其诗作有意选用动词，给静物赋予动感，最后还不忘在画面上添加活动的人物。

　　司马光的《温公续诗话》中说："古人为诗，贵于意在言外，使人思而得之。"梅尧臣也说："作者得于心，鉴者会于意。"王维山水田园诗的"象外所传之神"与"象外所寄之兴"是什么呢？

这还要从王维的名字说起。

王维在《赞佛文》中称自己"以般若力，生菩提家"，他的家人均虔信佛法，茹素戒杀。王维的名字本身就深含禅机，他名维，字摩诘，合起来是"维摩诘"。稍通佛学的人都知道有一部禅宗经典叫《维摩诘所说经》，其中，神通广大的维摩诘长者是一位得到释尊称许的居士。王维既以"维摩诘"作为自己的"名"与"字"，可见他对维摩诘的仰慕之情，又透露出他与佛教，尤其是与禅宗的深厚缘分。

王维的母亲崔氏信佛，师事一代名僧大照禅师。其弟王缙"素奉佛，不茹荤食肉，晚节尤谨"，甚至还劝说代宗皇帝李豫信佛。王维自己也是常年素食，到晚年时就更加严格。加之他是个很重感情的人，中年丧妻后再未娶妻，史称"三十年孤居一室，屏绝尘累"。岑寂的独身生活多少消沉了他的意志，只能到林泉之中寻找精神寄托，这也使他的诗作增添了几分舒惬的雅韵与禅悟的意味。

王维是个大孝子，为了方便母亲宴坐修道，购置、营建了蓝田辋川别墅，那是一座很宽阔的去处，有山有湖，有林子也有溪谷，其间散布着若干馆舍。自己也在这里过起"万事不关心"的亦官亦隐的生活，身在朝廷心存山野；同时，对佛教的信仰日益加深，特别是经历了安史之乱"进不得从行，退不能自杀"的惨痛遭遇后，在"一生几许伤心事，不向空门何处销"的感叹下，决定皈依佛门，专以"以诵禅为事"。

后人称王维为"诗佛"，与"诗圣"杜甫、"诗仙"李白齐名。"诗佛"的称谓不仅说明了王维的宗教信仰和诗歌中蕴含的禅意，更是对他在诗坛崇高地位的崇拜。

王维曾提出"审象于静心，成形于纤手"的主张，他以禅者的目光观览自然，用禅的静定从容体味生命，他的山水画多是心融物外、道契玄微的神品；他的山水田园诗中往往包含清净、静谧、深远的禅意。诗中最爱用"静""澹""远""闲""清""明""淡""孤""深"等字，还有"禅""寂""空""虚""无""无生"等字眼，往往能荡涤读者的胸襟，给人以恬淡宁和的无尽遐思。

> 人闲桂花落，夜静春山空。

> 明月松间照，清泉石上流。

> 深林人不知，明月来相照。

> 渡头馀落日，墟里上孤烟。

> 返景入深林，复照青苔上。

空山、明月、清泉、深林、渡头、孤烟……这是一个多么清静、幽美、纯洁无瑕的天地，又是一个多么独立而封闭的世界。这种静谧、空灵的无人之境，正是诗化了的物我两忘的庄禅境界。在这里，诗人把自然吸入自我之中，又把自己的生命消融在景物里，形成了"物即是我，我即是物"的"无人之境"；那青苔上的阳光、林中的明月、月下的山鸟、自开自落的辛夷花……它们既是外在的物象，又是诗人寂静内心的幻化。

王维的山水诗以境写心，象外有象，景外有景，意外有意，韵外有致。解读王维的山水田园诗，只有捕捉住禅意——禅韵与禅理，方能进入他的审美世界，如果只着眼于画意而撇开了禅意，那无异于买椟还珠。其诗作《终南别业》曾经被评为"最有禅趣"的诗：

> 中岁颇好道，晚家南山陲。
> 兴来每独往，胜事空自知。
> 行到水穷处，坐看云起时。
> 偶然值林叟，谈笑无还期。

"行到水穷处，坐看云起时"，寥寥十个字，禅味绵长，难怪俞陛云会说：

> 行至水穷，若已到尽头，而又看云起，见妙境之无穷。可悟处世变之无穷，求学之义理亦无穷。此二句有一片化机之妙。

《诗人玉屑》中也说：

> 此诗造诣之妙，至于造物相表里。岂知诗中有画哉？观其诗，知其蝉蜕尘埃之中，浮游万物之表者也。

由此可见，王维对自然的描绘和感悟是多么深刻。又如其《辛夷坞》：

> 木末芙蓉花，山中发红萼。
>
> 涧户寂无人，纷纷开且落。

无人的山谷，辛夷花默默开放，又默默地凋零，没有生的快乐，也没有死的痛苦，非常平淡自然，诗人对此无动于衷，既无花开的喜悦，也无花落的忧伤，似乎早已忘掉自身的存在，和这自开自落的辛夷花融合在一起。他写辛夷花仅仅是为了说明宇宙自然虽有色而实空，虽动而常静的禅学义理，我们在这空寂之境中，感受到了大自然的有声有色、有动有静及生命脉搏的跳动，有一种甘于寂寞、冷落超然的感情。胡应麟在《诗薮》中说，这首诗"读之身世两忘，万念皆寂"。

有些诗显得空灵，不用禅语，时得禅理，犹如"羚羊挂角，无迹可求"。如《酬张少府》一诗暗示作者亲近自然，身与物化，随缘任运的禅机。

> 松风吹解带，山月照弹琴。
>
> 君问穷通理，渔歌入浦深。

王维诗中更多的是那些带有几分禅思、玄意的清逸雅致的画面，他以画家的眼光、音乐家的听觉、诗人的敏感、佛家的心态，赋予自然一种不同凡响的艺术力量，他几乎在每一项景物上都注入特有的灵魂。如《秋夜独坐》：

> 独坐悲双鬓，空堂欲二更。
>
> 雨中山果落，灯下草虫鸣。
>
> 白发终难变，黄金不可成。
>
> 欲知除老病，唯有学无生。

王维醉心描画的自然美是和现实生活的污浊世界、黑暗的政治环境相对立的，而非心灵空虚、寂灭的反映。在他那禅意的造境中，我们往往可以发现一个高洁的形象，这个形象有点儿像陶渊明，但又不完全像。说他"像"，是因为他们都是冷中有热，静中有动；说他"不像"，是因为陶渊明寄情于酒的地方多，而王维则托迹于禅的地方多，陶渊明越来越走向现实，而王维越来越走向自然。

王维的山水田园诗恬静幽远，渗透佛理，值得我们反复品味，尤其是在这个物欲横流、喧嚣扰攘的时代，人们的心灵更渴望回归自然、超脱俗事。当我们陷入孤独、彷徨、迷茫的时候，最适合读一读王维的诗，它能让我们这颗奔波疲惫的心得到休憩与放松，能让我们的灵魂获得清净、净化。

■ 孟山人浩然
■ 为多山水乐，频作泛中舟。

古代士人"穷则独善其身，达则兼济天下"，孟浩然只能选择第二条路。他一生中大多数时间都幽居在襄阳鹿门山，清心寡欲、淡泊宁静地陶醉于自然山水之中，以追求诗歌的最高境界——自然美，是封建时代少有的流名千古的布衣诗人，后人称之为"孟山人"。

孟浩然有多著名呢？我们从孟浩然的崇拜者说起。在他的追慕者中有个叫李白的，年龄比孟浩然小十二岁，他对孟浩然佩服得五体投地，单凭这位重量级的追慕者，就足以证明孟夫子的才气了。

李白壮游期间曾来到湖北襄阳，听说孟浩然隐居在鹿门山，于是专程去拜访，并且住了十几天，这对李白来讲，真是莫大的荣幸。

几年后，开元十八年（730年）三月，李白听说孟浩然在武汉黄鹤楼，便急忙去拜访。这次见面让李白非常开心，但此时的孟浩然即将去扬州，因而聚会异常短暂而珍贵。临别时，李白想起亦师亦友的往事，有感而发，遂写下了脍炙人口的《送孟浩然之广陵》：

　　故人西辞黄鹤楼，烟花三月下扬州。
　　孤帆远影碧空尽，唯见长江天际流。

成名后的李白依旧没有忘记孟浩然。当他专程去拜访时，不巧孟浩然外出游历，李白十分遗憾。由于李白想到孟浩然的风雅潇洒，遂以一种舒展唱叹的语调，表达他的敬慕之情。

　　吾爱孟夫子，风流天下闻。

红颜弃轩冕，白首卧松云。

醉月频中圣，迷花不事君。

高山安可仰，徒此揖清芬。

李白如此敬重孟浩然，是因为他在年轻时就舍弃了富贵功名，隐居于山林，到晚年仍淡泊名利，一辈子活得透亮清澈。难道孟浩然真的不想入仕、做一番事业吗？

永昌元年（689 年），孟浩然降生，他出生在"家世重儒风"的世家，常以孟子后裔为荣。而以孟子为代表的儒家，是"以天下为己任"的。所以孟浩然在少年时代就立下了"鸿鹄之志"，他在《洗然弟竹亭》一诗中写道：

俱怀鸿鹄志，共有鹡鸰心。

在《田园作》一诗中写道：

冲天羡鸿鹄，争食羞鸡鹜。

此句羡慕赞佩鸿雁和天鹅一飞冲天的志向高远；鄙夷鸡鸭为争食追逐打斗的行为。他想象自己能像大鹏、鸿鹄一样翱翔于天地之间。他在《仲夏归南园，寄京邑耆旧》一诗中写道：

忠欲事明主，孝思侍老亲。

希望自己忠孝两全，既能建功立业、效忠于皇帝，又能侍奉父母。为了实现鸿鹄之志和崇高理想，少年孟浩然读书、写作颇为努力。

少年弄文墨，属意在章句。

昼夜常自强，词赋亦颇工。

为学三十载，闭门江汉阴。

从这些诗句中，我们看到了少年孟浩然为学的刻苦和勤奋，也看到了他努力的方向，为应进士举而专攻章句和诗赋。

就这样，孟浩然虽有满腹文章，又得到过王维、张九龄的推荐，而且有幸面见过唐玄宗，但还是在科举考试中无功而返。比起其他文人，孟浩然非常有气节，不肯屈膝求荣，他更有自知之明，当他发现仕途很难走时干脆就放弃了，隐迹于江湖。在此期间，他写了大量的山水田园诗。他说《高士传》时最赞许的人是陶渊明。陶渊明流连于享受田园的乐趣，常常说自己是伏羲时代的人。诗曰：

> 尝读《高士传》，最嘉陶征君。
>
> 日耽田园趣，自谓羲皇人。

孟浩然的大多数山水行旅诗是在漫游途中写的，还有一些是在他的家乡万山、岘山、鹿门山所写的遣兴之作，为了更好地享受自然之趣，孟浩然的行程偏向水路，正如他自己所说：

> 为多山水乐，频作泛中舟。

孟浩然的家在襄阳城南郊外汉江西岸的岘山附近，名曰"南园"或"涧南园"。从涧南园到鹿门山，有近二十里的水路，从鹿门山到襄阳城有近三十里的水路，泛舟往返非常便利，他写诗说：

> 我家南渡头，惯习野人舟。

徜徉在自然之中，心中就少了一些拘束，作诗也洒脱自在；往往在寥寥几笔的白描中，以天然不觉奇巧的语言，就能展现出生动的画面。如《过故人庄》：

> 故人具鸡黍，邀我至田家。
>
> 绿树村边合，青山郭外斜。
>
> 开轩面场圃，把酒话桑麻。
>
> 待到重阳日，还来就菊花。

此诗清新自然，让人如沐春风。诗人没有一点儿渲染，而是以清淡的笔触描写了绿树掩映、青山环抱着的农庄，展现了朴素淡雅的农家生活和故人的淳厚情谊。整首诗犹如一幅清新淡雅的田园风光画，自然朴素，恬淡亲切却不枯燥。

孟浩然的诗，往往能突破诗体固有程式的限制，灵活地运用歌行体、古风、近体，又不拘泥于任何一种，而尤偏好五言。这些五言诗大都不是严格意义上的近体诗，后代评论家却有着极高的评价，如严羽的《沧浪诗话》就说："皆文从字顺，音韵铿锵。"

格律诗在杜甫的爷爷——初唐的杜审言的笔下就已经非常成熟了，他们两家都是襄阳人，孟浩然不可能不知道。那么，孟浩然为什么不"近水楼台先得月"，沿着老杜的路子走下去呢？其实，孟浩然有他自己独有的审美标准，不愿意被过多的规矩束缚，他想要的是自然美、质朴美，这恰好也是对初唐以来过多追求形式美的矫正。他将古风与近体诗进行了一次大整合，借鉴格律精神，传承古风的自然平和，游刃有余地达到了"兴象玲珑"的艺术境界。他善于从日常生活中提炼朴素、自然、生动、纯净的语言，常常用口语娓娓道来，其写景叙事，都喜欢按照时间顺序组织材料。每当我们展卷读之，总是有行云流水般的感觉。如《夏日南亭怀辛大》：

> 山光忽西落，池月渐东上。
>
> 散发乘夕凉，开轩卧闲敞。
>
> 荷风送香气，竹露滴清响。
>
> 欲取鸣琴弹，恨无知音赏。
>
> 感此怀故人，中宵劳梦想。

这首《夏日南亭怀辛大》叙述的是在一个较长的时间段中持续发生的动作，描写的景物也随着时间的推移而发生变化，从"山光西落""池月东上"的薄暮一直延续到"中宵"夜半；后四句则直接描写因景物而遣兴的心理活动，用"欲""恨""感""怀"等词来抒情言志。

孟浩然的诗追求音乐般的律化情调，这种诗情画意往往难以用具体的画面表达出来。叙事中尤其善于捕捉自然界的音响，由静入动。"荷风送香气，竹露滴清响"，微风轻送，送来缕缕荷花的清香，竹露滴落池面，传来声声清脆的音响。写荷以气，写竹则以响，用声音而不用视觉形象，展示了夏夜的清爽宜人。

脍炙人口的《春晓》则选取了清晨睡醒时的感情片段。诗人喜爱春天，却又不说尽、不说透，只向读者透露出他的心迹，把读者引向他的感情轨道就撒手不管了，剩下的，就由读者沿着诗人的思维方向去丰富和补充了。

> 春眠不觉晓，处处闻啼鸟。
>
> 夜来风雨声，花落知多少？

春夜短暂，一觉醒来，天色已明，到处是鸟雀的啼鸣声。这里既没有五彩斑斓的色彩，也没有醉人飘香的春花，诗人对自然的体悟非常敏感、细致，仅仅抓住自然的音响就点染出醉人的春意。诗人的美梦被鸟啼唤醒，回想昨夜的风雨过后，一定有不少落花吧。

正因为他以叙事为主，即使写景，也是轻摹形、重写意，所以不会像王维的诗那样有画面感和色彩的冲击力，而是先唤起一片清幽的意味，伴随着对诗意的领悟，逐渐浮现出具体的景象。

《宿建德江》写于开元十八年（730 年），那是诗人应试不第的第二年。为了排遣失意的心情而漫游吴越，想从山水中获得心灵上的慰藉。

> 移舟泊烟渚，日暮客愁新。
>
> 野旷天低树，江清月近人。

在那样一个江面烟雾迷蒙的夜晚，诗人将小船停靠在小洲边，极目远眺寂寥空旷的原野，似乎天比树低；再看近处，江水如镜，天上的明月映照在澄清的江中。

后人常说，这首诗前两句写"客愁"，后两句写欢愉，其实未必。诗人赴考受挫的忧愤与眼前的景象交织在一起，很有压抑感，几乎让人透不过气来，清冷的月光越是亲近人，就越有凄凉感。所以后两句不但没有一丝欢愉，反倒是愁闷浓郁。

每每读到这样的诗句，我们的心中首先升起的不会是切实的画面感，而是氤氲的诗情，是某种意趣的流动，然后才会有清幽静谧的江边景色淡淡地浮现在脑海里。

反复吟诵孟浩然的诗，别有韵味，犹如一条清溪婉转流淌，超凡脱俗；又似一朵淡云，悠远飘飞，独臻妙境。

这"清"与"淡"，便是孟浩然的审美理想。他以清淡平和之心写清新自然之物，为"百花齐放"的大唐诗坛增添了别致的韵味。

关于孟浩然的"清淡"诗风，有这样一个故事。唐人王士源在《孟浩然集序》中说：

> 闲游秘省，秋月新霁，诸英华赋诗作会，浩然句"微云淡河汉，疏雨滴梧桐"，举座嗟其清绝，咸阁笔不复为继。

故事讲的是孟浩然 40 岁时游京师，恰逢中秋佳节，长安的诗人邀他一起吟诗作赋，孟浩然以"微云淡河汉，疏雨滴梧桐"令在座所有人拍手称绝，使他们纷纷搁笔不敢再写。

细细玩味，此联清淡优美，宛如天籁，其"淡"字和"滴"字，最为传神。"淡"写视觉形象,"滴"为听觉体验,均极有味道,活现出微云将散未散之时,夜雨欲住未住之际的诗意境界。读者只要闭上眼睛,这个极富动感的优美画面便会立时清晰地浮现出来。明月清霁,天上微微地点缀着一些云彩,使银河显得稍稍暗淡了下来,朦朦胧胧的,更增加了几分风韵;稀稀疏疏的雨点,滴在清秋的梧桐叶上,发出了"滴答"的响声,更显示出这清秋夜晚的凄清来。

孟浩然的诗韵味清淡,其处世也是如此,孟浩然早年隐居在襄阳城外的鹿门山,这里是汉代著名的隐士庞德公(看过《三国》的都知道,诸葛亮和庞统这两个"卧龙""凤雏"都敬其为师)隐居过的地方。他写诗《夜归鹿门山歌》:

> 山寺钟鸣昼已昏,渔梁渡头争渡喧。
>
> 人随沙岸向江村,余亦乘舟归鹿门。
>
> 鹿门月照开烟树,忽到庞公栖隐处。
>
> 岩扉松径长寂寥,惟有幽人自来去。

此诗以"黄昏""沙岸""孤舟""月照""烟树""松径""幽人"等意象营造出清幽静谧的场景,将凡世俗尘,一洗而净。

孟浩然的诗中,清水潺潺流淌,清风扑面而来,清辉倾洒山林。有人做过统计,孟浩然的山水诗中,有50多处用"清"字:诗人写水,江是"清江",溪是"清溪",还有"清川""清流""清泉""清露";声音是"清响""清音""清听";除此之外,还有"清弦""清风"等与声音有关的意象;时间也是"清昼"和"清夜"。有时甚至同一首诗中也不避用重字,出现两个或多个"清"字,至于运用与"清"字意义相近的词语更是俯拾即是、不胜枚举。诗人把我们带到一个崭新的艺术天地,读其诗作如饮甘露,如濯清流,如临幽谷,如沐清风,给人以清气弥漫的审美感受……

> 何时还清溪,从尔炼丹液?
>
> 悠悠清江水,水落沙屿出。
>
> 落日清川里,谁言独美鱼!
>
> 二月湖水清,家家春鸟鸣。

松月生夜凉，风泉满清听。

荷风送香气，竹露滴清响。

归途未忍去，携手恋清芬。

清晓因兴来，乘流越江岘。

清旦江天远，凉风西北吹。

即使面对漫天霞光，诗人依然用滤镜过滤色彩，淡化艳光，呈现出清爽的气象。如《耶溪泛舟》：

落景余清辉，轻桡弄溪渚。

孟浩然山水田园诗中的景物大都是淡色的，很多意象都用"青""绿""翠"来修饰，极少有华丽耀眼的色彩。此外，还有不少意象以淡色景物出现，常用"泉""溪""河""川""潭""水"等水的意象和"藤""萝""竹""兰""松""柏""杨""柳""苔""蔓"等植物的意象，它们占了孟浩然山水田园诗的绝大部分。

朝游访名山，山远在空翠。

渐至鹿门山，山明翠微浅。

鱼行潭树下，猿挂岛藤间。

莓苔异人间，瀑布作空界。

岩扉松径长寂寥，惟有幽人自来去。

孟浩然的山水田园诗的风格历来公认不离"清""淡""幽""雅"四字。如杜甫称其"清诗句句堪传"，高棅称其诗"清雅""清远"；胡应麟称其诗"清空闲远""清空雅淡""简淡"；翁方纲称其诗"清空幽冷，如月中闻磬，石山听泉"。和王维有相似之处，但王诗在清淡之中更具精工秀丽的特色，孟诗在清淡之中更多素雅古朴的特色。有一股内在的甘醇与神韵，充满一片神工化机，包蕴着丰富的自然美、含蓄美，体现出作者的隐士风范和高人性情。徐献忠说：

襄阳气象清远，心悰孤寂，故其出语洒落，洗脱凡近，读之浑然省净，而采秀内映。……藻思不及李翰林，秀调不及王右丞，而闲淡疏豁，翛翛自得之趣，亦有独长。

闻一多更说：

> 淡到看不见诗了，才是真正孟浩然的诗。不，说是孟浩然的诗，倒不如说是诗的孟浩然更为准确。

孟浩然如此多的"清"诗，又有怎样的美学价值呢？

首先，是"清幽"之美。《秋登万山寄张五》是孟诗代表作之一，先写因怀人而登高眺望，然后通过对自然景物的细致描写，抒发了对友人的思念之情。诗人善于捕捉一些具有代表性的景物，由近及远，用写意法构成一幅水墨画。点缀着暮归村人、平沙渡头、天边树影、江畔小舟，同时将自己的情思融入被描写的景物之中，从而创造出一个幽远、淡雅的境界，使人感到淡而有味。

> 北山白云里，隐者自怡悦。
>
> 相望试登高，心随雁飞灭。
>
> 愁因薄暮起，兴是清秋发。
>
> 时见归村人，沙行渡头歇。
>
> 天边树若荠，江畔洲如月。
>
> 何当载酒来，共醉重阳节。

其次，"清空"也是孟诗的审美特征之一。李白的诗有着惊人的夸张和瑰丽的想象，王维的诗富有艳丽的色彩。孟浩然描绘景物、抒情言志，自有一招：他善于用素淡的语言，平淡地写出自己的感受，但给人欣赏时却是自有妙趣，有着清空寥廓的感受。如《宿桐庐江寄广陵旧游》：

> 山暝听猿愁，沧江急夜流。
>
> 风鸣两岸叶，月照一孤舟。
>
> 建德非吾土，维扬忆旧游。
>
> 还将两行泪，遥寄海西头。

此诗中，猿声、水声、风声，声声敲打着心弦；暝山、月光、孤舟，色调凄清惨淡。诗人就这样用"声"和"色"构建出一种空旷、寂寥的氛围，创设出一个深远、清峭的意境，把念友不得、羁旅不归之情写得婉约而又动人。

孟浩然的诗在清淡、清幽之中，多呈出"清远"之美。他能在诗中创造出具有广阔空间美和深远韵味美的意境。

> 挂席几千里，名山都未逢。
>
> 泊舟浔阳郭，始见香炉峰。
>
> 尝读远公传，永怀尘外踪。
>
> 东林精舍近，日暮空闻钟。

这首《晚泊浔阳望庐山》，作于唐开元二十一年（733 年）五月。孟浩然漫游吴越之后，自越州返襄阳，途经浔阳（今江西省九江市）时，晚泊江边眺望庐山，发思古幽情。诗人以淡笔点染，勾画出江山风景，隐隐透露出倾慕高僧慧远，向往隐居胜地的隐逸情怀。全诗色彩清幽素淡，神韵自然贯通，颇有随笔的味道。最后两句写诗人在夕阳斜照里隐约听到东林寺的钟声，心中涌起惆怅之情。以"闻钟"结尾，加深了全诗清远的意境。

在孟诗中，还有不少清远与静穆浑然一体的诗作。如《秦中感秋寄远上人》：

> 一丘常欲卧，三径苦无资。
>
> 北土非吾愿，东林怀我师。
>
> 黄金燃桂尽，壮志逐年衰。
>
> 日夕凉风至，闻蝉但益悲。

这首诗大约作于开元十五年（727 年）至开元十七年（729 年）间。唐代科举会试在春天举行，此时，举人一般不离开长安，中贡生者须参加秋天的殿试，而落第者会打算下次再考。孟浩然也许正有这样的打算。秋天到来，他在长安待不下去了，就写了这首诗寄给远方的友人远上人。结尾两句，凉风瑟瑟，蝉鸣嘶嘶，很容易使人产生哀伤的情绪。此诗是一首抒情诗，表现了诗人落第后失意与追求归隐的情绪。

最后，就是"清淡"之美了，这是孟诗所极力追求的一种境界。淡不是淡而无味，而是一种风格和魅力，若以中国绘画作比，孟浩然的诗就像一幅幅清新淡雅的水墨画，墨气氤氲，但其墨又分五色，色彩清淡。他善于创造一连串的淡色意象，极少重彩，他的诗清淡朴素中蕴含幽远深厚。当我们阅读时，真正受到感动的是孟浩然透过这些文字意象带出的清淡美。

孟浩然诗中的"清淡"美主要是诗中的意象会让读者从心里生起一种清逸、淡远的幽趣。如《题大禹寺义公禅房》：

> 义公习禅寂，结宇依空林。
>
> 户外一峰秀，阶前众壑深。
>
> 夕阳照雨足，空翠落庭阴。
>
> 看取莲花净，应知不染心。

诗中选用"空林""秀峰""空翠""莲花"等意象，烘托出义公潜心修禅、一尘不染的心境。笔致疏淡而诗境清远。

孟浩然的《听郑五愔弹琴》，所有意象都是为了要表达孟浩然听琴时感受到的清淡美。

> 阮籍推名饮，清风坐竹林。
>
> 半酣下衫袖，拂拭龙唇琴。
>
> 一杯弹一曲，不觉夕阳沉。
>
> 余意在山水，闻之谐凤心。

清风翠竹，让人想起竹林七贤，美妙的琴声，让人忘记时间的流逝。尾联表现出两个人高蹈出世，寄情山水的志趣。

总之，孟浩然诗歌的"淡"包括两个方面：一是语言上的平淡自然，少修饰用典，少愤激语；二是思想内容上少跌宕起伏、大喜大悲之情，少惊天动地之事。孟浩然诗所表现出的"清淡"之美，奠定了他在山水田园诗发展史上的地位。

孟浩然的诗作在当时就有五言诗"天下称其尽美矣"的盛誉，但也有其致命弱点。苏轼评孟浩然诗有"韵高而才短，如造内法酒手，而无材料"之叹，如果把"才"和"材料"理解成思想内容，正好道出了孟诗的弱点。因为受生活局限，孟诗终究缺少更丰富、更深沉的思想内容和感情内涵。他始终局限于一个"小我"的境界，在他的山水诗中，"我""吾"等字样随处可见。

在《孟浩然集》中，"我"字出现27次，"吾"字出现22次，"余"字出现30次。翻开《孟浩然集》，反复冲击我们视野的是这位"孟夫子"孤高的自我形象。而且，孟浩然和陶渊明不同，陶渊明善于在平淡的生活里发现真趣，在躬耕和与村民的交往中找到至理，孟浩然则生活在自己的感觉里，在他的诗歌中，我们很难看到他对广大劳动人民的关注，更难看到当时真实的社会现实。孟浩然的田园诗重在描绘乡村恬静迷人的景色和表现农民待客淳朴的情意，而对于农民劳作的艰辛，却体会不到，如《东陂遇雨，率尔贻谢南池》：

> 田家春事起，丁壮就东陂。
>
> 殷殷雷声作，森森雨足垂。
>
> 海虹晴始见，河柳润初移。
>
> 予意在耕凿，因君问土宜。

该诗描写了农家冒着雷雨耕作的情景，诗末书写了作者想躬耕隐居的愿望，说到底，他心里只想着自己的"雅事"，却看不到农民的艰苦。在孟浩然所有的田园诗中，他与农民的地位是不平等的，始终采取一种居高临下、孤芳自赏的态度。他曾在《山中逢道士云公》一诗中说：

> 酌酒聊自劝，农夫安与言。

简单的生活经历和过于狭窄的思想境界决定了孟诗的思想内容难以达到更高的水准。

■谪仙李白
■五岳寻仙不辞远，一生好入名山游。

生活于开元盛世的李白，爱好辞赋、剑术和豪饮，青年时代博览诸子百家，由于受到"奇而不正"教化的影响，养成了傲岸不羁、放逸不群的游侠精神，思想上的神游和狂想，注定了他一生不走科试正途，而要走隐士兼侠士成名士的独特之路。

他说自己"五岳寻仙不辞远，一生好入名山游"，一生中的多半岁月都在隐逸、漫游中度过。入蜀时曾留下"蜀道难，难于上青天"的千古佳句；出三峡，留下了"两岸猿声啼不住，轻舟已过万重山"的奇峡绝响；下江浙，留下了"两岸青山相对出，孤帆一片日边来"的长江画影；上庐山，留下了"飞流直下三千尺，疑似银河落九天"的磅礴画卷；至齐鲁，留下了"黄河之水天上来，奔流到海不复回"的苍凉景色；游华山，留下了"黄河万里触山动，盘涡毂转秦地雷"的雄奇篇章。

李白的山水诗绝不是对自然形貌的逼真描绘，而是按自己的个性被改造和理想化了的山水图景，他泼墨写意，着意在一个大的时空背景下张扬山水的气势，以达到抒怀显志的目的。李白的气势推动着山水的气势，因为只有他桀骜放纵的个性才能把山水的气势张扬出来——不是山水感染了他，而是他感染了大唐的山水。

李白的山水诗用字非常精辟，尤其是动词的选用，看似信手拈来，却恰到好处。

> 天门中断楚江开，碧水东流至此回。
> 两岸青山相对出，孤帆一片日边来。

> 众鸟高飞尽，孤云独去闲。
> 相看两不厌，只有敬亭山。

《独坐敬亭山》中的"尽""闲""厌"和"唯"，把鸟儿高翔飞尽，白云悠然离去，人与山默然相伴的意境点化出来，显得既自然又含蓄，简练而又蕴含丰富。

《横江词六首·其四》书写了横江的地势险峻和气候多变，以及长江风浪的巨大且险恶。诗人名为写景，实为写心。他以浪漫主义的笔调，驰骋丰富奇特的想象，创造出雄伟壮阔的境界，读来使人精神振奋，胸襟开阔。

> 海神来过恶风回，浪打天门石壁开。
> 浙江八月何如此？涛似连山喷雪来。

此诗大意为：刚刚涨潮还没退去，狂风又来了，巨浪打在天门山的石壁上，似乎打开了天门山的大门。八月是浙江潮最为壮观的时候，那凶险的程度非比寻常，而横江潮后的巨浪与浙江潮比毫不逊色，风起涛涌十分凶险啊！

诗中用"回""开""喷"三个动词把天门山的险要、神奇呈现了出来，尤其是"喷"字，更体现了波涛的汹涌澎湃和声势浩大。

从这几个例子可以看出，李白山水诗用字的精辟老道不是常人能比的，平平常常几个字，在他手中就能大放异彩，字到意来，兴到诗成，大有"文章本天成，妙手偶得之"的感觉。

"兴酣落笔摇五岳，诗成笑傲凌沧洲"，李白的山水诗的语言完全是个性化的，风格也多样，时而瑰丽夸张，时而清丽自然。如《西岳云台歌送丹丘子》，诗人用瑰丽、夸张的语言，热情咏赞了黄河及西岳的神威。

> 西岳峥嵘何壮哉！黄河如丝天际来。
> 黄河万里触山动，盘涡毂转秦地雷。
> 荣光休气纷五彩，千年一清圣人在。
> 巨灵咆哮擘两山，洪波喷箭射东海。
> 三峰却立如欲摧，翠崖丹谷高掌开。
> 白帝金精运元气，石作莲花云作台。
> ……

古往今来，写河岳的诗有很多，但在语言气势上，很少能与李白匹敌。这在很大程度上取决于李白高远豪放的胸怀。因为在李白的心目中，五岳是神州大地的神圣标志，黄河、长江是中华民族豪迈奋进的象征，不这样写就不足以显示其万千气象，不足以令人肃然起敬。

而且，李白写不同风格的山水，就用不同风格的语言。他写有许多著名的山水绝句，语言清新流畅。如《陪族叔刑部侍郎晔及中书贾舍人至洞庭湖》：

> 洞庭西望楚江分，水尽南天不见云。
> 日落长沙秋色远，不知何处吊湘君？

此诗大意为：长江水到洞庭湖西边就分流了，水波渺茫，南天无云。秋天的太阳落向远方的长沙，不知在湘江的何处可以吊慰湘君？

第四篇 悠然见南山

李白珍视语言的天然之美，反对过于雕饰的绮丽之风，如他所说："清水出芙蓉，天然去雕饰"。他重视汉魏乐府的刚健古朴，也吸收了六朝乐府的清新流丽，将其一并融化到自己的诗歌中，形成了独具一格的语言艺术。

李白在观念上把大自然与自我融为一体，视山水为自身、同类，将山水形象变为诗人情怀的载体。与其说他在大自然的山水中发现了美，不如说神游中他发现了自我。出于这样的认识，李白山水诗的显著特征是借助大胆的夸张和丰富的想象把山水理想化、神奇化及人格化。

> 日照香炉生紫烟，遥看瀑布挂前川。
>
> 飞流直下三千尺，疑是银河落九天。

《望庐山瀑布》是李白 50 岁左右隐居庐山时写的诗。诗中以"飞流三千尺"的夸张来体现庐山瀑布的气势，又以"银河落九天"的狂想来张扬诗人的个性。它夸张又自然，新奇又真切；给人的感觉既入乎其内有形，又出乎其外有神；既给人留下了深刻的印象，又给人丰富的想象。

> 危楼高百尺，手可摘星辰。
>
> 不敢高声语，恐惊天上人。

举手可摘星星，说话就惊到仙人，突出的是山高天近。这是李白最擅长的以情写景的方法。《夜宿山寺》寥寥数语，道出了山寺的静穆和山峰的高峭秀拔，表达了诗人对塔楼的惊叹及对神仙般生活的向往和追求之情。全诗语言朴素，想象瑰丽，夸张巧妙，平中见奇，充分体现了李白诗歌的浪漫主义特色。

李白善于展开神奇想象的翅膀，刻画磊落不羁的自我形象，在山水诗中独树一帜。他向来不拘泥于山水形貌的细描实写，不喜欢宁静的沟壑、幽雅的林泉，欣赏的是奇峰绝壑的大山、天外飞来的瀑布、白波九道的江河，这些雄伟奇险的山川，特别契合他那叛逆不羁的性格。

李白在意象的选用上突破传统，刻画敢于同命运之神较量的不甘屈服的形象，大鹏、巨鱼、长鲸、江河、沧海、雪山都成为他的知音、他的依靠，成为他的力量和勇气的源泉。李白有意把山水神奇化、人格化，似乎不这样就不足以显示祖国壮美山河的气势，不这样就不足以刻画顶天立地的高尚人格和刚正不阿的坦荡胸怀。

《登太白峰》描写了作者登上太白山和太白星交谈，并想象自己神游天界的情景，生动地表现出太白山高耸入云的雄姿壮景，含蓄地表达了作者无法实现政治理想的愁闷心情。全诗借助丰富的想象，生动曲折地反映了诗人对黑暗现实的不满和对光明世界的憧憬，充分体现了其诗作的浪漫主义特色。

> 西上太白峰，夕阳穷登攀。
>
> 太白与我语，为我开天关。
>
> 愿乘泠风去，直出浮云间。
>
> 举手可近月，前行若无山。
>
> 一别武功去，何时更复还？

诗人对太白峰的描绘不重形貌、不重记游，而是选取夕阳晚照，从奋攀峰顶这最后一刹下笔的。一个"穷"字，写出了登山至此已筋疲力尽却毫不懈怠的情状。诗人赋予太白峰以神人的灵性和威力，唯太白峰与诗人相知，唯太白峰理解他的困境与追求，为他打开通向自由的天关。诗人想象自己乘着泠风冲出浮云，遨游太空，获得自由的情景。雄伟高绝的太白峰，同挣扎于困境而不屈的诗人结成了挚友。经过奇思遐想，为大自然增添了性灵的色彩，使它成为正义和力量的化身，可以对它畅抒理想和激情，获得精神上的寄托。李白运用这种化实为虚、借虚写实的写意手法，突出了情愫高洁、立志登高的自我形象。同时，太白峰那高峻、幽邃的景象，也会深入到读者的心灵。

李白的山水诗的最为独到之处，就是利用神游的方式，既写眼前的山水，也写心中的山水，更写天上神仙世界的山水。是一种"桃花流水窅然去，别有天地非人间"的意境。李白的神游山水诗最著名的便是《梦游天姥吟留别》：

> ……我欲因之梦吴越，一夜飞渡镜湖月。湖月照我影，送我

第四篇　悠然见南山

至剡溪。谢公宿处今尚在，渌水荡漾清猿啼。脚著谢公屐，身登青云梯。半壁见海日，空中闻天鸡。千岩万转路不定，迷花倚石忽已暝。熊咆龙吟殷岩泉，栗深林兮惊层巅。云青青兮欲雨，水澹澹兮生烟。列缺霹雳，丘峦崩摧。洞天石扉，訇然中开。青冥浩荡不见底，日月照耀金银台。霓为衣兮风为马，云之君兮纷纷而来下。虎鼓瑟兮鸾回车，仙之人兮列如麻。忽魂悸以魄动，恍惊起而长嗟。唯觉时之枕席，失向来之烟霞。世间行乐亦如此，古来万事东流水。别君去兮何时还？且放白鹿青崖间，须行即骑访名山……

李白的神游，俨然是超级意识流。"谢公屐""青云梯""海日""天鸡""迷花""洞天""神仙""日月""青冥""熊咆""龙吟""霹雳""烟霞""白鹿"等各种意象飘然而至，使读者随之步入一个迷幻的奇异世界。

全诗构思缜密奇特，雄奇豪放，瑰丽飘逸，想象奇妙，语言夸张多变，兴到笔随，往往发想无端，随情思流动而变化，意象的衔接组合也是大跨度的。全诗运用比喻、对比、衬托、夸张等方法，梦之所至，笔即随之，将神游梦境和实境奇幻地交织在一起。只有李白这样的"诗仙"才能写出山水内在的气势，也正是这种磅礴的气势使他成为独步千古的伟大诗人。

李白为什么会写出那么多游仙山水的诗呢？因为李白的一生和道教有着"剪不断，理还乱"的复杂情结。

我们先看看前人对李白的评价——"诗仙""酒仙""谪仙"。谈到李白，人们总是习惯以"仙"称呼，就连李白的死，也被神化为"羽化登仙"。

盛唐是一个政治开明、思想解放、经济发达、文化繁荣的时代。唐代帝王为了提升李姓的地位和皇族的高贵，奉老子李耳为始祖，尊崇道教，使其得到空前发展。到唐玄宗时，尊老子为"玄元皇帝"，令天下州郡立庙祭祀，还设立崇玄馆，《老子》等道家学说都奉为"真经"，道教在唐朝达到了鼎盛。

李白自幼生活的蜀中有很多道教圣地，如青城山、鹤鸣山、紫云山等，这对李白求仙学道的影响很大。李白年轻时在《上安州裴长史书》中说："五岁诵六甲，十岁观百家。""六甲"是道家的基础学问，"百家"是指春秋战国时期的诸子百家。李白15岁左右游梓州，跟从著名学者赵蕤学长短术。赵蕤著有《长短经》，这部书集纵横家谋略之大成，内容涉及外交、军事等兴国安邦的策略，因此，赵蕤对李白的思想有直接影响。

从政与学道常常成为李白的困惑，这是李白一生纠结的核心矛盾。他有治理国家的宏伟抱负，又有"学道求仙"的强烈愿望，当他对政治热心时就忽视了学道，"仰天大笑出门去，我辈岂是蓬蒿人"；在政治上失意时，又想着求仙，"余尝学道穷冥筌，梦中往往游仙山"。在他30岁左右时，曾在江陵会见过著名的隐士司马承祯，当时80多岁童颜鹤发的司马承祯说李白有"仙风道骨"，这对李白是一种极大的鼓励。李白还认识一位道教中的著名人物胡紫阳，他们时常在一起谈道。在李白的一生中，有许多"求仙学道"的朋友，即所谓"结神仙交"，如东岩子、元丹丘、元演、高尊师等。李白的这些道教朋友们在优美的大自然中学道，一边享受着大自然的美，一边追求"超然物外""天人合一"的境界，这些都深深地影响着李白：

学道三十春，自言羲和人。

云卧三十年，好闲复爱仙。

青莲居士谪仙人，酒肆藏名三十春。

李白曾正式履行过入教仪式，成为受过符箓的道士。李白被唐玄宗赐金放还，离开京城时大约45岁。政治理想破灭后，李白就正式加入了道士的行列，潜心于内、外丹术。据他自述：

吾与霞子元丹，烟子元演，气激道合，结神仙交，殊身同心，誓老云海，不可夺也。历行天下，周求名山，入神农之故乡，得胡公之精术。

胡公就是著名道士紫阳先生，长于内丹术，为李白所景慕。

李白一生求仙未成，亦未能施展其济世之才，然而道家情致，对

第四篇　悠然见南山

他的诗歌创作有着不可磨灭的影响。唐代文人裴敬曾评论说："为诗格高旨远，若在天上物外，神仙会集，云行鹤驾，想见飘然之状。"李白诗歌的洒脱和清雄奔放，正合道家放任自然的精神境界，难怪后人称其为"诗仙"，诚如杜甫所云："笔落惊风雨，诗成泣鬼神"，李白乃"神仙中人"，其作诗乃有"神助"。

李白受道教影响很深，集中体现在他以道家的宇宙观作为人生价值的参考，这种道教思想很鲜明地凸显在诗歌创作中。李白接受了老庄"自然无为"的思想，向往不受约束的自由人生，渴望任随自然、融入自然，与自然亲和，追求个性解放，傲视权贵。现实生活中的一切挫折与失意，都期望能在自然中得到补偿。

具体而言，道教思想对李白的山水诗创作带来怎样的影响？

首先，是对自然山水的钟爱。

《老子》说："人法地，地法天，天法道，道法自然"，李白也认为"万物兴歇皆自然"，自然万物好像不受任何拘束，自成规律。因此，他向往大自然，主张自然，反对人为；喜欢淳朴，反对强制。作诗不虚饰、不矫揉，很少有人工凿痕。如他年轻时在蜀中读书时所作的五律《访戴天山道士不遇》：

> 犬吠水声中，桃花带露浓。
>
> 树深时见鹿，溪午不闻钟。
>
> 野竹分青霭，飞泉挂碧峰。
>
> 无人知所去，愁倚两三松。

这首诗写景不用一典，淡泊明净，工丽精致，色彩鲜明。前人评曰："通为秀骨玉映，丰神决胜。"诗中的"犬吠""桃花""树深""溪午""野竹""飞泉"，勾勒出道士们在世外桃源悠然生活的场景，让人如临其境，如闻其声。再如《峨眉山月歌》写道：

> 峨眉山月半轮秋，影入平羌江水流。
>
> 夜发清溪向三峡，思君不见下渝州。

这首诗作于离蜀途中，使他尽情欣赏一路的风光，诗中的"月色""江水""清溪"，给人一种宁静淡泊之美。在这优美的风景中，寄托着李白出游时对故园山水和故乡亲友的怀念之情。

其次，是对神仙仙境的追求。

"神仙"是道教概念。葛洪的《论仙篇》里说："万物芸芸，何所不有，况列仙之人，盈乎竹素矣。不死之道，曷为无之。"《勤求篇》里说："仙之可学致，如黍稷可播种得，甚炳然耳。"他认为世上有神仙，不能因为自己没见过就加以否认。

李白的一生贯穿着求仙学道，他说："愿随夫子天坛上，闲与仙人扫落花"，"吾学乘云螭，吸景驻光彩"。这不仅体现了他对神仙的向往，而且体现了他成仙的方式。在李白心中，既向往仙境般的政治仕途，又幻想自己能成为神仙，他孜孜不倦地追求着这一理想，甚至带着妻子女儿一同隐居修道。在他的诗中，常表现出对神仙及仙境的追求。如《古朗月行》中写道：

> 小时不识月，呼作白玉盘。
>
> 又疑瑶台镜，飞在青云端。
>
> 仙人垂两足，桂树何团圆？
>
> 白兔捣药成，问言与谁餐？
>
> 蟾蜍蚀圆影，大明夜已残。
>
> ……

"瑶台镜""青云端""仙人""桂树""白兔"等意象勾画了一幅迷幻的仙境。李白把仙境寄寓现实，以明月喻唐玄宗，以蟾蜍喻朝中奸佞小人，以蟾蜍蚀月比喻朝中小人干政弄权。其实，这样的仙境寄托了他从政抱负无法实现的愁闷，寄托了他求仙不断而终归幻灭的悲哀。《西岳云台歌送丹丘子》是唐玄宗天宝三载（744年）李白送别元丹丘归赴长安时写的，作于华山上。当时李白44岁，已被"赐金放还"。

> ……
>
> 明星玉女备洒扫，麻姑搔背指爪轻。
>
> 我皇手把天地户，丹丘谈天与天语。
>
> 九重出入生光辉，东求蓬莱复西归。
>
> 玉浆倘惠故人饮，骑二茅龙上天飞。

此诗中的"明星玉女""麻姑"皆为仙人。"故人"指李白自己，在这样的仙境中做神仙是李白一生梦寐以求的事。李白晚年时对仕途彻底绝望，所作的《怀仙歌》里，更是体现了他渴望羽化成仙、遨游沧海、东飞蓬莱、寻找世外仙山的愿望。

> 一鹤东飞过沧海，放心散漫知何在。
>
> 仙人浩歌望我来，应攀玉树长相待。
>
> 尧舜之事不足惊，自馀嚣嚣直可轻。
>
> 巨鳌莫戴三山去，吾欲蓬莱顶上行。

最后，是具有飘逸之气、超脱之感。

《寻雍尊师隐居》描写了李白在寻找雍尊师过程中所见的景色及对雍尊师的仰慕之意，表达了寻访不遇的惆怅之情。

> 群峭碧摩天，逍遥不记年。
>
> 拨云寻古道，倚树听流泉。
>
> 花暖青牛卧，松高白鹤眠。
>
> 语来江色暮，独自下寒烟。

陡峭的山峰之中是隐居的好地方，在这里可以忘记尘世间的一切，生活得逍遥自在。李白在途中与白云为伴，置身云雾中，似乎飘浮于山林之中，脱离了尘世。"云""烟"二字烘托出一种仙境般的气氛。

入仕的坎坷与挫折，使李白感受到生命的起落，感受到时代的压抑，也感受到了官场的险恶，但李白以"众人皆醉我独醒"的豁达与超脱，进入了一种心地淡泊、"陶然共忘机"的境界。对待事物，他摒除了内心杂念的干扰及主观成见，以澄明的心境加以体认、加以观照，从而考察事物本质所蕴含的哲理。李白洗涤了心灵的尘埃，投身于山林之中。这时，自然山水的灵秀便流淌于他多彩的笔下。如《山中问答》：

> 问余何意栖碧山，笑而不答心自闲。
>
> 桃花流水窅然去，别有天地非人间。

此诗以问答的形式抒写了作者隐居生活自在天然的情趣，也反映了诗人的矛盾心理。全诗虽然只有四句，但是有问有答，有叙述有描绘有议论。诗境似近而实远，诗情似淡而实浓。用笔有虚有实，实处形象可感，虚处一触即止，虚实对比，蕴意幽邃。"碧山"是李白向往的，因为在那里，李白获得的是一种闲适、逍遥。而普通人怎么能领略到这样的境界呢？"桃花""流水"富有生机和活力，这是不同于喧嚣的人世间的一种美。置身于这样的境界，李白脱去了名利的光环，超脱于世俗功利之外。

李白的一生，心怀"济苍生""安黎元"的雄心壮志，一心想向朝廷进献"兴亡"之言，以图报效国家，但因小人作梗，被排挤出朝，于是他浪迹江湖，归隐于林泉。在隐逸漫游中，去追求学道求仙的理想，如《望九华赠青阳韦仲堪》：

> 昔在九江上，遥望九华峰。
>
> 天河挂绿水，秀出九芙蓉。
>
> 我欲一挥手，谁人可相从？
>
> 君为东道主，于此卧云松。

此诗约作于天宝十三年（754年）。在诗中李白表达了归隐山林的心愿，并由景生情，"天河""九芙蓉"实则与他求仙学道的思想紧密联系，也是他摆脱世俗功利，追求超凡脱俗境界的愿望。

与李白同年出生，同时享有盛名的王维，同样与山水相知，但他着重表现山水的画意、禅韵及清幽娴静的意境。可以说，李白的诗以气势取胜，王维的诗以技巧取胜。孟浩然则清心寡欲，淡泊宁静地陶醉于自然山水之中，为我们展现出一幅幅原生态的山水画和田园画。

"诗佛"王维，"诗隐"孟浩然，"诗仙"李白，他们以不同的追求，取得各自的成就，从不同角度丰富和增强了山水诗的写意特征和艺术魅力。

第五篇
骊歌醉杨柳

　　自从有了人类，有了社会，便有了分离，许多本该是天长地久的，却不得不天各一方。由于交通不便，通信极不发达，亲人朋友之间往往一别数年难以相见，所以古人特别看重离别。唐代的送别诗，诗人在浓浓的感伤之外，往往还有其他寄寓，作品洋溢着积极向上的青春气息，充满希望和梦想，反映了盛唐的精神风貌。古人已远行，在下一个拐弯处，我们又相逢……

"送别诗"为什么在唐朝得到空前的发展呢?

这是因为唐代是中国封建社会的鼎盛时期,疆域广大、经济繁荣、国内和国际交流频繁,所以人们的活动范围也在不断扩大,人口的流动性增强,上至达官贵人下到黎民百姓,都有机会或主动或被动地离开自己的家,远涉千里。或为生计奔走,或为仕途奔忙,波澜壮阔的社会生活,跌宕起伏的人生际遇,自然而然地使"送别诗"成为唐代诗歌的重头戏。

重团聚,怨别离,安土重迁,这是中华民族源远流长的文化心理。但唐人非常会生活,洒脱、大度,思想具有前瞻性,堪称"古代社会中的现代生活"。即使是像别离这样伤感的事情,他们也安排得富有诗意。比如,唐诗写送别,用现代时髦的话来讲,简直"是一种唯美的行为艺术"。为什么说它是一种行为艺术呢?因为古人送别时,有一套固定的程序,严谨而温情,隆重而亲切。

■送别行为艺术
■劝君更尽一杯酒,西出阳关无故人。

唐人送别的行为包括三项主要内容:

首先,送别之际要唱告别之歌和留客之歌。在唐代,人们会选择什么歌曲挽留旅人前行的脚步呢?我们先读一首李白的送别歌行《灞陵行送别》:

> 送君灞陵亭,灞水流浩浩。
> 上有无花之古树,下有伤心之春草。
> 我向秦人问路歧,云是王粲南登之古道。
> 古道连绵走西京,紫阙落日浮云生。

正当今夕断肠处，骊歌愁绝不忍听！

曾隐居终南山走上"终南捷径"的卢藏用的《饯许州宋司马赴任》写道：

骊歌一曲罢，愁望正凄凄。

"初唐四杰"之一的杨炯，在他的《送郑州周司空》中有两句：

居人下珠泪，宾御促骊歌。

李颀有诗《送魏万之京》：

朝闻游子唱离歌，昨夜微霜初渡河。

太子洗马刘孝孙有诗《冬日宴于庶子宅各赋一字得鲜》说：

骊歌虽欲奏，归驾且留连。

从这些诗句来看，唐人分别的时候唱"骊歌"。"骊"是黑色的马。为什么离别的歌叫"骊歌"呢？原来早在春秋时期，有一诗叫《骊驹》，其中几句是：

骊驹在门，仆夫俱存。

骊驹在路，仆夫整驾。

此诗大意为：我马上就要走了，马儿已配好鞍鞯，车夫做好了出行的准备；马儿已经牵到路上，车夫已把车驾整理妥当。

唐人起初沿用古礼，继续唱"骊歌"。"骊歌"是告别之歌，必须是客人辞行时主动歌唱，不能由主人来唱，否则有逐客的意味。客人唱了《骊驹》后，主人也要唱一首《客毋庸归》，就是说你不用这么急着回去，要千方百计挽留客人。情意绵绵，一唱一答，然后分手。

后来，唐人不再唱《骊驹》了，这是什么原因呢？

原来，自信且富有时代精神的唐人有了属于自己的送别之歌，这就是王维写的《送元二使安西》：

渭城朝雨浥轻尘，客舍青青柳色新。

劝君更尽一杯酒，西出阳关无故人。

诗中的渭城，即咸阳故城。所以这首诗又叫《渭城曲》。诗中还写到阳关，阳关是"丝绸之路"上的一个重要关塞，在玉门关的南边，唐朝人到西域去，必定会经过阳关，因而这首诗又叫《阳关曲》。

自从有了王维的《送元二使安西》，唐人告别时就唱这首诗。唱一

第五篇　骊歌醉杨柳

遍觉得绵绵情意没有充分表达，就再唱一遍，唱了第二遍觉得还不够味，于是再重复唱一遍，以后这首歌曲不断完善，传唱不衰，便有了著名的琴曲《阳关三叠》：

清和节当春。渭城朝雨浥轻尘，客舍青青柳色新。劝君更尽一杯酒，西出阳关无故人。霜夜与霜晨，遄行，遄行，长途越度关津，惆怅役此身。历苦辛，历苦辛，历历苦辛，宜自珍，宜自珍。

渭城朝雨浥轻尘，客舍青青柳色新。劝君更尽一杯酒，西出阳关无故人。依依顾恋不忍离，泪滴沾巾。无复相辅仁，感怀，怀，思君十二时辰，商参各一根。谁相因，谁相因，谁可相因？日驰神，日驰神。

渭城朝雨浥轻尘，客舍青青柳色新。劝君更尽一杯酒，西出阳关无故人。芳草遍如茵。旨酒，旨酒，未饮心已先醇。载驰骃，载驰骃。何日言旋轩辚？能酌几多巡，千巡有尽，寸衷难泯。无穷之伤悲，楚天湘水隔远滨。期早托鸿鳞，尺素申，尺素申。尺素频申，如相亲，如相亲。噫！从今一别，两地相思入梦频，闻雁来宾。

其次，除了唱歌，唐人在送别之际还要饮酒。送别时为什么要饮酒呢？大概是因为酒有令人振奋的作用。本来告别时心情会压抑，喝酒可以高兴一点儿，消解一些离别之愁。开元十四年（726年）李白在金陵一个酒店里写的诗，题目是《金陵酒肆留别》：

风吹柳花满店香，吴姬压酒劝客尝。

金陵子弟来相送，欲行不行各尽觞。

请君试问东流水，别意与之谁短长？

"吴姬"，一个江南姑娘，酒店中的侍女。"压酒"，新酒酿熟要喝的时候把酒糟压掉，劝客人品尝。"欲行"，指将要走的人。"不行"，指留下来的人。

这是轻风荡漾、杨柳飘絮的夏初时节，酒香弥漫在整条街巷，南京的一帮年轻朋友来送别，我们尽情畅饮，侍女把酒一次次压好捧出。大家不忍分手，李白举杯问大家："请你们问问这滔滔东流的长江，我们离别的情谊与它比谁短谁长？"

陆龟蒙在《别离》诗中写道：

　　　　杖剑对尊酒，耻为游子颜。

许浑有诗《谢亭送别》：

　　　　日暮酒醒人已远，满天风雨下西楼。

贾至绝句《送李侍郎赴常州》：

　　　　今日送君须尽醉，明朝相忆路漫漫。

　　"凡送人多托酒以将意，写一时之景以兴怀，寓相勉之词以致意"，如果说中国古代送别诗中总是泛着酒光、飘着酒香、回荡着"对酒当歌"一点儿也不为过。李白的《月下独酌四首·其二》中写道：

　　　　天若不爱酒，酒星不在天。

　　　　地若不爱酒，地应无酒泉。

　　　　天地既爱酒，爱酒不愧天。

　　　　已闻清比圣，复道浊如贤。

　　　　贤圣既已饮，何必求神仙。

　　　　三杯通大道，一斗合自然。

　　　　但得酒中趣，勿为醒者传。

　　朋友离别时一定要饮酒，举酒属客，频频劝饮。离别后独自以酒遣怀，细品浅酌。仿佛酒能寄情、酒能消愁，其实"抽刀断水水更流，举杯销愁愁更愁"。尽管"酒入愁肠，化作相思泪"，人们还是不断地吟诵"慨当以慷，忧思难忘。何以解忧，唯有杜康"。

　　最后，唐人送别之际，还要折一枝杨柳，送给上路的人。这一古老的风俗最早出现于汉代，汉乐府有古曲《折杨柳歌辞五首·其一》：

　　　　上马不捉鞭，反折杨柳枝。

　　　　蹀座吹长笛，愁杀行客儿。

隋朝无名氏的《送别》诗写道：

　　　　柳条折尽花飞尽，借问行人归不归？

唐朝李白《春夜洛城闻笛》中有这样两句：

　　　　此夜曲中闻折柳，何人不起故园情。

白居易有两句诗：

> 长安陌上无穷树，唯有垂杨管别离。

再看一首王之涣的诗《送别》：

> 杨柳东风树，青青夹御河。
> 近来攀折苦，应为别离多。

古代，凡是在送别的地方，一般都要种很多柳树，专供送别的人攀折。为什么一定是折柳枝，而不是桃枝、梨枝、松枝呢？千丝万缕的柳条随风舞动，与离人剪不断、理还乱的愁思非常相似，杨柳的"柳"字，与"留"谐音，柳丝绵长，寓意相思绵绵不绝。折一枝柳枝送给旅人，意思是你还是留下吧，怎么走得那么急？我对你的思念牵肠挂肚。而且杨柳随地而生，容易发芽，生命力顽强，折柳相赠也寄寓着一种祝福，希望对方随遇而安、生活顺利、建功立业。

唱别离歌、饮酒、折柳枝，这是唐代人送别之际的一种惯有举动。这确实是一种行为艺术，一种美好的行为艺术。它植根于生活，自然天成，一点儿都不矫揉造作。可以说，这是诗意的生活，生活的诗意。唐诗摄取了生活的广阔画面，具有丰富的内涵，它浓缩了群体的生活和个体的人生，承载了太多的喜怒哀乐、悲欢离合；寄寓了人们太多的心理期望：有了诗歌的参与，人生才会变得华美而有格调，丰富而有质量。

我们读唐诗，只要是送别，一般都离不开唱歌、饮酒、折柳这三项行为艺术。

■送别地点
■何处是归程？长亭更短亭。

那么，这些行为艺术在什么地方演出呢？还真有一些比较固定的地方。

由于我国地势及气候的西高东低、北干南湿，所以北方主要靠陆路交通，交通工具主要是车马之类，而南方，交通主要靠水路，乘舟船极其方便。由此缘故，北方人送别常在长亭、短亭，南方则在水边——"南浦"。

古代的城市有城门，外有护城河，城门分时段开闭。古人出城后，沿途隔五里路就会修建一座亭子，叫短亭。隔十里路又修建一座亭子，叫长亭。这长亭短亭，原是行人休息的地方，也是让行人躲避风雨的地方。但在实际生活中，这些亭子也被用作送别的场所。古人格外注重交情，送别一般都依依不舍，送到十里长亭，然后在那里唱离别歌、喝离别酒、折柳枝赠送。

李白的《菩萨蛮》词曰：

> 平林漠漠烟如织，寒山一带伤心碧。
>
> 暝色入高楼，有人楼上愁。
>
> 玉阶空伫立，宿鸟归飞急。
>
> 何处是归程？长亭更短亭。

我们一旦在诗歌中看到"长亭""短亭"的意象，眼前就会浮现在长亭古道、垂柳斜阳的背景中古人设宴饯行的情景。

"浦"，《说文》曰："水滨也"，"南浦"本指具体地名，在今重庆市万州区"广润门外，往来舣舟之所"，后来泛指登舟送别的地点。

如屈原的《九歌·湘君》中有：

> 望涔阳之极浦，横大江兮扬灵。

《九歌·湘夫人》中有：

> 捐余袂兮江中，遗余褋兮澧浦。

《九歌·河伯》中有：

> 子交手兮东行，送美人兮南浦。

在盛唐时期的送别诗中，"南浦"的意象明显多了起来，如王维的《送别》诗曰：

> 送君南浦泪如丝，君向东州使我悲。
>
> 为报故人憔悴尽，如今不似洛阳时。

李白在《赠汉阳辅录事其二》中写道：

> 鹦鹉洲横汉阳渡，水引寒烟没江树。

南浦登楼不见君，君今罢官在何处。

白居易在《南浦别》诗中有：

南浦凄凄别，西风袅袅秋。

总之，在"南浦"这个意象上，积累和沉淀了屈原之后历代诗人的离情别意。凡具有中国古代文学常识的人，只要见到"南浦"这个意象，脑海里就会唤起离别情怀的联想，令人黯然神伤。

当然，送别有时也发生在一些著名的建筑物里，"江南四大名楼"都因为诗文而闻名。如李白曾在武昌的黄鹤楼送别孟浩然。孟浩然离开武昌，坐船沿江东下扬州时，李白写诗赠别：

故人西辞黄鹤楼，烟花三月下扬州。

孤帆远影碧空尽，唯见长江天际流。

在一个暮春的下午，两位诗人在黄鹤楼挥手作别，空中柳絮飘飞，弥漫着烟雾般的离愁。江边繁花似锦，开得热烈又灿烂。孟浩然坐船消失在长江的尽头。李白倚靠着黄鹤楼的栏杆，深情的目光注满情思。滔滔。向东。

■送别的类别
■数声风笛离亭晚，君向潇湘我向秦。

不管是一心向佛的王维，还是个性张扬的李白，不管是豪放洒脱的边塞诗人，还是平淡恬静的田园诗人，他们在送别时，总是依依不舍。这一幅幅感人至深的画面被诗人捕捉，"妙手偶得之"，使我们在千年之后，依然能够看到祖先们充满真情实意的生活。

唐人送别诗的种类很多，涉及领域广泛，而且都是一往情深。唐诗中都涉及哪些类别呢？主要有夫妻别、情人别、兄弟别、朋友别、同僚别等。

夫妻间离别的幽怨与痛苦很是感人。

如杜甫写过"三吏三别"，《新婚别》写一对新婚夫妻的离别，全诗模拟新妇的口吻自诉怨情，写出了当时百姓面对战争的态度和复杂心理，深刻揭示了战争带给百姓的巨大不幸。头一天才结婚，第二天丈夫就要赶赴战场，新娘虽然悲痛得心如刀割，但她知道丈夫的生死、家庭的存亡，与国家民族的命运是不可分割地联结在一起的，要实现幸福的生活，就必须做出牺牲。于是，她强忍悲痛鼓励丈夫参军，同时坚定地表达出其至死不渝的爱情誓言，精心塑造了一个深明大义的少妇形象。全篇先后用了七个"君"字，都是新娘对新郎倾吐的肺腑之言，读来深切感人。后人评价此诗说"曲折详至，缕缕凡七转，微显条达"，"含几许凄恻，又极温厚"。

> 兔丝附蓬麻，引蔓故不长。嫁女与征夫，不如弃路旁。
> 结发为君妻，席不暖君床。暮婚晨告别，无乃太匆忙。
> 君行虽不远，守边赴河阳。妾身未分明，何以拜姑嫜？
> 父母养我时，日夜令我藏。生女有所归，鸡狗亦得将。
> 君今往死地，沉痛迫中肠。誓欲随君去，形势反苍黄。
> 勿为新婚念，努力事戎行。妇人在军中，兵气恐不扬。
> 自嗟贫家女，久致罗襦裳。罗襦不复施，对君洗红妆。
> 仰视百鸟飞，大小必双翔。人事多错迕，与君永相望。

而孟郊的《古怨别》、杜牧的《赠别》则书写了夫妻、情人间的缠绵悱恻之情。

在《古怨别》中两个人因离别而泪眼相看、欲说不能、伤心至极。

> 飒飒秋风生，愁人怨离别。
> 含情两相向，欲语气先咽。
> 心曲千万端，悲来却难说。
> 别后唯所思，天涯共明月。

"悲来却难说"一句，本是极抽象的叙述语，但由于诗人将其镶嵌在恰当的语言环境里，使人不仅不觉得它抽象，而且觉得连女主人公复杂的心理活动都表现出来了。这正是作者"用常得奇"收到的艺术效果。宋代柳永将此句化用到自己的词中，写出了"执手相看泪眼，竟无语凝噎"（《雨霖铃》）的名句。

《赠别二首》用精练流畅、清爽俊逸的语言，表达了悱恻缠绵的情思，全诗风流蕴藉，余韵不尽。

其 一

娉娉袅袅十三余，豆蔻梢头二月初。

春风十里扬州路，卷上珠帘总不如。

其 二

多情却似总无情，唯觉樽前笑不成。

蜡烛有心还惜别，替人垂泪到天明。

"豆蔻"产于南方，其花成穗时，嫩叶卷卷而生，穗头深红，叶渐展开，花渐放出，颜色稍淡。南方人摘其含苞待放者美其名曰"含胎花"，用来比喻"十三余"的小歌女。此句信手拈来，形象贴切，写出了人似花美，花因人艳。一切"如花似玉""倾国倾城"之类的比喻，在这样的诗句面前都会黯然失色。当时，诗人正要离开扬州，"赠别"的对象就是他在幕僚失意时结识的一位扬州的歌妓。唐代的扬州经济文化繁荣，时有"扬一益（成都）二"之称。杜牧从意中人写到花，从花写到闹市，又从闹市写到美人，最后又烘托出意中人之美。作别情人不用一个"你（君、卿）"字；赞美人不用一个"女"字；甚至没有一个"花"字、"美"字，"不著一字"而能挥洒自如，"尽得风流"。

第二首诗，杜牧又撇开自己，去写告别宴上燃烧的蜡烛，借物抒情。诗人带着极度感伤的心情去看周围的世界，于是，眼中的一切也都带上了感伤的色彩。这就是刘勰所说的"属采附声，亦与心而徘徊"。

在诗人眼里"蜡烛有心"，它成了"惜别"之心，它那彻夜流溢的烛泪，就是在为男女主人的离别而伤心。"替人"二字，运用拟人，使意思更深一层；"到天明"又点出了告别宴饮时间之长。

兄弟间的骨肉亲情，更是字字有血泪，句句蕴悲戚。

柳宗元的《别舍弟宗一》抒发的并不单纯是兄弟之间的骨肉之情，同时还抒发了诗人因参加"永贞革新"而被贬谪到当时偏远的南方的愤懑愁苦之情。

零落残魂倍黯然，双垂别泪越江边。

一身去国六千里，万死投荒十二年。

　　桂岭瘴来云似墨，洞庭春尽水如天。

　　欲知此后相思梦，长在荆门郢树烟。

　　在二弟宗直暴病身亡之后，大弟宗一又要北上湘鄂之地安家，此刻兄弟泣别，双双垂泪。颔联似乎只是政治遭遇的客观实写，因为他被贬谪的地方离京城确有五六千里，时间确有十二年之久。十二年里，危机确实不少，在永州就曾遭到了四次火灾，差一点儿被烧死。这两句实际上包藏着诗人的抑郁不平之气及怨愤凄厉之情，只不过是意在言外，不露痕迹，让人"思而得之"罢了。

　　柳州地区当时瘴气弥漫，天空乌云密布，象征着自己处境险恶。遥想行人所去之地，春尽洞庭，水阔天长，预示宗一有一个美好的前程。一抑一扬，一南一北，山川阻隔，诗人用比兴的手法把彼此的境遇加以渲染和对照，暗示以后兄弟相见恐怕就非常困难了。古往今来，这"郢树烟"似的幻象使失意的迁客骚人趋之若鹜，常愿眠而不醒；但又让所有的失意者无一例外地大失所望。这"烟"字确实状出了在梦境中相思的迷离恍惚之态，显得情深意浓，真切感人。

　　而李益的《喜见外弟又言别》，乃久别重逢之绝唱。

　　十年离乱后，长大一相逢。

　　问姓惊初见，称名忆旧容。

　　别来沧海事，语罢暮天钟。

　　明日巴陵道，秋山又几重。

　　此诗用凝练的语言、白描的手法、生动的细节、典型的场景，层次分明地再现了社会动乱中人生聚散离合的独特一幕。诗人同表弟在离乱中不期而遇，又匆匆话别，抒发了对至亲情谊的珍惜和对聚散无常的感慨，从侧面反映了动乱给百姓带来的痛苦。

　　在唐人的送别诗中，抒写更多的则是同僚之间、朋友之间的离别之情。他们有的是写送好友到外地去做官，如王勃的《送杜少府之任蜀州》、王维的《送元二使安西》和《送梓州李使君》、李白的《送友人入蜀》等。好友外出做官，诗人设酒相送，席间充满了殷殷的叮嘱和深深的情谊。

还有也是送好友到外地做官的，但际遇不同，他们的友人或同僚都是遭遇贬谪。这类诗歌在唐人的送别诗中占很大分量。诗人往往在送别好友的同时，或表达自己政治上的失意，或表达自己对友人遭遇的同情与宽慰，或宣泄对朝廷的不满。正如南宋严羽在《沧浪诗话》中说：

> 唐人好诗，多是征戍、迁谪、行旅、别离之作，往往能感动激发人意。

杜审言和宋之问在文学上志同道合，在政治上也有许多一致的地方。公元 698 年，杜审言因事贬吉州（今江西省吉安市）司户参军，离开长安时向宋之问道别，宋之问感慨万千，便写了《送别杜审言》：

> 卧病人事绝，嗟君万里行。
>
> 河桥不相送，江树远含情。
>
> 别路追孙楚，维舟吊屈平。
>
> 可惜龙泉剑，流落在丰城。

这首诗连用典故，熨帖工稳，不伤晦涩，仍保持了全诗自然朴素的风格。颈联用的是孙楚和屈原的典故。孙楚是西晋时名重一时的文学家，但"多所凌傲，缺乡曲之誉"，40 多岁开始参镇东军事。屈原才华卓绝，遭到小人的妒忌进谗言而被逐沉湘，自沉汨罗江而死。贾谊被贬长沙王太傅时，途经湘水，感怀身世，曾作《吊屈原赋》。杜审言也是个"恃才謇傲"的人，此番由洛阳流贬吉州，正好取道两湖，浪迹潇湘，沿途恰是前贤足迹所到之处，抚今思昔，感慨系之。以孙楚、屈原的身世遭遇，喻友人才学之高超，仕途之坎坷，以及世道之不平，寄托了诗人对友人的同情和惋惜。尾联用的是"龙泉宝剑"的典故。《晋书·张华传》记载：

> 斗牛之间，常有紫气。豫章雷焕日："宝剑之气，上彻于天。"华问在何郡？焕日："在豫章丰城。"即补焕丰城令。焕到县掘狱基，入地四丈余，得一石函，光气非常。中有双剑，并刻题，一曰龙泉，一曰太阿。是夕斗牛间气不复见焉。

丰城（今江西省丰城市）与杜审言的贬谪地吉州同属江西省。作者用龙泉剑被埋没暗喻友人怀才不遇，既丰富了上联的寓意，也发展了上联的思想：龙泉剑终于被有识之士发现，重见光明，那么友人也将会脱颖而出，再得起用，于愤懑不平中寄托了对友人的深情抚慰与热切期望。

刘长卿、裴郎中曾一起被召回长安又同遭贬谪，同病相怜，因而刘长卿的《重送裴郎中贬吉州》一诗的感情真挚动人。

猿啼客散暮江头，人自伤心水自流。

同作逐臣君更远，青山万里一孤舟。

此诗中，声音、情状、时间、地点，没有一笔架空，将送别的环境点染得"黯然销魂"。正如渔者歌曰："巴东三峡巫峡长，猿鸣三声泪沾裳！"更何况，如今听到猿声的又是处于逆境中的迁客，纵然不浪浪泪下，也难免要怆然动怀了。

日暮客散，友人远去，自己还留在江头，更感到一种难堪的孤独，只好独自伤心了。以无情之水流反衬人之"伤心"，以"自流"之水极写无可奈何的伤心之情。"更远"着重写对方的不幸，从而使同病相怜之情，依依惜别之意，表现得更为丰富、深刻。末句"青山万里一孤舟"既写尽了裴郎中旅途的孤寂，伴送他远去的只有万里青山，又表达了诗人恋恋不舍的深情。随着孤帆远影在送别的目光中消失，诗人的心何尝没有随着眼前青山的绵延与远行者一道渐行渐远！

此外，唐人送别诗中还有一类，那就是无论是送人的还是被送的，都不是主人。这里的送者和行者，都是旅途中的匆匆过客，其送别的情绪则别有一番味道。如杜牧的《宣州送裴坦判官往舒州时牧欲赴官归京》，作于开成四年（839年）春，在宣州（治所在今安徽省宣城市）做官的杜牧即将回京任职。他的朋友，即在宣州任判官的裴坦要到舒州（治所在今安徽省潜山市）去，诗人便先为他送行，并赋此诗相赠。

日暖泥融雪半消，行人芳草马声骄。

九华山路云遮寺，清弋江村柳拂桥。

君意如鸿高的的，我心悬旆正摇摇。

同来不得同归去，故国逢春一寂寥！

此诗一开始就用明快的色调、简洁的笔触，勾画出一幅"春郊送别图"，颔联又展示了两幅美景：一幅是悬想中云雾缭绕的九华山路旁，寺宇时隐时现；另一幅是眼前绿水环抱的青弋江村边，杨柳轻拂桥面。"云遮寺""柳拂桥"，最能体现地方风物和季节特色，同时透出诗人对友人远行的关切和惜别时的依恋之情。

诗的前半部分的环境描写与后半部分诗人的惆怅心情构成了强烈对比：江南的早春，空气是那样清新，阳光是那样明亮，芳草是那样鲜美，裴坦是那样倜傥风流、热情自信。周围的一切都包孕着生机，充满了希望；而自己并没有因此感到高兴，而是受到刺激，加深了内心的痛苦。这里是以江南美景反衬人物的满腹愁情。花鸟画中有一种技法，就是在画卷的背面着上洁白的铅粉，使正面花卉的色彩越发娇艳动人。这首诗写景入妙，用的正是这种背面敷粉手法。又如郑谷的《淮上与友人别》：

> 扬子江头杨柳春，杨花愁杀渡江人。
>
> 数声风笛离亭晚，君向潇湘我向秦。

此诗中抒写的是一次各赴前程的握别：友人渡江南往潇湘（今湖南省一带），自己则向北长安。

此诗画面疏朗，淡淡几笔，就像一幅清新秀雅的水墨画。依依袅袅的柳丝，牵曳着彼此依依惜别的深情，唤起一种"柳丝长，玉骢难系"的伤离意绪；蒙蒙飘飞的杨花，撩动双方烦乱不宁的离绪，勾起天涯羁旅的漂泊之感。美好的江头柳色，宜人春光，在这里恰恰成了离情别绪的触媒，所以说"愁杀渡江人"。

驿亭宴别，酒酣情浓，席间吹奏起了凄清怨慕的笛曲。这《折杨柳》的笛声正倾诉着彼此的离愁，使两位即将分手的友人耳接神驰，默默相对，思绪萦绕，随风远扬。

这首诗有一个别开生面和富于情韵的结尾，诗的深长韵味恰恰就蕴含在这貌似朴直的不结之结当中。临歧握别的黯然伤魂，各向天涯的无限愁绪，南北异途的深长思念，乃至漫长旅程中的无边寂寞，都在这一句道别中得到充分的表达。"君向潇湘我向秦"，这里"君""我"对举，"向"字重叠，更使得这句诗增添了咏叹的情味。

■抒情方式

■桃花潭水深千尺，不及汪伦送我情。

中国诗歌主要是抒情诗，送别诗也不例外。在唐人的送别诗中，抒情的方式又有哪些呢？

好友分别，离情别绪自是深重，深情厚谊不吐不快，所以，在唐人的送别诗中，有些是直抒胸臆的作品，如高适的《别董大》：

> 十里黄云白日曛，北风吹雁雪纷纷。
>
> 莫愁前路无知己，天下谁人不识君。

长久不曾相逢，今日偶然遇见，还未把酒相谈，你我又要离别。

听那北风呼啸，看那黄沙千里，观那白雪飞扬，望那大雁南回。北风带来了荒凉与凄寒，日光惨淡，雁叫伤零。那风，那沙，那日，那雪，那雁，那一切，好似都懂得此时我们心中的情结。

我们一个是无人认可却满腹经纶的诗人，一个是无人赏识却技艺高超的琴师。如今会聚，怎能不感叹，同是才人，同有大志，可悲却要漂泊沦落。

心中的郁积，友情的深挚，离别的凄酸，此时的心情，竟这般悲凉。

日光越发暗淡，空中云朵也被映成了黄沙一般的颜色。

兴许是为了给好友以鼓励安慰，兴许又是为了给自己加油打气。以后，前路漫漫，又何愁寻不到知己？离别之际，赠君一句：

> 莫愁前路无知己，天下谁人不识君？

当然，直抒胸臆是一种坦诚，是深情厚谊最直接的体现，但深挚的情感又往往是说不尽、道不完的，所以有很多诗借助别的方式表达出来。如韦应物的《赋得暮雨送李曹》用的是托物比物的手法，诗人把相送的情谊比拟作飘飞的雨丝：

> 楚江微雨里，建业暮钟时。
>
> 漠漠帆来重，冥冥鸟去迟。

海门深不见，浦树远含滋。

相送情无限，沾襟比散丝。

诗人伫立在暮雨中为友人送行，暮雨纷纷好像也饱含着情谊，友人要到遥远的地方，不免惜别难舍。泪水与雨丝同时落下，情与景也巧妙地融合在一起。全诗紧扣"暮雨"二字，以疏淡有致的笔墨，描绘出一幅动静相生、富有情味的江上烟雨图，表现了诗人对自然景物细致的观察和精微的刻画。全诗自然形象，朴实深远，前后呼应，浑然天成。

又如李白的《赠汪伦》，此诗以水深比情深，形象性地表达了友人间真挚、纯洁的深情。

李白乘舟将欲行，忽闻岸上踏歌声。

桃花潭水深千尺，不及汪伦送我情。

此诗妙就妙在"不及"二字，好就好在不用比喻而用比拟的手法，将无形的情谊变为生动形象的具体事物，空灵而有余味，自然而又真情。王昌龄《芙蓉楼送辛渐》中"洛阳亲友如相问，一片冰心在玉壶"，借"玉壶""冰心"比拟诗人的操守和品格，以告慰亲友。

融情入景的写法，还有一类是诗人使用比喻，将心情托付于意象，我们继续品读刘长卿的诗《重送裴郎中贬吉州》：

猿啼客散暮江头，人自伤心水自流。

同作逐臣君更远，青山万里一孤舟。

末一句写友人远去，一叶"孤舟"顺水而下，实则写两个人同为"逐臣"，漂泊无定，就像"孤舟"飘荡在无情的人世激流中。这种情感更是黯然凄凉，读来令人心痛。

又如王维《送沈子福之江东》中的名句：

唯有相思似春色，江南江北送君归。

此诗中，诗人把相思之情比喻成无边春色，突出思念无处不在。王国维说："一切景语皆情语。"的确，景物在有情人的眼中是会变的，它会因人情绪的不同而改变，唐人的诗本就重情趣、重意趣，他们在表现"情"与"意"的时候，往往都要借助精心营造的"景"或"境"。所以在送别诗中，眼前的景物往往也都附上了浓重的情感色彩。

那么，唐诗写送别，借景抒情，常常选用的意象有哪些呢？哪些景物最讨诗人喜欢呢?

　　首先我想引入一首词——《送别》,此词为李叔同作,后成为传唱不衰的中国名曲。这首送别词清新淡雅、情意真挚,既有古典诗词的神韵,又通俗易懂,朗朗上口。在 20 世纪,我们用这首《送别》送别了太多太多的东西。

> 长亭外,古道边,芳草碧连天。
> 晚风拂柳笛声残,夕阳山外山。
> 天之涯,地之角,知交半零落。
> 一觚浊酒尽余欢,今宵别梦寒。

　　这首词,几乎浓缩了所有的送别意象。"长亭""古道""芳草""晚风""笛声""夕阳""远山",还有前面提到的行为艺术表演时用到的"醇酒""杨柳"。自然界的万物,总是和诗人的神经联系在一起,凡是能触发留恋、祝福的景物,就会在唐诗中留下美丽的字眼:落日余晖、晓风残月、杨花柳丝、流水横波、江树霏雨、平沙卷蓬、阳关古道、夜雪更鼓、风笛暮霭、驿亭宴饯、雪拥蓝关、云横秦岭、路绕蜀山,一切都好像是大自然精心营造了送别的氛围。这些景象定格在唐诗的吟哦中,平仄在隔世的诗行里。

　　如李白的《送友人》,"山横""水绕"把惜别之情含蓄地表达出来。"浮云"象征友人行踪不定,"落日"隐喻诗人不忍分别的深情,扣人心弦。

> 青山横北郭,白水绕东城。
> 此地一为别,孤蓬万里征。
> 浮云游子意,落日故人情。
> 挥手自兹去,萧萧班马鸣。

　　青山,阻挡。白水,环绕。一山一水拖住了远行的脚步。

　　浮云,有意。落日,有情。一起一落正如送行时的心绪。

　　行人如蓬蒿,一别就是千万里。挥挥手就上了马,萧萧马鸣仍在耳畔,却不见了友人的身影。

　　再如刘长卿的《饯别王十一南游》:

> 望君烟水阔,挥手泪沾巾。

> 飞鸟没何处，青山空向人。
>
> 长江一帆远，落日五湖春。
>
> 谁见汀洲上，相思愁白蘋。

"烟水""青山""飞鸟"烘托出诗人惆怅的心情，"空"字不仅是因为被送的友人走远了，更是此时诗人空虚寂寞之情。心随友人去了，直到目的地，最后又回到现场，久久不忍归去，无限愁思寄予"白蘋"，首尾呼应。

而历来为人们所推重的薛涛的那首《送友人》，更是情景交融的典范。

> 水国蒹葭夜有霜，月寒山色共苍苍。
>
> 谁言千里自今夕，离梦杳如关塞长。

秋浦相别，眼前的景色令人凛然生寒，又暗用诗经《蒹葭》的意境，使诗的内涵更为深厚。末句说梦如关塞，遥不可及，化无形为有形，层层曲折，将复杂的离愁别绪推向高潮。

景是形，情是魂，离开景单纯谈情，就失去了根基。但凡唐人的送别诗，几乎都有景有情。最高境界则是融情入景，把浓浓的深情，深婉含蓄地藏在简单的、似乎是不经意间得来的景中，只留下若隐若现的一缕丝线，让读者去发现、去抽取，越抽越多，牵出一腔心事，跌宕起伏，意味深远，一如醇酒，清洌而味厚，时愈久而愈香。

如张说的《送梁六自洞庭山》就是这类诗歌典范的例子。

> 巴陵一望洞庭秋，日见孤峰水上浮。
>
> 闻道神仙不可接，心随湖水共悠悠。

诗人深深地掩藏了自己的心事，只含蓄地借助景物透露给我们些许信息：眼见友人离去，秋波浩渺中一帆渐远，直入朝廷去了，而自己却谪居岳州，遥无归期；一个"孤"字语带双关，失落与孤寂的情绪渐上心头，而一个"浮"字又顿生扑朔迷离之感，君山浮于水，人生浮于世，漂泊之愁便更浓了；第三句明写传说中的神仙"不可接"，实是友人"不可接"，友人远去的地方——朝廷"不可接"；于是一片凄婉的心事就在这简淡的秋景中浮现，随着悠悠的湖水荡漾起伏，言有尽而意无穷。严羽在评价唐诗时说：

盛唐诸人，惟在兴趣，羚羊挂角，无迹可求，故其妙处，莹彻玲珑，不可凑泊，如空中之音，相中之色，水中之月，镜中之像……

再如刘长卿的《送灵澈上人》，从表面上看，犹如一幅幅秀美的风景画，诗人的形象隐于诗外，没有什么情谊，仔细品味，方可体察到一股浓浓的、深沉的情愫。

> 苍苍竹林寺，杳杳钟声晚。
>
> 荷笠带斜阳，青山独归远。

刘长卿和诗僧灵澈相遇又离别于润州，刘长卿于唐肃宗上元二年（761年）从贬谪南巴（今广东省茂名市南）归来，一直失意待官，心情郁闷。灵澈此时诗名未著，云游江南，心情也不大得意，在润州逗留后将返回浙江。一个是宦途失意客，一个是方外归山僧，虽然僧儒殊途，但不遇而闲适、失意而淡泊的情怀是相同的。

18世纪，法国的狄德罗评画时说过：

> 凡是富于表情的作品可以同时富于景色，只要它具有尽可能具有的表情，它也就会有足够的景色。

此诗如画，其成功的原因亦如绘画，景色的优美正在于抒情的精湛。

以上诗歌都是在送别时，借身边之景来抒离别之情，在唐人的送别诗中，如"孤帆远影碧空尽，唯见长江天际流""山回路转不见君，雪上空留马行处"，则是写别后之景，抒离别之情的。这类诗好比电影的空镜头，恰似"人面不知何处去，桃花依旧笑春风"；又好像交响乐的尾声，每一个音符都能触发遐想。目光所及，都是值得珍藏的碎片：地上的一方蹄印，纸上的一斑泪痕，杯中的一缕遗香……如王勃的《江亭月夜送别二首·其二》：

> 乱烟笼碧砌，飞月向南端。
>
> 寂寞离亭掩，江山此夜寒。

寒烟渐渐升起，月华慢慢逝去，夜色深沉冷寂，江亭人去亭空。诗人顾望流连，凄凉寂寞之情油然而生，深得借景抒情、融情入景之妙。

许浑在他的《谢亭送别》也用了同样的手法。

日暮酒醒人已远，满天风雨下西楼。

人已远去，诗人因送别而醉，酒醒时，暮色苍茫暗淡，风雨迷蒙凄清，心情便也更加怅惘空虚，凄暗孤寂。

更有妙者如王维的《山中相送》：

山中相送罢，日暮掩柴扉。

春草明年绿，王孙归不归？

不写送别，而写别后的寂寞之感、怅惘之情。离愁往往在别后当日的日暮时分更浓重、更稠密。难道古人送别总是在黄昏吗？不是！而是别离这种忧伤的情感与暮色朦胧中的苍茫感相协调，并且，傍晚会伴着飞鸟归林，鱼沉潭底，无论对客人还是主人，都容易触动心弦。

诗人的神经更敏感！

王维把浓厚深挚的情感，掩藏在"掩柴扉"这一看似不经意的动作之中，表面的平静和内心的深情形成强烈的反差，这种冲突感的心理体验是极具情感价值和审美价值的。这样的好诗，不宜大声朗诵，应该像小瓯烹鲜，才会品得味中之味，味外滋味。至于"忆君遥在潇湘月，愁听清猿梦里长"，"此去与师谁共到？一船明月一船风"则是想象别后远方友人的处境，这在唐诗中更是别具特色了。

离别让人黯然神伤。人们追求地久天长，可现实中不得不天各一方，相见时难别亦难，浓重的伤感始终是送别诗的主色调。

薛华的祖父薛收是王勃祖父王通的弟子，薛、王两家三代交好。薛华以诗文知名当世，是王勃最亲密的朋友。

送送多穷路，遑遑独问津。

悲凉千里道，凄断百年身。

心事同漂泊，生涯共苦辛。

无论去与住，俱是梦中人。

王勃的这首《别薛华》，通过送别朋友抒写了诗人不满现实，感叹人生凄凉悲苦的情绪。诗的首联语意双关，借送人上路指出世路艰难、前途悲凉；颔联和颈联使用工整的对仗句式，不仅揭示了友人将会在自然之路和人生之路中可能遭受的厄运，也表达了诗人在人生旅途中的切身感受；尾联断言诀别后彼此都将互相入梦，既明说自己怀友之诚，也告诉对方，我亦深知你对我相思之切。杜甫《梦李白》的"故人入我梦，明我长相忆"，便是这个意思。明代胡应麟《诗薮》内编卷四评价说：

> 唐初五言律，唯王勃"送送多穷路""城阙辅三秦"等，终篇不著景物，而兴象宛然，气骨苍然，实首启盛、中妙境。

卢纶和李端同属"大历十才子"，卢纶在故乡衰草遍地的严冬送别友人（《送李端》），友人离别后，诗人在孤独、寂寞中感叹自己少年时的孤苦飘零。全诗声情并茂，哀婉感人。

> 故关衰草遍，离别自堪悲。
>
> 路出寒云外，人归暮雪时。
>
> 少孤为客早，多难识君迟。
>
> 掩泪空相向，风尘何处期。

诗人少孤，加上社会动乱，过早地离开家乡，浪迹天涯，知音难觅。这两句不仅是表达诗人身世的凄苦，也从侧面反映出时代的动乱和人们在动乱中漂泊不定的生活。在这个多难动荡的年代遇到知音，实属难得，诗人把送别之意落实到"识君迟"上，这句话将惜别、感世、伤怀等种种复杂的情感融合在了一起，使整首诗的思想感情达到了高潮。"少孤为客早，多难识君迟"，"早""迟"二字，配搭恰当，音节和谐，前急后缓，顿挫有致，给人以悲凉回荡之感。

贾至曾在唐肃宗时任汝州刺史，唐肃宗乾元二年（759 年），唐军伐安史乱军败于相州，贾至遂被贬为岳州司马。在岳州期间，又逢友人王八员外被贬赴长沙。两个人在巴陵夜别，贾至遂赋诗《巴陵夜别王八员外》一诗赠别：

> 柳絮飞时别洛阳，梅花发后到三湘。
>
> 世情已随浮云散，离恨空随江水长。

暮春时节，柳絮纷纷扬扬，诗人怀着被贬的失意心情离开故乡洛阳，在梅花盛开的隆冬时分来到"三湘"。此处以事物、气候的变化暗示时间的变换，深得《诗经·小雅·采薇》"昔我往矣，杨柳依依；今我来思，雨雪霏霏"的遗韵。开头两句洒脱灵动，情景交融，既点明季节、地点，又渲染气氛，给人一种人生飘忽、离合无常的感觉；第三句"浮云"的比喻，更加深了难遣的离情；结尾一个"空"字表达了一种依依不舍而又无可奈何的心境。唐诗中写迁谪之苦、离别之恨者居多，此诗以迁谪之人又送迁谪之人，情形倍加难堪，读来沉郁苍凉，余味不尽。

但友人分别也并非全都是伤感的，同样是王勃的送别诗，《送杜少府之任蜀州》与《别薛华》在格调上迥然不同，全诗开合顿挫，气脉流通，意境旷达。尽扫送别诗中的悲凉、凄怆之气，音调明快爽朗，语言清新高远，内容独树碑石。体现出诗人高远的志向、旷达的胸怀。

> 城阙辅三秦，风烟望五津。
>
> 与君离别意，同是宦游人。
>
> 海内存知己，天涯若比邻。
>
> 无为在歧路，儿女共沾巾。

诗人身在长安，连三秦之地也难以一眼望尽，远在千里之外的五津根本无法看到。诗句超越常人的视力所及，用想象的眼睛看世界。与一般的送别诗只着眼于"燕羽""杨枝""泪痕""酒盏"不同，王勃运用夸张手法，开头就展现出壮阔的境界。

"海内存知己，天涯若比邻"，就算是天涯海角也如同近在咫尺，友谊不受时间的限制和空间的阻隔，一秦一蜀又算得了什么呢？

至于边塞诗的代表诗人岑参的《送李副使赴碛西官军》和《武威送刘判官赴碛西行军》两首，则更是化惆怅为豪放的经典之作，在惜别的深情中，更是寄托了祝捷的愿望，为分别增添了壮丽的色彩，读之感情豪放激昂、英气逼人。在送别诗中可以说是独具一格。其中有几句：

> 脱鞍暂入酒家垆，送君万里西击胡。
>
> 功名衹向马上取，真是英雄一丈夫。

有一些诗人在与好友分别的时候，虽然没有这样豪放慷慨，却也是旷达洒脱，表现了唐人独具的开阔胸襟。如王昌龄的《送柴侍御》：

> 沅水通波接武冈，送君不觉有离伤。
>
> 青山一道同云雨，明月何曾是两乡？

友人远去，两地相隔，不免要产生感伤，但诗人却宽慰友人说，两地流水相通，青山一道；云雨相同，明月共睹，所以并没有真正地分开，这里诗人巧妙地化两地为一乡，宽慰友人的离伤，语意新颖而情思旷达。

再如王维的《送元二使安西》：

> 渭城朝雨浥轻尘，客舍青青柳色新。
>
> 劝君更尽一杯酒，西出阳关无故人。

这场深情的离别，我们看不到有丝毫黯然神伤的样子，诗人借送别的时间、地点，巧妙地布置环境，使得景色清新明朗，富于情调。

还有如李白的《鲁郡东石门送杜二甫》：

> 醉别复几日，登临遍池台。
>
> 何时石门路，重有金樽开。
>
> 秋波落泗水，海色明徂徕。
>
> 飞蓬各自远，且尽手中杯。

此诗以醉别开始，以干杯结束，首尾呼应，一气呵成，充满豪迈不羁和开朗乐观的感情，格调爽朗，毫无缠绵哀伤的情调，且诗中自然美与人情美相互映衬，充满诗情画意，特别是结尾两句，干脆有力，言有尽而意无穷。

这些在分别时唱出的豪放旷达的诗句，一扫悲情哀语，体现了唐人豁达的胸襟，洋溢着积极向上的青春气息，充满了希望和梦想，反映了盛唐时期的精神风貌。

真正的文学是纯粹的，真挚的情感也是纯粹的。古往今来，朋友之情不断被人们歌之咏之，颂之赞之。"豪华落尽见真淳"，在送别友人的时候，诗人们往往把自己的一颗真心，用最朴素的语言捧出，化为千古绝唱。如权德舆的《岭上逢久别者又别》：

> 十年曾一别，征路此相逢。
>
> 马首向何处？夕阳千万峰。

此诗写久别重逢后的离别，通篇平淡着笔，不事雕琢，却蕴含着深永的情味。前两句诗交代一别一逢整整十年岁月，虽不写沧桑而沧桑之感油然而生，别具情致；第三、四句是一幅深山夕阳中悄然作别的素描，有一种令人神远的意境，千峰无语立斜阳，寂静而略带荒凉的境界使人不禁产生人生离合之感慨，相逢离别是那样偶然又匆匆，一种浓重的情味涌上心头。造句精审，言浅情深，不著一字尽得风流。再如孟浩然的《留别王维》：

> 寂寂竟何待，朝朝空自归。
>
> 欲寻芳草去，惜与故人违。
>
> 当路谁相假，知音世所稀。
>
> 只应守寂寞，还掩故园扉。

此诗既没有优美的画面，也没有华丽的辞藻，语句平淡近乎口语，对偶不工，语出天然，但深挚动人的感情却挥之不去，言浅情深，余味悠长。

> 二十年来万事同，今朝歧路忽西东。
>
> 皇恩若许归田去，晚岁当为邻舍翁。

柳宗元的这首《重别梦得》寓复杂的情绪和深沉的感慨于朴实无华的语言之中，语言质直而意蕴深婉。

"大历十才子"之一的司空曙的《云阳馆与韩绅宿别》，抒写与友人离别多年而又突然相见，明朝又要分离的心路历程，前几句是：

> 故人江海别，几度隔山川。
>
> 乍见翻疑梦，相悲各问年。

这是与友人相见时的问候语，语出天然而毫无修饰，但相思之情自在言外，悲喜交集之态尽在其中。"乍见翻疑梦，相悲各问年"，乃久别重逢之绝唱，与李益的"问姓惊初见，称名忆旧容"有异曲同工之妙。

送别自是有情人的事，是有真情的人的事，所以每一首送别诗都是发乎真情的至真至纯之语，我们自会被那份深挚的情谊所感动。

作为唐代诗歌大观园中的重要组成部分，唐人的送别诗在其思想内容上，大大丰富了唐代诗歌的题材和内容；在艺术表现上，格调或豪放或含蓄，或旷达或深婉，抒情或直露或蕴藉，或借景或托物，或用语浅近，不事雕琢，浑然天成。或用语含蓄，引经据典，心有寄托。

"雅言传承文明，经典浸润人生"，我们学唐诗，不光是对仗、押韵、用典、修辞。从本质上讲，文学是人学，人学是情学，是有血肉有生命，带着体温有着灵魂的。读送别诗，品人间情，让我们与古人同行，在悲欢离合中感悟人生，提升人格魅力，涵养道德，让优秀的民族精神在心灵生根、发芽、开花……

　　古人已远行，在下一个拐弯处，我们又相逢……

第五篇　骊歌醉杨柳

第六篇
家书抵万金

　　关山茫茫，江浦迢迢，万里河山，阻隔的是孤客归乡的脚步，萦绕的是游子思乡的愁苦。戍边者、宦游者、行商者、漫游者，在唐诗里，有多少身影跋涉于天涯路途？他们思乡思家的缕缕情愫，氤氲在一封封家书中。关于书信，有哪些动人的故事？有哪些诗篇提到家书？唐人的家书都写些什么？他们通过什么方式寄送家书？剪烛展卷，思接千载，我们一起来品读家书……

送别让人惆怅，最终天各一方。古代没有电话，没有电报，不能打手机，也不能发邮件，那么，他们分别之后怎样保持联络呢？

唐人用得最多的也就是书信来往了。

唐诗里写书信的作品不少，我们先睹为快。

张籍《秋思》：

> 复恐匆匆说不尽，行人临发又开封。

岑参《逢入京使》：

> 马上相逢无纸笔，凭君传语报平安。

杜甫《春望》：

> 烽火连三月，家书抵万金。

王湾的《次北固山下》：

> 乡书何处达？归雁洛阳边。

李商隐《寄令狐郎中》：

> 嵩云秦树久离居，双鲤迢迢一纸书。

张籍写了一封信，托人带回去了；岑参没法写，只好给入京使捎了一个口信；杜甫道出了战争离乱时期家书的珍贵；王湾的信没有办法送出去，寄希望于大雁；令狐绹给李商隐的信是鲤鱼送来的。

事实真是这样吗？

要了解私信的传送，还得从官方文书说起。

我国古代专门的通信机构至今已有 3000 多年的历史了。从周朝开始，就有了邮驿制度，当时周天子、诸侯之间将涉及政治、军事的信息写成"书简"，交给信使徒步传递，称为"邮"，邮距 25 公里，为什么是 25 公里呢？因为这恰恰是一个成年人当天能往返的距离。

秦朝统一中国后设置"十里长亭"，是乡以下以维持治安为主体的行政构架。交通干线上的"亭"兼有公文通信功能，被称为"邮亭"，仍是以步行的方式送递公文。

汉初改"邮"为"置"，并设有驿站，30 里为一驿，改步行为骑马快递，传送区间由 25 公里扩大到 150 公里，兼有迎送过往官员和专使的职能。我们从文学作品和影视剧里，经常可以看到古人擂鼓传信、烽火告急、飞奔报佳音、驿马递文书等场景，这些都是当时官府公文传递既具体又生动的展现。

唐代对外交流频繁，各国使节、官员、公差往来大增，以往的通信机构已无法满足需要，于是改"驿"为"馆驿"，强化了"宾馆"功能，使来往人员的吃、住、行都有了保障。到盛唐时，全国的馆驿有1643 个，按现在的省份算，平均每个省 50 多个，覆盖面也挺广，工作人员总计有两万余人。唐代时，私邮也有了发展，长安和洛阳之间出现了主要为民间商人服务的"驿驴"，但民间信件主要靠委托亲友、商贾等捎带传递，人们还是根据口信和他人描述来了解远方亲人的情况。

北宋时，官员们"私书附递"发展迅速，南宋时，私人通信已经比较普遍。明朝永乐年间，官方设立"民信局"，民间书信才有了公共通道。

■鲤鱼传书
■尺书能不吝，时望鲤鱼传。

从以上介绍可以看出，唐朝时，即便是官员富豪，要把信送到亲朋好友手中也是很不容易的，所以古人就有了一种美好的想法：能不能通过其他途径传送书信呢？

有！

第一个就是"鲤鱼传书"。

我们的祖先很早就知道，鲤鱼是一种洄游的鱼，黄河的鲤鱼都要"跃龙门"，为什么要跃龙门？它一定要游到上游去产卵，产卵后孵化，小鲤鱼再游回下游。古人就想象：能不能请鲤鱼来送信呢？

鲤鱼传书，无论在生活中还是在书信史上，知名度都很高。最早的鲤鱼传书来自神话传说。

姜子牙是我国历史上享有盛名的政治家和军事家，曾辅佐周武王伐纣灭商。传说中，姜子牙青年时期生活穷困潦倒，他老婆马氏常数叨他命不好，没本事，卖肉肉臭，卖面被风刮。姜子牙听得心烦，就弄根竹竿绑上丝线，跑到离家不远的河边钓鱼。傍晚时，姜子牙就扛着钓鱼竿回家。马氏正等着吃姜子牙钓的鱼，一看他空手而归，气得拿起锅碗瓢盆走了。弄得姜子牙饭也没吃成，饿着肚子去睡觉了。

第二天，姜子牙去钓鱼，还是空手而归。马氏骂过后，拿起鱼竿就要折断。她这才看到鱼钩竟然是直的，被气坏了，指着姜子牙斥骂道："谁钓鱼用直钩钓呢？"

第三天，姜子牙刚坐下垂钓，一个渔翁赶来给他讲钓鱼的门道。他告诉姜子牙，人有人路，鸟有鸟途，鱼有鱼道。鱼竿、鱼钩、渔线、鱼饵及鱼漂都要精心选择。像你这样啥鱼食也不弄，想直钩钓鱼，那不成怪事了？渔翁讲了半天，姜子牙竟无动于衷，漫不经心地说："我就直钩钓鱼，听天由命，愿者上钩。"太阳偏西了，渔翁提着满满一篓鱼乐呵呵地走了。姜子牙倚着大柳树，眼半睁半闭着，嘴里说："钓钓钓，钓钓钓，大鱼不到小鱼到，宁在直中取，不在曲中要。"突然，丝线动了一下。姜子牙猛地坐起来，只见丝线向下一沉，鱼竿随之一动，他把鱼竿向上一挑，钓上来一条活蹦乱跳的大鲤鱼。

姜子牙回到家时，马氏正在床上躺着。当她看到姜子牙钓了条大鲤鱼，一骨碌爬起来接过鲤鱼，眉开眼笑地拿起刀子把鱼肚剖开，"啊！书！"马氏失声惊叫，姜子牙忙过来看个究竟。只见鱼膛里没有肠肚，只有一卷书。

他把书拿出来，见卷首写着"扶周蒨商之道"六个字，内容是伐纣灭商的用兵之计、治国之策及阴阳八卦。姜子牙如获至宝，捧着书就读起来。马氏稳了稳神，想去拾掇那条鲤鱼，但鱼儿已不知去向，只有地上留下一摊水渍。马氏愣愣地望着水渍，心中似有所悟，知道这是天意。从此，马氏再也不和姜子牙吵闹了。

姜子牙得了天书，起早贪黑地又读又记，并融会贯通，学会了用兵之道、布阵之法，懂得了很多道理，最后扶周灭商实现了自己的政治抱负。

第二个故事同样很玄乎。

清康熙年间编纂的《四库全书》中的《神仙传》记载，有一个奇异的人叫葛玄，他是东汉时的道教天师，人称"太极葛仙翁"。

> 玄见卖鱼者在水边，谓鱼主曰："欲烦此鱼至河伯处，可乎？"鱼人曰："鱼已死矣，何能乎？"玄曰："无苦也。"乃以鱼与玄，玄以丹书纸置鱼腹，掷于水中。俄顷，鱼还跃上岸，吐墨书青色，如大叶而飞去。

该故事是说，葛玄在河边遇到渔翁，想借鱼和河神联系，可是渔人的鱼已经死了。葛玄说没事。他把丹砂写的书信放进鱼肚中，之后把鱼扔进河里。过了一会儿，然后从水中跃出跳到岸上，口中吐出河神用青墨写的书信。然后像片树叶一样游走了，不见踪影。

第三个故事见司马迁的《史记·陈涉世家》：

公元前209年，秦朝征发900人驻守渔阳（今北京市密云区），因大雨被阻挡在大泽乡（在今安徽省宿州市），不能在规定期限赶到目的地。"失期，法皆斩。"陈胜、吴广便商量道：如今逃跑是死，起义也是死，同样是死，为什么不拼死一搏呢？经过权衡，认为当下造反定会一呼百应。"乃行卜。卜者知其意，曰：'足下事皆成，有功。然足下卜之鬼乎！'"陈胜、吴广大喜，知道"卜之鬼"是叫他们利用鬼神先在这些人中取得威信。"乃丹书帛曰：'陈胜王'，置人所罾鱼腹中。卒买鱼烹食，得鱼腹中书，固以怪之矣。"他们事先在鱼腹中放进写有"陈胜王"的帛书，士兵们刚好买到这条鱼，杀鱼的时候发现了帛书，陈胜要称王的消息就私下传开了。"鱼腹丹书帛"，由陈胜、吴广导演，是为起义做舆论准备。

以上是神话故事和历史典籍，说明古代人对"鲤鱼传书"的认可。

汉代民歌《饮马长城窟行》，最后几句是：

> 客从远方来，遗我双鲤鱼。
> 呼儿烹鲤鱼，中有尺素书。
> 长跪读素书，书中竟何如？
> 上言加餐食，下言长相忆。

大意为：客人自远方来，他送给我一对鲤鱼，叫孩子们来杀鲤鱼，鱼肚破开后，发现里面有一封书信。赶紧打开来看，上面写些什么呢？写的是劝对方多加餐饭，同时也表达了长久思念之情。诗中用的就是"鲤鱼传书"的典故。

人们怎么会把书信藏在鱼肚子里呢？腹中装有书信的鲤鱼还能存活吗？

我们从出土文物可以看到，汉代人发信的习惯是这样的：先把信写在一条一尺长的白色绢上，写好后，拿来两个刻成鲤鱼形状的木质函套，一盖一底，把信放进去，两块木板扣合在一起，再用一根丝带系好，在打结处糊上泥土，加盖"封泥"（印章），然后捎带给亲人或朋友。由此可见，并不是真正的由鲤鱼传送。民歌这么唱，实际上说的是有人从远方给我捎来一封珍贵的信，但他非要说有人给我送来两条鲤鱼，剖开一看，鱼肚子里有一封信，这是一种诗意的写法。如孟浩然有佳句：

> 尺书能不吝，时望鲤鱼传。

因为有了"鲤鱼传书"的典故，书信就有了许多美称，如"双鲤""鱼书""双鱼""鱼信""鱼素""鱼函""鱼笺"等；因古人常用长约一尺的绢帛写信，于是书信又称"尺素""尺鲤""鱼中素""素鳞书"等。如元稹的《鱼中素》：

> 重叠鱼中素，幽缄手自开。

李冶的《结素鱼贻友人》：

> 尺素如残雪，结为双鲤鱼。
>
> 欲知心里事，看取腹中书。

这些书信的别称带给我们诸多美的享受，你是否也能体会到古人诗意的生活方式呢？一个有高雅情趣的民族才会有如此精湛的文化，抚今追昔，你是否也向往那种生活方式呢？

"双鲤"是书信文化中标志性的符号。信封、信笺，几乎无处不在。古人写信，把写好的绢帛书信折叠成鲤鱼形状，代替封口，叫作"缄"。唐代自贞观年间开始，民间用厚茧纸做信封，形若鲤鱼，再在正反两面画上鳞甲，称作"鲤鱼函"。再往后，人们在红条封上画一条（或对称的两条）鲤鱼，既是装饰，又是传书的标志。信笺上画条鲤鱼或写句"遗我双鲤鱼"等，更是经常能见到的，我们今天的邮票也不过如此。至于绣有"鱼雁往来"的"信插"，直到20世纪五六十年代时民间还常有。这样看来，"鲤鱼"千百年来都活跃于人们的生活中，而且"活"得很好！

■鸿雁传书
■朔雁传书绝，湘篁染泪多。

大家知道，大雁是一种候鸟，秋天从北方飞向南方，春天又从南方飞回北方，每年定期往返，古人就产生一种请大雁传书的想法。即所谓"鸿雁传书"。这个典故跟苏武有关。《史记·苏武传》记载：

> 苏武天汉元年出使匈奴，……昭帝即位。数年，匈奴与汉和亲。汉求武等。匈奴诡言武死。后汉使复至匈奴。常惠请其守者与俱，得夜见汉使，具自陈道。教使者谓单于言："天子射上林中，得雁足有系帛书，言武等在某泽中。"使者大喜，如惠语以让单于。单于视左右而惊，谢汉使曰："武等实在。"……武以始元六年春至京师……武留匈奴凡十九岁，始以强壮出，及还，须发尽白。

公元前100年，中郎将苏武奉汉武帝之命出使匈奴，因其副使张胜卷入匈奴内部斗争而受牵连被拘留，流放在北海苦寒地带牧羊，看押的人对他说什么时候公羊生了小羊，什么时候就放他归汉。汉武帝去世后，汉昭帝继位，派使者要求匈奴释放苏武，匈奴单于却谎称苏武已死。与苏武一同出使匈奴的常惠秘密见到了汉使者，说苏武并没有死，并让他对单于说："汉天子在上林苑打猎，射到一只鸿雁，雁足上系着一块帛书，上面说苏武在一大泽中。"这样，匈奴单于再也无法诡称苏武已死，只得把他放归汉朝。

虽然这只是一个外交策略，但可以想象，当时一定有人已经在利用大雁传书了，否则这个故事就缺乏根据，常惠也不会想到这样的计谋，单于更不会轻信。

第六篇 家书抵万金

李白为此写有一首《苏武》诗，他赞叹道：

> 苏武在匈奴，十年持汉节。
>
> 白雁上林飞，空传一书札。
>
> 牧羊边地苦，落日归心绝。
>
> 渴饮月窟冰，饥餐天上雪。
>
> 东还沙塞远，北怆河梁别。
>
> 泣把李陵衣，相看泪成血。

这首诗传神地描述了出使匈奴被扣十九年的苏武。苏武持汉节站在贝加尔湖畔牧羊的身影永远定格在中国人的历史记忆中，成为崇高气节的象征。苏武出现在汉民族精神日臻完善的时代，博大浑朴、坚贞不屈的民族精神需要一个具体的形象表达，苏武的出现适逢其时。苏武和李陵的感情可以说是复杂至极，两个人抱头痛哭的情景更让后世文人唏嘘不已！

但是，"鸿雁传书"在汉代诗歌中也只是凤毛麟角，唯蔡琰《胡笳十八拍》中有"雁南征兮欲寄边声""雁北归兮为得汉音"。

蔡琰就是蔡文姬，东汉文学家蔡邕的女儿，匈奴进犯中原时被掳走，据说嫁给了左贤王，在匈奴生活了十二年。曹操统一北方后，花重金赎回。蔡文姬9岁能辨琴，擅长文学、音乐、书法。清代诗论家张玉谷作诗称赞蔡文姬道：

> 文姬才欲压文君，《悲愤》长篇洵大文。
>
> 老杜固宗曹七步，办香可也及钗裙。

蔡琰的才华压倒了汉代才女卓文君，曹植和杜甫的五言叙事诗也受到蔡琰的影响。就是这位才女，写有长达1297字的《胡笳十八拍》。明朝人陆时雍说："读《胡笳吟》，可令惊蓬坐振，砂砾自飞，真是激烈人怀抱。"

鸿雁作为信使在隋唐诗歌中比较多见。如隋人薛道衡的《人日思归》：

> 人归落雁后，思发在花前。

早在花开之前，就起了归家的念头，但等到雁已北归，人还没有归家。诗人在北朝做官时，出使南朝的陈国，写下了这句思归的含蓄而又婉转的诗句。

杜甫《天末怀李白》：

　　　　鸿雁几时到，江湖秋水多。

李商隐《离思》：

　　　　朔雁传书绝，湘篁染泪多。

杜牧《赠猎骑》：

　　　　凭君莫射南来雁，恐有家书寄远人。

民间还流传一个唐代的故事：薛平贵远征在外，王宝钏苦守寒窑十几年矢志不渝。一天，王宝钏正低头挖野菜，忽然听见空中鸿雁连声呼唤，王宝钏请求大雁替她给丈夫传递书信，但当时没有笔墨，情急之下撕下罗裙半片，咬破指尖写下血泪书信，倾诉对爱情的忠贞和盼望夫妻团圆的心情。

和大雁比较接近的另一种送信方式是飞鸽送信。鸽子原为野鸽，古书上称"鹁鸽"，后来被人喂养饲服，才叫家鸽。

现代科学认为，鸽子对地球磁场的感觉很灵敏，根据鸽子的生物学特征及生理特点、条件反射原理，若加以强化训练，就可以传递书信。《越绝书》记载："蜀有苍鸽，状如春花"；长沙马王堆汉墓出土的帛书《相马经》中也有记载："欲如鸽目，鸽目固具五彩。"可见在春秋战国时，就已经有目色不同的鸽子了。秦汉时期，宫廷和民间都十分热衷于各种鸽子的饲养与管理，并逐渐开始用作通信的工具。

中国人用鸽子送信的史料，据笔者所知，最早见于《开元天宝遗事》，其中有《传书鸽》一条，记载宰相张九龄少年时"家养群鸽"，每与亲戚友人通信，都用鸽子捎送，并将他的鸽子称为"飞奴"。《唐国史补》也记载航海者用鸽子送信的事："舶发之后，海路必养白鸽为信，舶没，则鸽虽数千里，亦能归也。"唐代的《酉阳杂俎》卷十六说："鸽能飞行数千里，辄放一只至家，以为平安信"，说明此时已有人大规模饲养鸽子了。

■青鸟传书
■愿因三青鸟，更报长相思。

"青鸟传书"究竟出自什么故事？追溯源头，我们还需到先秦典籍《山海经》中去寻找答案。

据《山海经》记载，青鸟共有三只，"三青鸟赤首黑目，一名大鵹，一名少鵹，一名青鸟。居三危之山，为西王母取食。"这三只赤首黑目，名字分别叫"大鵹""少鵹""青鸟"的神鸟，是西王母的随从与使者，有三足，居住在三危山上，乃力大健飞之猛禽，它们不但为住在紧靠昆仑山的玉山上的西王母觅取食物，还能飞越千山万水为西王母传递信息。陶渊明《读〈山海经〉·其五》云：

> 翩翩三青鸟，毛色奇可怜。
>
> 朝为王母使，暮归三危山。
>
> 我欲因此鸟，具向王母言：
>
> 在世无所须，惟酒与长年。

此诗大意为：这三只青鸟毛色异常美丽，早晚侍奉西王母，陶渊明想请青鸟替他在王母前美言几句：我这辈子没什么祈求，满足我两个愿望就好了，一是美酒常喝，二是健康长寿！

西王母驾临之前，总有青鸟先来传书报信。据说西王母前往汉宫时，青鸟前去传书，青鸟一直飞到了承华殿前。汉武帝看到后，甚为惊奇，便问大臣东方朔这鸟叫什么名字？是从哪里飞来的？东方朔告诉他说这只鸟叫青鸟，是西王母的使者，专门为报信而来，西王母很快就要来了。果然，过了一会儿，西王母就由"大鵹""少鵹"左右扶持着，来到了殿前，汉武帝与群臣赶忙迎接西王母，热情款待。

在以后的神话中，青鸟又逐渐演变为美丽无比的百鸟之王——凤凰。美丽的青鸟，美好的传说，引得文人墨客争相赋诗吟诵。五代十国时，南唐中主李璟有词《摊破浣溪沙》：

青鸟不传云外信，丁香空结雨中愁。

李白有诗《相逢行》：

愿因三青鸟，更报长相思。

韦应物有诗《汉武帝杂歌三首》：

欲来不来夜未央，殿前青鸟先回翔。

胡曾《咏史诗》中写道：

武皇无路及昆丘，青鸟西沈陇树秋。

曾士毅《过王母宫》有两句：

幡影不随青鸟下，洞门空闭紫霞微。

郭崇嗣《谒王母宫》：

青鸟不传云外信，白云空锁岭头碑。

姚孟昱《王母宫四首》有句：

穆王驭骏旧时游，青鸟书传信久幽。

其他还有"青鸟已无白鸟来，汉皇空筑集灵台""黄竹歌堪听，青鸾信可通""蟠桃难定朝天日，青鸟依然入汉时""一双青鸟归何处？千载桃花空自疑""青鸾消息沉桑海，目新金鳌第一峰"等诗句。

以上这些诗作，引用的均是"青鸟传书"的典故，从这些诗句中可以看出，"青鸟"已不像《山海经》中所描述的那样是猛禽了，而是变成了三只善通人意、温和良善、体态轻盈得可爱"信使"了。

1998 年 10 月 9 日，国家邮政局发行《第 22 届万国邮政联盟大会·1998 北京（二）》纪念邮资片一套四枚，其中第三枚"情缘东方"，主图和邮资图内容一致，均为一只色彩斑斓的飞鸟，背景为驿站和长城，表现了我国古代青鸟传书的传说。

的确，在古时候人们要想与远行的亲人通信，真是万难。"九度附书向洛阳，十年骨肉无消息""烽火连三月，家书抵万金""寄书常不达，况乃未休兵"……这些诗句，诉说着古人音信难通的惆怅与无奈，因此，也只有将真情寄托给"鲤鱼""鸿雁""青鸟"，让它们帮自己传递吉祥、幸福、快乐的佳音，以此来抒发自己的思乡和思亲之情了。

■黄耳寄书

■犬书曾去洛，鹤病悔游秦。

"二十四史"之一的《晋书》中记录这样一件有趣的事：

晋陆机少时，颇好猎。在吴，有家客献快犬曰黄耳。机任洛，常将自随。此犬黠慧，能解人语。又常借人三百里外，犬识路自还。机羁宦京师，久无家问。机戏语犬曰："我家绝无书信，汝能赍书驰取消息否？"犬喜，摇尾作声应之。机试为书，盛以竹筒，系犬颈犬出驿路，走向吴，饥则入草噬肉，每经大水，辄依渡者，弭毛掉尾向之，因得载渡。到机家，口衔筒，作声示之。机家开筒，取书看毕，犬又向人作声，如有所求。其家作答书，内筒，复系犬颈。犬复驰还洛。计人行五旬，犬往还才半。后犬死，还葬机家村南二百步，聚土为坟，村人呼之为"黄耳冢"。

这段话说的是：晋初诗人陆机年轻时很喜欢射猎，养了一只狗，名叫黄耳，很讨主人喜爱。陆机久居京师洛阳，十分想念江南的家乡，有一天便对黄耳开玩笑说：我很久不能和家里通信，你能帮忙传递消息吗？不想这只狗竟摇着尾巴连连发出声音，似乎表示答应。陆机大为惊诧，立即写了一封信，装入竹筒，绑在黄耳的颈上，放它出门。黄耳不仅把信送到了陆机的家里，还把家人的回信带了回来。家乡和洛阳相隔千里，人往返需五十天，而黄耳只用了二十几天，堪称神速的"快递员"了。后来，黄耳就经常在南北两地奔跑，为陆机传递书信，成了狗信使。为了感谢"黄耳"传书之功，它死后，陆机把它埋葬在家乡，村人呼之为"黄耳冢"。

这事可信吗？宋朝的学者说：不可信。后人对此事往往一笑置之，认为绝不可能。可是，此事见于《晋书》，而且以陆机之名，也犯不着撒谎啊！《晋书》是唐朝以房玄龄为首的 21 个人编纂的正史，因此，唐朝人特别熟悉这个典故。

我不禁想起小时候，那时我刚上小学二年级，家里养着一只小白狗，我去上学，它总是跟着我，一直送我到学校。当时小学生都要自带干粮，有一次，我走到半路发现干粮忘带了，就比画给小狗，让小狗回去帮我取，我继续向学校走去，结果小狗竟然真的叼着小布袋来了。

《松江府志》也有记"黄耳冢"：

> 在府城南。机有快犬曰"黄耳"，性黠慧，能解人语，随机入洛。久无家问，机作书，以竹筒系犬颈，令驰归。复得报还洛。后葬此。

南朝任昉的《述异录》也记录了这件事。从此《忠狗送信》的故事在民间广为流传。诗人李贺还为之在《始为奉礼昌谷山居》一诗中提及：

> 犬书曾去洛，鹤病悔游秦。

刚刚担任奉礼郎的李贺给家乡昌谷（今杭州市淳安县）寄去一封书信，从回信中得知妻子生病，诗人顿生悔意，不该宦游长安呀！

前几个典故，在唐诗中经常可以看到，第四个典故"黄耳寄书"，在唐诗中我只读到李贺这一首。其他地方有没有呢？有。在宋诗里。宋代诗人用典故追求一个"怪"字，一般的典故，唐朝人已经用过了，他们就要出新，所以他们经常用一些比较冷僻的典故。如在苏东坡的诗里，就出现过这个典故。

苏轼晚年被贬官谪居惠州，后流放海南，先后达六年之久。元符三年（1100年），哲宗赵煦去世，徽宗赵佶继位，由新太后神宗皇后摄政，苏东坡时来运转，因为这位神宗的皇后看重苏东坡的文才，想召他回去。63岁的苏东坡得到这一消息后，十分高兴。他的爱犬"乌喙"很通人性，也高兴异常，表演各种引人发笑甚至令人惊奇的动作逗得苏东坡诗兴大发，遂戏作了一首咏狗诗，共有二十句。

> 乌喙本海獒，幸我为之主。
>
> 食馀已瓠肥，终不忧鼎俎。
>
> 昼驯识宾客，夜悍为门户。
>
> 知我当北还，掉尾喜欲舞。

跳踉趁童仆，吐舌喘汗雨。

长桥不肯蹋，径渡清深浦。

拍浮似鹅鸭，登岸剧虓虎。

盗肉亦小疵，鞭箠当贳汝。

再拜谢厚恩，天不遣言语。

何当寄家书，黄耳定乃祖。

懂事而又顽皮的"乌嘴"遇到这么一个心地善良、喜爱动物、快乐得像个孩子般的主人，算是"福星高照"。苏东坡对它关怀备至，让它吃饱喝足，养得十分肥壮，保护它免除烹煮之祸，对它的恪尽职守加以表扬，对它的缺点宽怀大度，对它因主人北返而显得异常高兴的行为加以称赞，亲切地与它说话，戏作了这首使它流传千古的名诗，真是令人欢欣之举！

唐诗中写狗送信的典故为什么很少呢？我们从以下三个例子加以分析。

在李商隐的诗中，多次说到书信。有一次他在洛阳写信，这封信就是《寄令狐郎中》，寄给长安的一个朋友，叫令狐绹。全诗如下：

嵩云秦树久离居，双鲤迢迢一纸书。

休问梁园旧宾客，茂陵秋雨病相如。

嵩、秦指自己所在的洛阳和令狐绹所在的长安。"嵩云秦树"化用杜甫名句"渭北春天树，江东日暮云"，云、树是分居两地的朋友平日所见的景物，也是彼此思念之情的寄托。"嵩云秦树"之所以不能用"京华洛下"之类的词语替代，正因为后者只说明京、洛离居的事实，前者却能同时唤起对他们相互思念情景的想象，在脑海中浮现出两位朋友遥望云树、神驰天外的画面。这正是诗歌语言所特具的意象美。李商隐的另一首《无题》诗，尾联是：

蓬山此去无多路，青鸟殷勤为探看。

李商隐还有一首诗，叫《春雨》，也说到了书信，尾联是：

玉珰缄札何由达，万里云罗一雁飞。

"玉珰"就是一对玉做的耳环，"缄札"就是封起来的书信。李义山想寄一封信给恋人，还有一对耳环，请谁送信呢？长空万里，层层薄云像绸缎一般铺在天上，一只鸿雁带着书信向远方飞去。这种寄书信的意象是非常优美的。

我们设想一下，如果李商隐诗中的典故不用"双鲤"，不用"青鸟"，也不用"鸿雁"，改用"黄耳狗"，那是一种什么景象呢？拿第二个例子来看，"蓬山此去无多路，青鸟殷勤为探看"就成了"黄狗殷勤为探看"，虽然和"蓬山此去无多路"连得很顺畅，读起来心里很别扭。第三个例子中"万里云罗一雁飞"，就不能用"云""飞"了，因为狗不能在天上飞，为了文雅，把狗换作"犬"，诗句也得改为"万里江山一犬奔"才合适。那么，用哪个典故意象更美呢？

唐朝那么多诗人写书信，不用"黄耳"的典故，喜欢用"双鲤""青鸟"及"鸿雁"这三个典故，因为这三个典故有诗意，非常优美。

■家书选读
■复恐匆匆说不尽，行人临发又开封。

我们读唐诗，比如《寄令狐郎中》，标题里有一个"寄"字，但凡有"寄"字的作品一般就是书信。唐朝人太喜欢写诗了，他们写信就写成一首诗，这叫以诗代柬。以诗代柬的最好例子，就是李商隐的那首《夜雨寄北》：

> 君问归期未有期，巴山夜雨涨秋池。
>
> 何当共剪西窗烛，却话巴山夜雨时。

南宋洪迈编的《万首唐人绝句》里，诗题为《夜雨寄内》，"内"指内人，妻子。从诗的内容看，与寄内非常吻合。

李商隐曾在泾州做节度使王茂元的幕僚，王茂元对李商隐的才华非常欣赏，将女儿王晏媄嫁给了他。这位出身于富贵家庭的女性，多年来一直尽心照料家庭、服侍丈夫，在李商隐的眼中，王氏是一位秀丽、温和、体贴的妻子。大中五年（851 年）夏秋间，李商隐应乐川节

第六篇　家书抵万金

度使柳仲郢的邀请，离家来到了四川梓州（今为三台县）做幕僚。许多学者认为，这首诗就写于此时，那时他的妻子王晏媄已于几个月前去世。据此，有人认为这首诗是寄给长安友人的。其实，在交通阻塞、信息不畅的唐代，李商隐当时不知妻子离世的消息也是完全可能的，而且从诗句"何当共剪西窗烛"所表达出来的缠绵感情来看，寄给妻子更为贴切。

这是一首以诗代柬最为感人的作品。因为它将对亲人的牵挂这种最宝贵的情感巧妙地传达了出来。还有如李绅《端州江亭得家书二首·其一》：

> 雨中鹊语喧江树，风处蛛丝飐水浮。
> 开拆远书何事喜，数行家信抵千金。

杜甫《春望》：

> 国破山河在，城春草木深。
> 感时花溅泪，恨别鸟惊心。
> 烽火连三月，家书抵万金。
> 白头搔更短，浑欲不胜簪。

"安史之乱"爆发以后，杜甫被俘到长安，兵荒马乱，战火连绵，跟家人没法保持联系，一封家书比一万两黄金还要贵重。杜甫给家里寄了一封信，过了十个月还没有收到家里的回音。杜甫非常着急：

> 反畏消息来，寸心亦何有？

这个时候，我反而害怕家里来消息，万一来消息，也不知是好事还是坏事，想到这里，心绪大乱。

杜甫《得家书》：

> 去凭游客寄，来为附家书。
> 今日知消息，他乡且旧居。
> 熊儿幸无恙，骥子最怜渠。
> 临老羁孤极，伤时会合疏。
> 二毛趋帐殿，一命侍鸾舆。
> 北阙妖氛满，西郊白露初。
> 凉风新过雁，秋雨欲生鱼。

唐诗印象

农事空山里，眷言终荷锄。

家书里蕴含着血浓于水的亲情，它是最动人的。有家书的日子是快乐的、温暖的，也是幸福的。那么，家书写些什么呢？让我们先看看张籍的《秋思》。

张籍那时在洛阳，他祖籍是苏州，当时叫吴郡，他自己的家在和州（今安徽省和县）。秋天到了，张籍在洛阳想念家人，写了一封信回去。

洛阳城里见秋风，欲作家书意万重。

复恐匆匆说不尽，行人临发又开封。

"一行书信千行泪"，说不完、写不尽，其间伴着心慌意乱、思绪万千，充满了深厚的感情却难以表达。等到送信人要出发了，又担心有重要的事没有说清，于是拆开又看一遍，想添加一些，又不知道从哪说起，不禁热泪盈眶。典型细腻的细节，看似平淡却情深意浓，先是"心绪万端书两纸，欲封重读意迟迟"，再是"复恐匆匆说不尽，行人临发又开封"，一封家书，激起的涟漪荡漾开来……

157

尽管深情无穷无尽，但它一定是千言万语吗？一定有非常多的内容吗？盛唐诗人岑参有一首诗，题目叫《逢入京使》：

故园东望路漫漫，双袖龙钟泪不干。

马上相逢无纸笔，凭君传语报平安。

岑参离开长安，多少回引颈东望，却是天高地迥，泪水涟涟。意外遇见熟人归京，很想给家人写一封信，可是身边无纸又无笔，他只好让入京使给家里带个口信。真是又幸运又遗憾，穿越千年，我们似乎还能听到诗人那一声长长的叹息。

关山茫茫，江浦迢迢，万里河山，阻隔了孤客归乡的脚步，却阻隔不了游子思乡的愁苦。

戍边者、宦游者、行商者、漫游者，唐诗里有多少身影，跋涉于天涯路途。他们思乡、思家的缕缕情愫，氤氲于唐诗的字里行间。

孤独、寂寞、凄清、彷徨、孤单的身影在路上，漂泊的情根系于故乡。此时此地，家书是一个多么温暖、多么惬意的字眼！难怪唐诗中横空飞出一声长叹——"家书抵万金"！

从字字珠玑的唐诗中抬起双眸，回视身旁的滚滚红尘，以今比古，我怡悦于现代人交通的发达和沟通的便捷；以古比今，我又遗憾于现代生活中情感的稀释和诗意的失落……

第七篇
诗酒度年华

　　唐朝时，酒文化蕴藏着激越和豪迈，五谷精灵酝酿着芳香和仙态。因政通人和、社会繁荣昌盛，因诗人们的才华横溢和超凡脱俗的崇高追求，因诗与酒千年情缘的继承和发扬，赫赫盛世的唐王朝终于把诗酒结合这部文坛大戏推向了"前无古人，后无来者"的高潮。

《诗经》三〇五篇，"酒"字出现 63 次，唐代赋过酒诗的诗人达 800 多人，占诗人总数的 22%，唐诗中酒诗有 7700 多首，占唐诗总数的 14%。

翻开《全唐诗》，酒器琳琅满目，酒曲芳远醇厚，酒香弥漫扑鼻，酒色眼花缭乱，酒句平仄跳动，酒韵悦耳动心。就拿蘅塘退士所编的《唐诗三百首》来说，有许多篇章与酒有关，我大概数了数有 48 首。这些诗，或赞美酒，或记饮酒，或叙酒趣，或怀酒友，或引酒典，或托酒事，读来别有意味。

唐诗中酒的称谓繁多，有"醙（清酒）""醪（浊酒）""醴（甜酒）""圣（苦酒）""醍（红酒）""酦（白酒）""醅（未过滤的酒）""酥"；有"绿蚁""浮蚁""椒浆""烧酒""腊酒""壶浆"；有"白酒""黄酒""菊花酒""葡萄酒""黄花酒""桂酒"；有"竹叶春""梨花春""剑南春""石冻春""金陵春""瓮头春"等，不胜枚举。

酒器种类同样也是品类极多，功用齐备。按功能分类，有盛储器、温煮器、冰镇器、挹取器、斟灌器、饮用器、娱酒器等，其中盛酒器有缸、瓮、尊、罍、瓶、缶、壶等，饮用器有杯、盅、壶、卮、盏、钟、觞、碗等。

《逢原记》中说，唐朝李适之有酒器九品，分别叫"蓬莱盏""海川螺""舞仙杯""瓠子卮""幔卷荷""金蕉叶""玉蟾几""醉刘伶""东溟样"。可见酒器也有尊卑之分，因为从质地看的确千差万别，有金银器、青铜器、玉器、陶器、瓷器、竹木器、漆器、玻璃器、兽角器、蚌贝器等。

唐诗中与酒相关的词语同样蔚为壮观。根据《唐诗宋词全集》唐诗部分统计，有"酒力、酒醒、酒酣、酒兴、筛酒、醡酒；酒旗、酒花、酒具、酒瓶、酒瓮、酒舫、酒楼、酒肆；酒徒、酒债、赊酒、沽酒、温酒、让酒、致酒、劝酒、酌酒；独酌、对饮、浅酌、痛饮、狂饮、纵酒、微醉、稀醉、半醉、共醉、醉塌、酩酊、沉醉、尽醉、积醉；醉歌、醉舞、醉眠、醉卧；酒癖、酒病"等。如此多的词汇，足以证明唐代酒文化的深厚丰富。

唐代名酒大多冠以"春"字，可以说是"酒家满城有春色"。

李白的"纪叟黄泉里，还应酿老春"说的是"宣城老春"；"堂上三千珠履客，瓮中百斛金陵春"说的是"金陵春"；杜甫的"闻道云安麹米春"说的是"麹米春"，就是"剑南春"；罗隐的"松醪酒好昭潭静，闲过中流一吊君"说的是"松醪春"；郑谷的"易得连宵醉，千缸石冻春"说的是富平的"石冻春"；白居易的"青旗沽酒趁梨花"说的是"梨花春"；"桑落气薰珠翠暖，柘枝声引管弦高"说的是河东的"桑落春"；刘禹锡的"鹦鹉杯中箬下春"说的是"箬下春"……

■先饮酒吧
■晚来天欲雪，能饮一杯无？

在清楚了上述有关的酒名、酒器及与酒相关的词汇后，我尝试着按一般酒客喝酒的过程梳理一下唐人的酒诗。

先是"饮"，就是喝酒，但古人通常的说法是"吃酒"，我们看《水浒传》中就有大碗吃酒的场面，现在在我国南方地区，比如上海，依然叫"吃酒"。为什么这么说？因为古代酿酒在提纯方面不是很好，酒糟、酒底和酒水经常混合在一起，尤其是米酒，很多时候是边吃边喝。粮食酿的酒喝的时候也需要过滤，所以古人将盛酒一般不说"斟酒"，叫作"筛酒"，就是要先过滤杂质。元代以后，蒸馏技术广泛应用，提升了酒的品质，但"吃酒"和"筛酒"的说法沿用至今。琢磨这两个词，"吃酒"显得狂放豪爽，"饮酒"则文雅静敛。唐人喝酒，从不饮，到小饮，从畅饮到狂饮，有慢饮、有快饮，或独饮，或对饮，或群饮。

《问刘十九》是征询好友：天色将晚，好像要下雪的样子，白居易很想和好友围炉而坐喝上两杯，所以发出温情的邀请：

绿蚁新醅酒，红泥小火炉。

晚来天欲雪，能饮一杯无？

而他的《效陶潜体诗十六首·其七》也写不饮：

临觞忽不饮，忆我平生欢。

韩愈《八月十五夜赠张功曹》写不饮：

一年明月今宵多，人生由命非由他。有酒不饮奈明何。

元稹《三泉驿》展现的是好友对饮。我劝你满上这杯酒喝了它，分别后谁还能与你同醉呢？

劝君满盏君莫辞，别后无人共君醉。

小饮莫过于王维的《临湖亭》。某个夏天的清晨，诗人摇着小船和客人一起来到湖心亭，倚靠着栏杆慢慢品饮，荷风徐徐，花香幽幽。

轻舸迎上客，悠悠湖上来。

当轩对尊酒，四面芙蓉开。

写快饮的如白居易《效陶潜体诗十六首·其十》：

快饮无不消，如霜得春日。

杜甫听到官军收复了被安史叛军占据的失地，他高歌痛饮，趁着春天的美好时光回到故乡。见《闻官军收河南河北》：

白日放歌须纵酒，青春作伴好还乡。

韦应物《郡斋雨中与诸文士燕集》写群饮的乐趣：

俯饮一杯酒，仰聆金玉章。

饮后是"醺"，即微醉。如韦承庆《江楼》：

独酌芳春酒，登楼已半曛。

白居易《醉后戏题》：

今夜酒醺罗绮暖，被君融尽玉壶冰。

李群玉《醴陵道中》：

别酒离亭十里强，半醒半醉引愁长。

之后是"酣"，就是酒喝得畅快淋漓、尽兴得意的样子，我认为这是饮酒的最佳意境，酒酣时似醉非醉，人处于最快乐、最兴奋的状态，这时候往往出口成章、妙语连珠、诗如泉涌。如孟浩然的《听郑五愔弹琴》，写郑五愔酒酣时脱衫抚琴的不羁洒脱。

半酣下衫袖，拂拭龙唇琴。

一杯弹一曲，不觉夕阳沉。

王建的《泛水曲》可以读出杯盏往来，情投意合；你斟我饮，你饮我歌的默契。

子酌我复饮，子饮我还歌。

李白《将进酒》更是浪漫飘逸！

人生得意须尽欢，莫使金樽空对月。

烹羊宰牛且为乐，会须一饮三百杯！

五花马，千金裘，呼儿将出换美酒。

杜甫《醉时歌》：

忘形到尔汝，痛饮真吾师。

李白《忆旧游寄谯郡元参军》：

手持锦袍覆我身，我醉横眠枕其股。

李白与朋友喝酒，真是坦诚至极。李白酒酣尽兴，就对朋友说："我喝醉了也困了，你走吧！你要是还想跟我喝，明天再来，来时记得把瑶琴带上。"见《山中与幽人对酌》：

两人对酌山花开，一杯一杯复一杯。

我醉欲眠卿且去，明朝有意抱琴来。

白居易《效陶潜体诗》之四、八、十中有：

连延四五酌，酣畅入四肢。

客去有余趣，竟夕独酣歌。

一酣忘报雠，四体如无骨。

酣后一般是"醒"。如元稹的《酒醒》。写喝酒直到黄昏，半夜时酒醒了七八分，一看家里狼藉一片，叫来儿子一问才知道真相。

饮醉日将尽，醒时夜已阑。

……

呼儿问狼藉，疑是梦中欢。

许浑《谢亭送别》：

> 日暮酒醒人已远，满天风雨下西楼。

李商隐《花下醉》，半夜酒醒，意兴未尽，还要秉烛赏花。

> 客散酒醒深夜后，更持红烛赏残花。

醒后还有"醒"，却酒醒后气困意乏如病态。如孟浩然的《晚春》，写的是酒友相约，诗人为了解乏，先喝几杯！

> 酒伴来相命，开尊共解醒。

韩偓《寄湖南从事》，写酒后的消沉寂寞。

> 索寞襟怀酒半醒，无人一为解馀酲。

姚合《闲居遣兴》：

> 客怪身名晚，妻嫌酒病深。

此外，还有"酗"，即喝得一塌糊涂、言行失控。这样的诗句比较少见，如顾况《公子行》中的主人公红光满面、面目狰狞，有点儿吓人。

> 红肌拂拂酒光狞，当街背拉金吾行。

元稹的《狂醉》写酒喝多了，思维有些混乱，把《舞引》《红娘》这两首曲子的节拍搞乱了，随手乱打。

> 岘亭今日颠狂醉，舞引红娘乱打人。

白居易《效陶潜体诗》之六：

> 今宵醉有兴，狂咏惊四邻。

最后是"醉"，就是过度饮酒、神志不清。晋代刘伶曾在杜康酒店喝酒，三碗下肚，酒保劝他别喝了，刘伶不听，还说："唯酒是务，焉知其余？筛酒来，快些筛酒来！"一连又喝了三坛，结果一醉就是千日！那将近是三年的光景啊！《弟子规》中说，"饮酒醉，最为丑"，酒后失态确实是令人尴尬的事情。但在唐代，人们并不认为有多么不好，诗人"但愿长醉不愿醒"，把醉酒当作人生难得的精神体验。当时的酒是自然发酵的，酒精度很低。如米酒、黄酒、果酒等，所以亲朋相聚，动不动就成斗成斗地喝，就像今天我们喝啤酒一样。这样低的酒精度，想要喝醉还真不容易！但得有个好"肚量"，还得有舍命陪君子的勇气。到了元代，随着蒸馏技术在酿酒行业的广泛应用，酒的浓度得以提升，"酒民"很容易由清醒进入醉态。

李白《襄阳歌》：

> 旁人借问笑何事，笑杀山公醉似泥。

李颀醉得分不清白天黑夜，他在《送陈章甫》中写道：

> 醉卧不知白日暮，有时空望孤云高。

杜甫的《饮中八仙歌》读来让人心醉。

> 知章骑马似乘船，眼花落井水底眠。
> 汝阳三斗始朝天，道逢麹车口流涎，
> 恨不移封向酒泉。左相日兴费万钱，
> 饮如长鲸吸百川，衔杯乐圣称避贤。
> 宗之潇洒美少年，举觞白眼望青天，
> 皎如玉树临风前。苏晋长斋绣佛前，
> 醉中往往爱逃禅。李白斗酒诗百篇，
> 长安市上酒家眠，天子呼来不上船，
> 自称臣是酒中仙。张旭三杯草圣传，
> 脱帽露顶王公前，挥毫落纸如云烟。
> 焦遂五斗方卓然，高谈雄论惊四筵。

这首诗大约是天宝五年（746年）杜甫初到长安时所作。将当时号称"饮中八仙"的李白、贺知章、李适之、李琎、崔宗之、苏晋、张旭、焦遂八人从"饮酒"这个角度联系在一起，用追叙的方式，洗练的语言，人物速写的笔法，构成一幅栩栩如生的群像图。从王公宰相一直说到布衣，写他们的平生醉趣，充分表现了他们嗜酒如命、放浪不羁的性格，生动地再现了盛唐时文人士大夫的乐观、放达精神。

■饮酒场景
■桑柘影斜春社散，家家扶得醉人归。

在唐朝诗人们的"饮、醮、酣、酲、醒、酗、醉"中，我们能看到一幅幅鲜活生动的饮酒场景。

一是独酌、闲饮、咏怀酒。这是生活中见得最多的场景。

诗人们独酌杯酒，或抒人生感慨，或激进慷慨，催人自新，促人奋进；或感叹仕途失意、怀才不遇，消除心中的彷徨和痛苦，他们以酒寄情，托物言志，产生了不少名篇佳作。

> 眼看人尽醉，何忍独为醒。

这是王绩《过酒家》中的句子，眼看人人都醉，我也不想一个人清醒，它让我联想起屈原沉江前对渔夫说的话："举世皆浊我独清，众人皆醉我独醒。"

李世民登基后，想到夏桀、商纣那些自取灭亡的暴君，大多是因为沉迷酒色、纵欲享乐所致。故而，只有克己从俭、勤政爱民才可以青史留名。他有一首咏怀诗《赋尚书》：

> ……
>
> 寒心睹肉林，飞魄看沉湎。
>
> 纵情昏主多，克己明君鲜。
>
> 灭身资累恶，成名由积善。
>
> 既承百王末，战兢随岁转。

孟浩然应邀到老朋友家，桌子上备好的是刚刚温好的酒，两位老朋友，打开窗户，看着打麦场和菜园，聊着今年的收成，约定好重阳节再来共饮菊花酒。在《过故人庄》中，有这样清新朴素的诗句：

> 开轩面场圃，把酒话桑麻。
>
> 待到重阳日，还来就菊花。

李白孤高自傲，端起酒杯邀月共饮，月亮却不懂得喝酒的情味，冷冷的月光拉长了他自酌弄清影的孤独。如《月下独酌》：

> 花间一壶酒，独酌无相亲。
>
> 举杯邀明月，对影成三人。

白乐天也有类似诗句：

> 举杯还独饮，顾影自献酬。

李白有一首著名的宴饮诗《行路难三首·其一》。桌上华美的餐具，珍异的美食，丝毫提不起诗人的胃口，端不起酒杯、拿不起筷子，弹剑问知己，肺腑皆茫然。

> 金樽清酒斗十千，玉盘珍羞直万钱。
>
> 停杯投箸不能食，拔剑四顾心茫然。

人生需要及时行乐，学会活在当下，"采菊须盛蕊，过时空折枝"。如罗隐的《自遣》：

> 今朝有酒今朝醉，明日愁来明日愁。

韦庄的《谴兴》写自己体弱多病、感情脆弱，每逢忧愁苦闷时，酒是最好的伙伴，犹如生活贫困时感觉钱的神通广大一样。

> 乱来知酒圣，贫去觉钱神。

杜牧"十年一觉扬州梦"，他浪迹江南、放浪形骸，自斟自饮貌似潇洒闲适，实际上是诗人得不到重用的百无聊赖。如《念昔游》开篇：

> 十载飘然绳检外，樽前自献自为酬。

夏桀、商纣因酒亡国，所以周朝颁布了我国历史上第一个禁酒令《酒诰》，其对王公贵族饮酒有严苛规定；担心百姓酒后冲动，做出大逆不道的事来，所以民众聚饮者要抓到京城处死。汉朝法令规定，三人以上无故聚饮，处罚金四两。《魏书·刑法志》载，北魏文成帝太安四年（458年）曾规定："酿、沽、饮，皆斩之"。到唐朝时，饮酒已不是王公贵族、文人名士的特权，士卒农夫也可以喝三杯两盏。

二是宴会酒。

中国有句俗话："无酒不成席"，酒在生活中扮演着重要的角色。中国人把婚礼宴席叫"喜酒"，孩子满月要吃"满月酒"，祝捷贺喜要喝"庆功酒"。宴会是比较轻松的时刻，人头攒动，觥筹交错，吆五喝六，热闹非凡，酒是宴会上必不可少的兴奋剂，也是人际关系的润滑剂。且看李白《春夜宴从弟桃花园序》的"开琼宴以坐花，飞羽觞而醉月，不有佳咏，何伸雅怀？如诗不成，罚依金谷酒数"。

张继的《春夜皇甫冉宅欢宴》说，不管是沦落天涯还是悲欢离合，只要有酒就好。

> 流落时相见，悲欢共此情。
>
> 兴因尊酒洽，愁为故人轻。

浮生长恨欢娱少，人生难得是团聚，遇见知己就该尽兴，喝几斗来个醉倒一片。如岑参的《凉州馆中与诸判官夜集》：

> 一生大笑能几回，斗酒相逢须醉倒。

人生中美好的时光少之又少，面对良辰美酒，一定要开怀畅饮，忘怀得失。如李世民《帝京篇十首并序·其八》写道：

> 欢乐难再逢，芳辰良可惜。
>
> 玉酒泛云罍，兰殽陈绮席。
>
> 千钟合尧禹，百兽谐金石。
>
> 得志重寸阴，忘怀轻尺璧。

三是节日酒。

我国古代的节日有春节、清明节、中秋节、重阳节等，"每逢佳节倍思亲"，这些节日往往会触发游子思家念亲的情绪，所以逢遇佳节，少不了饮酒。如白居易的《喜入新年自咏》，写的是过年：

> 白须如雪五朝臣，又值新正第七旬。
>
> 老过占他蓝尾酒，病馀收得到头身。
>
> 销磨岁月成高位，比类时流是幸人。
>
> 大历年中骑竹马，几人得见会昌春。

杜牧《清明》：

> 清明时节雨纷纷，路上行人欲断魂。
>
> 借问酒家何处有，牧童遥指杏花村。

节日饮酒有特定的风俗，如端午节喝"雄黄酒"。雄黄也叫鸡冠石，是一种中药材，可作解毒剂、杀虫剂。把雄黄研成细末泡入酒中，从五月初一晒到初五，就成了雄黄酒。古人认为，服用雄黄酒可避蛇蝎毒虫，现代医学认为，雄黄中含有砷，这是砒霜的主要成分，使用不慎对人体健康有害。

而重阳节喝菊花酒的风尚在西汉时就有了。那么，菊花酒又是怎样酿成的呢？据《西京杂记》记载："菊花舒时，并采茎叶，杂黍米酿之，至来年九月九日始熟，就饮焉，故谓之菊花酒。"对于常饮菊花白酒，李时珍在《本草纲目》中描述道："可令人颜色不老，令人头发不白，轻身耐劳延年。"

卢照邻《九月九日登玄武山》：

> 他乡共酌金花酒，万里同悲鸿雁天。

孟浩然《秋登兰山寄张五》：

> 何当载酒来，共醉重阳节。

李颀《听安万善吹觱篥歌》，写除夕点烛夜宴：

> 岁夜高堂列明烛，美酒一杯声一曲。

四是祭祀神灵、村社酒。

这是饮酒中场面最为壮观、气氛最为活跃的时刻，往往是上下三村，群贤毕至，少长咸集，妇孺全到。我国传统节日以祭祀神灵、集社欢庆丰收最为热闹。此时人山人海，锣鼓喧天，欢歌狂舞，痛饮游戏，热闹场面，应有尽有。

如王驾《社日》。五谷丰登，六畜兴旺，太阳偏西时，春社庆祝结束，路上全是互相携扶的醉汉。

> 鹅湖山下稻粱肥，豚栅鸡栖对掩扉。
>
> 桑柘影斜春社散，家家扶得醉人归。

李嘉佑《夜闻江南人家赛神因题即事》写南方赛神的古老风俗，从迎神到送神，酒香弥漫在江畔，老太太用吴侬软语唱着迎神曲，老太爷们个个醉红颜！

> 南方淫祀古风俗，楚妪解唱迎神曲。
>
> 锵锵铜鼓芦叶深，寂寂琼筵江水绿。
>
> 雨过风清洲渚闲，椒浆醉尽迎神还。

刘禹锡《阳山庙观赛神》：

> 汉家都尉旧征蛮，血食如今配此山。
>
> 曲盖幽深苍桧下，洞箫愁绝翠屏间。
>
> 荆巫脉脉传神语，野老婆婆起醉颜。
>
> 日落风生庙门外，几人连踏竹歌还。

五是饯行酒。

唐朝经济大发展扩大了人们的生活范围。游学、经商、做官，常常是远离故土，所以家人分别、朋友别离、同僚相别成了生活常态。离别饯行少不了酒，杯酒入肠，化作诗两行。

举起酒杯，共叙往事，憧憬未来。把绵绵的离愁、真诚的祝福，都留在饯行的酒席上；把千言万语都倾注在浓浓的美酒中吧。朋友啊朋友，让我们开怀畅饮，一醉方休，今日一别，不知何时能重逢啊……

唐初陈子昂的《春夜别友人》写奢华环境中的分别。烛光闪闪，清酒盈盈，不知不觉地，月亮西斜，天色已明。诗人感慨：相聚时难别亦难，再次相逢在何年？

> 银烛吐青烟，金樽对绮筵。
>
> 离堂思琴瑟，别路绕山川。
>
> 明月隐高树，长河没晓天。
>
> 悠悠洛阳道，此会在何年。

李白的《金陵酒肆留别》写在柳絮飘飞的暮春，和南京的朋友分别时豪饮的心怀。彼此干尽杯中酒，我们的情谊比这江水还要悠长！

> 风吹柳花满店香，吴姬压酒劝客尝。
>
> 金陵子弟来相送，欲行不行各尽觞。
>
> 请君试问东流水，别意与之谁短长？

白居易不是在春暖花开，而是在萧瑟的深秋夜晚送别客人，心情抑郁，惨淡的场景无法举杯。《琵琶行》开篇写道：

> 浔阳江头夜送客，枫叶荻花秋瑟瑟。
>
> 主人下马客在船，举酒欲饮无管弦。
>
> 醉不成欢惨将别，别时茫茫江浸月。

贾至的《送李侍郎赴常州》似乎说，如果今天不能尽兴喝酒的话，明天分别后再后悔就来不及了。

> 今日送君须尽醉，明朝相忆路漫漫。

六是边塞酒、军中酒。

和边塞酒相关的诗较少，王翰《凉州词》写征前酒，最为雄浑，抒发了将士们视死如归的悲壮和激昂。

> 葡萄美酒夜光杯，欲饮琵琶马上催。
>
> 醉卧沙场君莫笑，古来征战几人回？

夜光杯出产于甘肃省酒泉市，如果把美酒置于杯中，放在月光下，杯中就会闪闪发亮，似有奇光异彩。将士们刚刚斟满果酒，就有征战的命令催发，将士们一饮而尽，跃马扬鞭，饮下的简直就是侠肝义胆！

边地荒寒，金戈铁马的征战之余，痛饮葡萄酒，侠胆肠内热。如李颀《塞下曲》很是苍凉沉雄，金色胡笳的乐声应和着呼呼的风雪和飞沙，披甲的战马对着长空和流水嘶鸣。将士们威风凛凛巡行归营，任侠与意气，一切尽在酒杯中。

> 金笳吹朔雪，铁马嘶云水。
>
> 帐下饮蒲萄，平生寸心是。

他还有一首七言古诗《送陈章甫》，更是举重若轻，青春豪气，胸怀豁达：

> 东门酤酒饮我曹，心轻万事如鸿毛。

卢纶有一首《塞下曲》，描写凯旋归营、犒赏军士的欢乐场面。幕天席地摆放着盛大的筵席，羌戎也来庆贺战士的凯旋。带着醉意，穿着金甲跳起了舞蹈，如雷的鼓声震撼着山川。

> 野幕敞琼筵，羌戎贺劳旋。
>
> 醉和金甲舞，雷鼓动山川。

岑参《白雪歌送武判官归京》最为瑰丽，读来令人血脉偾张。结尾是：

> 中军置酒饮归客，胡琴琵琶与羌笛。
>
> 纷纷暮雪下辕门，风掣红旗冻不翻。
>
> 轮台东门送君去，去时雪满天山路。
>
> 山回路转不见君，雪上空留马行处。

暮色四合，在西域特有的胡琴、琵琶与羌笛的烘托下，这场宴饮并不显得凄凉。从营帐到辕门到东门到天山，一个个特写镜头串联起的是军旅男儿的刚毅，远去的马蹄印犹如影视空镜头，留给读者无限遐想……

　　鲍防的《杂感》似乎与边塞有关，以汉喻唐，写四海升平，万国臣服的盛世景象。

> 汉家海内承平久，万国戎王皆稽首。
>
> 天马常衔苜蓿花，胡人岁献葡萄酒。

畅当《军中醉饮，寄沈八刘叟》：

> 酒渴爱江清，余酣漱晚汀。
>
> 软莎欹坐稳，冷石醉眠醒。
>
> 野膳随行帐，华音发从伶。
>
> 数杯君不见，都已遣沈冥。

　　这首诗我起初没有读懂，以为是梦中喝酒，和题目总是联系不起来，后来才发现，这首诗运用了倒叙的手法。山肴野蔌都是随军准备，饮宴的音乐也是随军乐手演奏的中原"华音"，几杯下肚已不见沈、刘两位朋友。我喝多了，在莎草编织的软垫上左摇右晃难以坐正，躺在野外冰冷的石头上酒也醒得快。

　　七是登高临远饮酒。

　　欲穷千里目，更上一层楼。诗人们极目远眺，把酒临风，或思乡，或述怀，言情咏志，风靡至今。如李白《陪侍御叔华登楼歌》：

> 弃我去者，昨日之日不可留；
>
> 乱我心者，今日之日多烦忧。
>
> ……
>
> 抽刀断水水更流，举杯销愁愁更愁。

人生苦短，哪有时间发愁？李白《梁园吟》中豁达地宽慰自己：

> 人生达命岂暇愁，且饮美酒登高楼。

李白《宣州谢朓楼饯别校书叔云》：

> 长风万里送秋雁，对此可以酣高楼。

刘希夷《春日行歌》：

> 山树落梅花，飞落野人家。
>
> 野人何所有，满瓮阳春酒。

携酒上春台，行歌伴落梅。

醉罢卧明月，乘梦游天台。

戴叔伦的《对酒示申屠学士》，远隔万水千山，只求在春风白云中求得一醉，这样就不会在梦中思念家乡，更添几多伤感。

三重江水万重山，山里春风度日闲。

且向白云求一醉，莫教愁梦到乡关。

杜甫生活多艰，年老多病，不得不戒酒。重阳节夔州《登高》：

万里悲秋常作客，百年多病独登台。

艰难苦恨繁霜鬓，潦倒新停浊酒杯。

八是追悼友人的挽歌。

逝者长已矣，托体同山阿。人生最大痛苦就是死别，亲朋好友忽传噩耗，谁能不哀谁能不痛？睹酒思人，往事如昨，物是人非，呜呼哀哉！

如段成式《哭李群玉》写三十年诗酒情谊在瞬间终结。

酒里诗中三十年，纵横唐突世喧喧。

明时不作祢衡死，傲尽公卿归九泉。

酿酒高手的辞世，对酒徒来讲就是极大的损失，往往引发无限感伤。李白的《哭宣城善酿纪叟》：

纪叟黄泉里，还应酿老春。

夜台无李白，沽酒与何人？

白居易闻听挚友谢世痛心不已，《哭刘尚书梦得二首》其一，回顾自己与刘禹锡的交情，谁想竟然阴阳相隔。

四海齐名白与刘，百年交分两绸缪。

同贫同病退闲日，一死一生临老头。

杯酒英雄君与操，文章微婉我知丘。

贤豪虽殁精灵在，应共微之地下游。

诗中说，自己与刘禹锡是志同道合的战友，一同因"永贞革新"而遭贬谪，又是情投意合的诗友，经常诗文唱和。两个人是烈士暮年寂寞岁月里的酒朋诗侣。所以将刘禹锡比作与曹操一同青梅煮酒的刘备；刘禹锡的诗文委婉多讽、微言大义，这一点很像《春秋》，所以白居易又把刘禹锡比作孔子（孔丘）。然而，命运多蹇，宦海沉浮多年，不但志向得不到实现，生活也陷入困顿。如今一生一死，生者已是耄耋，死者不能复生，好在你的精神永存，你和元稹（字微之）都是阴世的"贤豪"。

九是展现社会的不合理。

诗人们以他们敏锐的洞察力，发现了社会底层的劳苦大众的疾苦，也感受到达官贵人们的奢侈和糜烂，这些酒诗是有着积极的社会意义的。

大家都知道杜甫的"三吏三别"，但可能不太清楚，杜甫写"三吏三别"的时候正是"安史之乱"战争最艰苦的阶段，安史之乱之前，唐朝人口 5000 万人，安史之乱持续了八年，八年以后，唐朝人口锐减到 1600 万。战争导致物价飞涨，在"安史之乱"爆发之前，唐朝的米最贵的地方一斗米 20 钱，杜甫写"三吏三别"时，一斗米 70000 钱。

杜甫在长安做官，老婆孩子放在郊区，隔一段时间就去郊区看他们。冬天回家看望妻子儿女，最小的儿子饿死了，作为一个父亲很惭愧，秋天以来就没有收成，到冬天哪里还有吃的呢？不光自己家里是这样，整条街巷都是饥饿的呻吟，亲人饿死了，都没力气拖走尸体！《自京奉先县咏怀五百字》：

> 朱门酒肉臭，路有冻死骨。
>
> ……
>
> 入门闻号咷，幼子饥已卒。
>
> 吾宁舍一哀，里巷亦呜咽。
>
> 所愧为人父，无食致夭折。

白居易的《轻肥》写官员们酒足饭饱，怡然自若，可有谁知道江南旱灾，竟有人吃人的惨剧发生！

> 食饱心自若，酒酣气益振。
>
> 是岁江南旱，衢州人食人。

郑遨的《伤农》说官员们丝毫不体恤民情，百姓没有饭吃，官员们却拿粮食酿酒挥霍，奢靡享乐，喝了吐、吐了喝，到底图个啥？

> 一粒红稻饭，几滴牛领血。
>
> 珊瑚枝下人，衔杯吐不歇。

贯休的《富贵曲》里充满尖锐批判。肉山吃光，酒海喝干，美女打拍歌唱敲碎了玉钗，他们哪里知道毒日头下耕田车水的农夫，脊背都被太阳晒裂了！

> 太山肉尽，东海酒竭。
>
> 佳人醉唱，敲玉钗折。
>
> 宁知耘田车水翁，日日日炙背欲裂。

■浅品文化
■醉翻彩袖抛小令，笑掷骰盆呼大采。

谈唐朝的酒文化，必不可少的是酒肆、酒姬、酒歌、酒令。

酒肆又称酒坊、酒店、酒家、旗亭等。酒肆是唐宋时期饮食行业中最重要的场所，是当时城市经济繁荣的标志，为促进城市经济的繁荣做出了突出的贡献。

唐代的达官贵人、普通文人和布衣百姓，都爱光顾酒肆。刘禹锡的《百花行》说人人买酒喝，处处有歌舞音乐。

> 长安百花时，风景宜轻薄。
>
> 无人不沽酒，何处不闻乐。

首先，酒肆业极为繁盛。

唐代中期以前，实行比较严格的坊市制度，居住区的"坊"和商业区的"市"彼此分离，各项交易多被限制在"市"内。直到唐代中后期，随着坊市制度的逐渐衰落，住宅小区坊中的酒肆才逐渐多起来，生意好得连皇宫都常派人来买酒。贞元二年（786年），宫里无酒，唐德宗李适便派人到街头酒店买酒喝。《资治通鉴》记载："时禁中不酿，命于坊市取酒为乐。"

长安城外的灞陵、虾蟆陵、新丰、渭城、冯翊、扶风等地也有众多酒肆。而《开元天宝遗事》记载，从昭应县城（今陕西省西安市临潼区内），到长安城东门数十里长的官道两旁，也开了许多小酒馆。行人可"量钱数多少饮之"，甚至"有施者与行人解之"。饮酒既方便又便宜，行人称之为"歇马杯"。长安以外，洛阳、扬州、益州等通都大邑和州郡治所都有酒肆。大中城市和州郡治所以下的县邑和乡村也有酒肆，只不过规模较小罢了。可以说，从繁华的城镇到乡村僻野，大大小小的酒肆星罗棋布，呈现一片繁荣景象，这是前代所不曾有的。

起初，唐代酒肆在经营时间上也受到了很大的限制。禁止店肆夜间营业，夜间卖酒被视为非法。随着坊市制度的崩溃，商业经营打破了空间限制，也打破了时间限制，夜市逐渐发展起来。其中，酒肆经营更是起到了先锋带头作用，酒肆业是唐代夜市的中心和主干，围绕着它开展着其他商品的夜市交易。晚唐诗歌对酒肆的夜间经营也多有反映，如张籍的《寄元员外》云：

月明台上唯僧到，夜静坊中有酒沽。

王建的《寄汴州令狐相公》称傍晚时分茶商店铺生意红火，而酒店买卖通宵火爆。

水门向晚茶商闹，桥市通宵酒客行。

第二，酒楼开始兴起。

唐代以前，酒肆的规模一般较小，多为单层建筑。在唐代，酒楼逐渐成为大型酒肆的代称，它们数量众多，分布广泛，生意也往往十分火爆。由于唐代的大多数建筑仍为低矮的单层房屋，因此，高高耸立的酒楼就显得格外引人注目。

唐诗中有不少提到酒楼的诗句，仅以诗仙李白的诗为例，《猛虎行》云：

溧阳酒楼三月春，杨花漠漠愁杀人。

《忆旧游寄谯郡元参军》云：

忆昔洛阳董糟丘，为余天津桥南造酒楼。

《寄东鲁二稚子》云：

南风吹归心，飞堕酒楼前。

《送当涂赵少府赴长芦》云：

> 摇扇对酒楼，持袂把蟹螯。

第三，多样化的交易方式。

除了现钱交易为主外，唐代的酒肆还接受以物换酒，以物品抵押质酒，凭信用赊酒等。以物换酒，唐诗中多有反映，最著名的要数李白《将进酒》所咏：

> 五花马，千金裘，呼儿将出换美酒。

以物质酒与以物换酒不同。以物换酒是以货易货，而以物质酒只是以物作抵押，日后还可赎回。没钱饮酒也可以赊账，如王绩《过酒家五首》之五写自己经常赊酒的经历：

> 来时长道赊，惭愧酒家胡。

第四，胡人酒肆众多。

自西汉张骞通西域后，随着中外交流的发展，胡人开始大量涌入中原内地，不少胡人以经营酒肆为业，当时人称他们为"酒家胡"。长安的东西两市和城东面的青绮门是酒家胡的集中之地。在胡人酒肆中，当垆售酒的多是胡人女子，她们被称为"胡姬"。唐代许多诗人写到胡人酒肆饮酒的诗句，出生于西域的李白对故乡人情有独钟，很多诗歌写到"胡姬"。如《少年行》二首之二云：

> 五陵年少金市东，银鞍白马度春风。
>
> 落花踏尽游何处，笑入胡姬酒肆中。

结合酒肆，我们再谈谈酒姬、酒妓。

早在汉代，酒馆经营者就很有创意，常把酒坛放在店前垒起的高台（垆）上做广告，垆前还站着"促销美人"揽客。当年最有名的"促销美人"，一定是卓文君了。

《史记·司马相如列传》记载，才子司马相如与美女卓文君私奔后，变卖了车马等物，在四川临邛开了个小酒馆，"文君当垆，相如涤器"，司马相如洗盘子，卓文君在店前的酒坛旁揽客。

汉乐府诗《陇西行》中则描写了一位"陪酒女郎"，此女长得相当漂亮，时称"好妇"，既陪酒，又赔笑：

> 好妇出迎客，颜色正敷愉。

伸腰再拜跪，问客平安不。

请客北堂上，坐客毡氍毹。

清白各异樽，酒上正华疏。

酌酒持与客，客言主人持。

却略再拜跪，然后持一杯。

漂亮又热情的"陪酒女郎"，常遭到骚扰。诗人辛延年的《羽林郎》就记述了霍将军的门人冯子都，仗势调笑当垆卖酒的美女胡姬。但胡姬不是那种随随便便的女孩，当场翻脸，警告冯子都：

男儿爱后妇，女子重前夫。

唐人喝酒爱玩情调，所以，酒肆里，除了"陪酒女郎"，还有"女艺人"，有的直接把情人带到酒店里一起饮酒娱乐，李白的"妾劝新丰酒""君醉留妾家"等诗句，就是这种情况。

以年轻貌美的女子当垆是唐代酒肆通用的促销手段，如白居易《东南行一百韵》云：

软美仇家酒，幽闲葛氏姝。

十千方得斗，二八正当垆。

二、三线城市亦如此，如建康（今南京市）的酒肆里，便有"吴姬劝酒"；凉州（今甘肃省武威市）也不例外。元稹《西凉伎》便称：

楼下当垆称卓女，楼头伴客名莫愁。

李白说"细雨春风花落时，挥鞭直就胡姬饮"，相对而言，达官贵族，京城阔少最爱去"酒家胡"，这是为什么呢？

我想主要有这样几个原因。

一是酒美。

汉人酒家中喝得最多的是米酒，而"酒家胡"则不同，大都是从西域传入的名酒，也可以说是正宗的洋酒，像高昌的葡萄酒、波斯的三勒浆和龙膏酒。

二是人美。

服务员"胡姬"貌美如花，和苏州出来的"吴姬"相比，她们有异域风情，有才有艺，温柔热情，"胡姬招素手，醉客延金樽"。伴着音乐跳着快速旋转的舞蹈，将性感与激情演绎到极致。

"诗仙"李白《前有樽酒行》为证：

> 胡姬貌如花，当垆笑春风。
>
> 笑春风，舞罗衣，君今不醉将安归？

三是舞美。

歌舞助兴的历史比较久远，魏晋人喝酒已不再是单纯的饮食行为，而是一种文化。有条件的人喝酒颇讲气氛。曹植的《箜篌引》就描绘了当时边饮酒边欣赏歌舞的场景。

> 置酒高殿上，亲友从我游。
>
> 中厨办丰膳，烹羊宰肥牛。
>
> 奏筝何慷慨，齐瑟和且柔。
>
> 阳阿奏奇舞，京洛出名讴。
>
> 乐引过三爵，缓带倾庶羞。

那时，大多数达官贵人家中都养着艺妓，这些艺妓各有特长，专为客人演奏、跳舞、陪酒。

曹魏时期的雒阳令郭珍居财巨亿，聚会时常安排数十名美女陪酒。魏文帝曹丕大开眼界，在《典论》描绘当时的情景说，那些美女"盛装饰，被罗縠，袒之，袒裸其中，使进酒"。

晋武帝司马炎的舅舅王恺，宴请必让家里的艺妓出场，《晋书·王导传》载，王恺"使美人行酒，以客饮不尽，辄杀之"。客人若没喝光，艺妓会遭杀身之祸。

音乐歌舞的助兴也是唐代酒肆惯用的促销手段，客人饮酒之际，酒肆雇用的专业乐师临场献技，美妙的乐曲歌声将酒客带入了亦醉亦仙的境界。酒妓佐饮则是唐代酒肆新出现的促销手段，酒妓与普通的当垆女子不同，要陪顾客饮酒。

"酒家胡"中的"胡姬"表演的音乐歌舞主要有胡腾舞、胡旋舞、柘枝舞。伴奏的乐器是充满西域特色的琵琶、胡琴、觱篥、箜篌、羌笛等等。

音乐歌舞推波助澜，让"酒家胡"的生意远远超出了卖酒的范畴。贺朝《赠酒店胡姬》：

> 胡姬春酒店，弦管夜锵锵。

章孝标《少年行》：

> 落日胡姬楼上饮，风吹箫管满楼闻。

李宣古《杜司空席上赋》：

> 觱栗调清银象管，琵琶声亮紫檀槽。

诗人刘禹锡写胡旋舞说：

> 体轻似无骨，观者皆耸神。

> 曲尽回身处，层波犹注人。

到底是一种怎样的舞蹈让观者如此惊叹？白居易《胡旋女》诗工笔描绘：

> 胡旋女，胡旋女。心应弦，手应鼓。

> 弦鼓一声双袖举，回雪飘飘转蓬舞。

> 左旋右转不知疲，千匝万周无已时。

> 人间物类无可比，奔车轮缓旋风迟。

"胡姬"歌舞促销不光风靡京城。李白的《醉后赠王历阳》，说明远在和州的历阳县也有。

> 双歌二胡姬，更奏远清朝。

> 举酒挑朔雪，从君不相饶。

《太平广记》卷二百五十七《嘲诮五》记载的不是"胡姬"的歌舞，应该是具有中原特色。

> 唐处士周颐洪儒奥学，偶不中第，旅浙西。与从事欢饮，而昧于令章，筵中皆戏之。

有宾从赠诗曰：

> 龙津掉尾十年劳，声价当时斗月高。

> 惟有红妆回舞手，似持霜刀向猿猱。

周答曰：

> 十载文场敢惮劳，宋都回鹢为风高。

> 今朝甘被花枝笑，任道尊前爱缚猱。

故事讲的是，唐朝有个隐士周颐，学识渊博，曾去应试却没有考中，旅居浙西。与随从的人欢聚畅饮，常掩藏起自己的身份，宴席上相互戏耍。有一次，一个宾客赠诗道："你现在是不求功名了，可是你为了入朝做官却花费十年的心血，那时你中第的呼声真如星月一样高，唯有那妙龄女郎飞旋舞动的双手去招引，就像手持双刀驱赶猴子一样，才能把你拉回来。"周颛答诗道："十年苦读书如大病一场，今日像鹓鸟一样盘旋在这里，是因为这儿的风高气爽。今天甘愿被妙龄女郎们嘲笑了，在这酒樽前，任凭你们捆绑吧。"这就是说周先生不懂得饮宴的规则闹出了笑话。

我们再说说酒价。

唐朝的酒价几何？现代人大多不会犯傻——唐朝前后近三百年，你问的是哪一年的酒价？

多数人认为，唐朝酒价应是"一斗十千（铜钱）"，有诗为证。如：李白的"金樽清酒斗十千"，王维的"新丰美酒斗十千"，许浑的"十千沽酒留春醉，一斗酒卖十千钱"，陆龟蒙"若得奉君欢，十千沽一斗"等，可见其酒之昂贵，一般人是很难消费得起的。也有人说，诗人往往用夸张，这样的话怎么能当真？

问题是，为何这么多诗人都言之凿凿？

白居易是唐朝最善写实的诗人，他也明白无误地留下诗句：

> 共把十千沽一斗，相看七十欠三年。

可是，杜甫说：

> 街头酒价常苦贵，方外酒徒稀醉眠。
>
> 速来相就饮一斗，恰有三百青铜钱。

就是说，他今天刚好碰着老朋友，想拉着朋友进馆子，可是口袋不争气，没有钱，只好在街边找个酒摊儿喝，多少钱呢？一斗酒三百铜钱。

宋朝的第三个皇帝真宗，对唐朝的酒价很感兴趣，向众大臣询问。结果，众说纷纭，各执己见。独有"滑头宰相"丁谓，举前面这首杜诗为证，真宗遂断定，唐朝酒价是每斗三百铜钱。因为杜诗中没有表露浪漫情怀，甚至流露出杜甫当时囊中羞涩的窘境。

事实上，唐代有名贵的佳酿，也有劣等的村醪，所以酒价差别很大。无论是什么时代，商品价格都要遵循市场规律，不会一成不变。

酒从汉代开始由政府专营，史载"元始五年（5年）官卖酒，每升四钱，酒价始此"。这是最早的价格了。我手头有份资料，《唐书·食货志》云："德宗建中三年（782年），禁民酤以佐军费，置肆酿酒斛收直三千。"通俗地讲，就是为了扩充军费，酒类由官方专卖，一斛卖三千铜钱，一斛是十斗，每斗恰好是"三百青铜钱"，与杜甫所述分文不差。

《唐会要》则明确记载，贞元二年（786年），京城斗酒一百五十铜钱，比之杜甫时，价格还要便宜。

说完了酒价，再说说酒令。

我们平常说"酒令如军令"，这是怎么回事呢？

故事发生在西汉吕后专政时期。刘、吕两家政治上明争暗斗，朱虚侯刘章就利用他侍奉吕后宴酒当监酒令的机会，亲自向吕后请求说："我是武将的后代，请允许我按军法行酒令。"吕后答应了他的要求。到酒兴正浓的时候，吕氏家族中有一人喝多了，违规逃离酒席。刘章马上追出去，拔剑把他斩杀了，回来禀报吕后："有一个人逃离酒席，臣谨按军法把他斩了。"吕后和喝酒的人大为吃惊，既然已经准许他按军法行事，也就无从治他的罪。从此以后，吕氏家族的人都惧怕朱虚侯刘章，即使是当朝大臣也都开始依从朱虚侯。自此之后，刘氏的声势才逐渐强盛起来，奠定了后来的还政于刘。

历史上，酒往往和重大的政治事件联系在一起，如楚汉之争时的鸿门宴，汉末曹操煮酒论英雄，宋代赵匡胤杯酒释兵权，明朝朱元璋以酒试徐达……

据皇甫松《醉乡日月》记载，唐朝时有"骰子令""抛打令""上酒令""手姿令""小酒令""杂令"等，这些都是类如今人划拳、猜拳之类的酒中游戏法。文人聚会的酒令，更有辞章、经史、射覆、藏钩、猜枚、掷骰等花样。

白居易诗云：

碧筹攒彩碗，红袖拂骨盘。

白居易还有一诗：

> 醉翻衫袖抛小令，笑掷骰盘呼大采。

李白：

> 连呼五白行六博，分曹赌酒酣驰晖。

刘禹锡：

> 白家唯有杯觞兴，欲把头盘打少年。

以上诗句描写的就是"骰子令"。

白居易：

> 香毬趁拍回环匼，花盏抛巡取次飞。

李宣古诗《杜司空席上赋》：

> 争奈夜深抛耍令，舞来按去使人劳。

皇甫松《抛球乐》：

> 红拨一声飘，轻裘坠越绸。
>
> 带翻金孔雀，香满绣蜂腰。
>
> 少少抛分数，花枝正萦饶。

这几句描写的则是"抛打令"的情形，犹如击鼓传花的游戏，花落谁家谁罚酒。

白居易《同李十一醉忆元九》写筹令：

> 花时同醉破春愁，醉折花枝作酒筹。

李商隐写藏钩、射覆：

> 隔座送钩春酒暖，分曹射覆蜡灯红。

贾餗写辞章：

> 杯停新令举，诗动彩笺忙。

饮酒行令可以调节酒宴的气氛，增添饮酒的乐趣，还会陶冶人的性情，增进学识和智力。将经史百家、诗文词曲、歌谣谚语、典故对联等文化内容都囊括到酒令中去了，酒宴便始终都充溢着浓浓的书卷气和文化味。好的酒令，可以让一场酒宴远离粗俗，远离口腹之欲，可以让人放松身心，从而得到更大的快乐。

■ 传奇死亡

■ 兴酣落笔摇五岳，诗成笑傲凌沧洲。

　　谈到唐朝的酒文化，不得不谈一下唐朝著名的诗人兼酒民李白、杜甫、白居易。他们的传奇死亡，都和酒有着莫大的关系。

　　郭沫若先生说李白"生于酒而死于酒"，余光中的《寻李白》写道："酒入豪肠，七分酿成月光，剩下的三分啸成剑气，绣口一吐，就是半个盛唐。"

　　李白的一生真是聚要饮，别要饮；喜要饮，悲要饮；闲要饮，忙要饮。"百年三万六千日，一日须饮三百杯"。李白的诗歌语言如"清水出芙蓉，天然去雕饰"，风格多样，尤以雄奇、飘逸、奔放著称，气势充沛，汪洋恣肆。诗人磊落不羁，游遍大江南北，他热情奔放地讴歌了祖国的锦绣河山，名句名篇俯拾皆是。杜甫称"李白斗酒诗百篇"，他在微醉时吟成的酒诗，大多也脍炙人口，流芳千古。

　　　　兴酣落笔摇五岳，诗成笑傲凌沧洲。

　　　　天生我材必有用，千金散尽还复来。

　　　　兰陵美酒郁金香，玉碗盛来琥珀光。

　　　　长风破浪会有时，直挂云帆济沧海。

　　尤其是"酒隐安陆，蹉跎十年"这段经历对李白有重要的影响，不得不知道。

　　李白在湖北安陆（今湖北省安陆市）的时候，正是人生的黄金时期，从27岁到37岁。李白为什么要到安陆去，而且一去就是十年呢？这话还得从科举制度的资格审查说起。唐朝虽然经济发达，可朝廷始终认为农业是国家的根本，为限制人们经商，特下令禁止商人及亲属参加科举。另外，外国人、僧侣、道士、囚犯及后代（特赦的除外）均禁止参加科举。李白的身世恰好占了两条：一是商人之子，二是父亲李客触犯刑律。李白选择了结交权贵这一条终南捷径。怎么走呢？李白发现，安陆住着许多名门望族，如唐高祖李渊的铁哥们、大唐的开国功臣许绍。李白年轻的时候喜欢"寻仙访道"，他27岁时，在著名道士胡紫阳等人的撮合下，与许绍的小儿子许圉师（唐高宗时的宰相）的孙女结识，入赘许家，做了上门女婿，这是李白的第一门亲事。

李白原指望与许家攀上关系，以此为跳板，早一点实现宏图大志，结果希望化为泡影。不过在安陆的这十年李白也很有收获，他广交贤士，以酒会友，逐渐有了较高的社会声誉，这是李白之所以能受到"皇祖下诏，征就金马，降辇步迎"特殊待遇的重要原因之一，在思想上确立了李白傲岸的性格。

这位"诗仙"兼"酒仙"最后竟死于"腐胁疾"，即慢性酒精中毒症。

林语堂在《吾国吾民》中描述了李白的浪漫主义死法（醉后伸手去捞水中之月，跌落水中而死）之后，有感于中国人的老成持重，不禁赞曰："好极了，稳重而无动于衷的中国人有时竟会到水中捞取月影，从而诗一般浪漫地死去！"

可以说，李白的一生，活出了个性，活出了潇洒，无愧于"诗仙""酒仙""谪仙"的美誉。其实，终李白一生，似乎一直都与船有关，从"载妓随波任去留"到"天子呼来不上船"，从"李白乘舟将欲行"到"忽复乘舟梦日边"，就算是善酿好酒的汪伦，也依旧留不住李白，从"直挂云帆济沧海"到"轻舟已过万重山"！这许多的船，始终没有让李白的理想靠岸！醉后，也是最后，在一条小船上，天真的诗人看见江中有一块圆圆的月亮，他想起自己小时候的糗事：

　　　　小时不识月，呼作白玉盘。

于是，撸起袖子，伸手捞月，掉到水里淹死了。

杜甫少年即豪饮，世称"少年酒豪"，他嗜酒如命，"百罚深杯亦不辞"。只可惜，"耽酒须微禄"，他一生穷困潦倒，"街头酒价常苦贵"，"酒债寻常行处有"，后半生难得见他有几回"痛饮狂歌"的日子。杜甫的诗则充满了忧国忧民的情调，生活的意味也浓了不少。

诗人与老友相逢，"十觞亦不醉，感子故意长"，与好友惜别，则感叹"几时杯重把，昨夜月同行"。有客来访，诗人虽是"盘餐市远无兼味，樽酒家贫只旧醅"，但只要客人"肯与邻翁相对饮"，诗人便"隔篱呼取尽余杯"。流离在外，闻官军收河南河北，诗人"白日放歌须纵酒"，期待着"青春作伴好还乡"；出蜀途中，抱病登高远望，面对"无边落木萧萧下，不尽长江滚滚来"，诗人内心涌动的只有"艰难苦恨繁霜鬓，潦倒新停浊酒杯"的苦闷与无奈。公元770年，杜甫避难到湖南耒阳（今湖南省耒阳市），县令慕其诗名，送酒慰问。结果，饥肠辘辘的他，一醉竟成千古不醒。杜甫真可谓是尽醉而归，此真乃万千不幸中唯一的幸事也。

白居易现存诗作2800多首，是唐朝诗人中最多的。 与李、杜相比，白居易虽然政治生涯偶有波折，但总体生活优裕，心态平和，晚年自号"醉吟先生"，说自己"忘其姓名、乡里、官爵，忽忽不知为谁也"，只知道"性嗜酒，弹琴，吟诗"。他爱酒，"酒盏酌来须满满"，"唯当饮美酒，终日陶陶醉"。白居易的诗歌通俗浅切地反映了社会现实，直率地抒发了个人情怀。他在诗歌的题材、风格、表现形式等多方面摆脱了盛唐诗歌的传统，为后人的诗、词创作开启了新的门径。他的《琵琶行》真可谓是"千古绝唱，诗坛圭臬"。他的《效陶潜体诗》十六首全是五言古体诗，共388句1940字，写了村叟、稚童，用到了陶潜、屈原、刘伶、吕尚、伯夷、孔子、黄宪、陈胜等人的典故，每首诗都与酒相关。比如：

> 幸及身健日，当歌一樽前。

> 朝饮一杯酒，冥心合元化。

> 朝亦独醉歌，暮亦独醉睡。

> 床头残酒榼，欲尽味弥淳。

> 醒者多苦志，醉者多欢情。

> 唯当多种黍，日醉手中觞。

他死前要求简葬，只带一坛酒入墓。由此可见，他对酒情有独钟、难舍难分。相传，后来有盗墓者挖掘坟墓，先见一坛子，打开后酒香四溢，不禁喝得酩酊大醉，这才保住了香山居士的遗骨。

　　唐朝初年，酒文化所蕴藏的激越和豪迈，五谷精灵所酝酿的芳香和仙态，全都因政通人和、社会繁荣昌盛，因诗人们的才华横溢和超凡脱俗的崇高追求，因诗与酒千年情缘的继承和发扬，赫赫盛世的唐王朝终于把诗酒结合这部文坛大戏推向了"前无古人，后无来者"的高潮。就唐朝的时代精神而言，乐观、自信、自强是主流，雄壮、浓烈的美酒，与唐帝国的形象相得益彰。唐代民间的豪饮之风，代表一个民族的精神面貌和心理特征。这是盛世太平时民众自豪的欢愉。此时的主流诗风，一扫魏晋南北朝时的消极颓废，而成为豪健开朗、狂放热烈。

　　待到中唐，酒诗已是登峰造极、炉火纯青。但是，安史之乱后，酒诗已开始盛极而衰，酒诗的风格也开始滑向低迷彷徨，酒诗之情也逐渐由豪转悲。如白居易《醉吟二首》：

　　　　酒狂又引诗魔发，日午悲吟到日西。

　　晚唐之际，日薄西山，国势衰微，初唐的时代精神已无处可寻，酒诗也"身世醉时多"，"残花伴醉人"，酒诗之雄情和豪气荡然无存矣。

第八篇
友谊淡如水

　　朋友关系是中国古人非常重视的人伦关系之一，而高山流水般的知音之交无疑是朋友的最高境界。"有朋自远方来，不亦乐乎"，在漫长的人生道路中，有朋友的交往，我们的生活就会变得丰富多彩。唐人对友谊究竟有着怎样的重视程度？唐诗又是怎样描述友谊呢？这些描述对我们有哪些启发呢？我们该如何鉴别朋友呢？现在，一扇友谊的大门正徐徐打开……

■高山流水

■春风满面皆朋友，欲觅知音难上难！

俞伯牙，战国时的音乐家，曾任晋国上大夫。

他从小就酷爱音乐，他的老师成连曾带着他到东海的蓬莱山，领略大自然的壮美神奇，使他从中悟出了音乐的真谛。他弹起琴来，琴声优美动听，犹如高山流水一般。虽然有许多人赞美他的琴艺，但他认为一直没有遇到真正能听懂他琴声的人。他一直在寻觅自己的知音。有一年，俞伯牙奉晋王之命出使楚国。八月十五那天，他乘船来到了汉阳江口。因为遇到风浪，被迫停泊在一座小山下的岸边。晚上，风浪渐渐平息了下来，云开月出，景色十分迷人。望着空中的一轮明月，俞伯牙雅兴大发，拿出随身带来的琴，专心致志地弹了起来。他弹了一曲又一曲，正当他完全沉醉地演奏，突然"啪"的一声，琴弦断了一根。

按照琴人的说法，琴弦断，说明有知音或高人到来。伯牙抬头四处寻找，这才发现岸上有个人影。俞伯牙正在猜测，就听到那个人大声说："先生，您不要疑心，我是个打柴的，回家晚了，走到这里听到您在弹琴，觉得琴声绝妙，不由得站在这里听了起来。"

俞伯牙借着月光仔细一看，那个人身旁放着一担干柴，果然是个打柴的人。俞伯牙心想：一个打柴的樵夫，怎么会听懂我的琴呢？于是他就问："你既然懂得琴声，那就请你说说看，我弹的是一首什么曲子？"

听了俞伯牙的问话，那位樵夫笑着回答："先生，您刚才弹的是孔子赞叹弟子颜回的曲谱，只可惜，您弹到第四句的时候，琴弦断了。"

樵夫的回答一点儿不错，俞伯牙不禁大喜，忙邀请他上船来细谈。樵夫看到俞伯牙弹的琴，便说："这是瑶琴，相传是伏羲氏造的。"说着，他又把这瑶琴的来历说了出来。

听了樵夫的这番讲述，俞伯牙心中不由得暗暗佩服。

接着，俞伯牙又为樵夫弹了几曲，请他辨识其中之意。当他弹奏的琴声雄壮高亢的时候，樵夫说："这琴声，表达了高山的雄伟气势。"

当琴声变得清新流畅时，樵夫说："这后弹的琴声，表达的是无尽的流水。"

俞伯牙听了不禁惊喜万分，自己用琴声表达的心意，过去没人能听得懂，而眼前的这个樵夫，竟然听得明明白白。没想到，在这野岭之下，竟遇到自己久久寻觅不到的知音。

交谈中，他知道了樵夫名叫钟子期。两人越谈越投机，相见恨晚，结拜为兄弟。约定来年的中秋再到这里相会。

第二年中秋，俞伯牙如约来到了汉阳江口，可是他等啊等啊，怎么也不见钟子期来赴约，他便弹起琴来召唤这位知音。可是又过了好久，还是不见人来。

第二天，俞伯牙向一位老人打听钟子期的下落，老人告诉他，钟子期已不幸染病去世了。临终前，他留下遗言，要把坟墓修在江边，到八月十五相会时，好听俞伯牙的琴声。

听了老人的话，俞伯牙万分悲痛，他来到钟子期的坟前，凄楚地弹起了琴曲《高山流水》。弹罢，他挑断了琴弦，长叹了一声，把心爱的瑶琴在青石上摔了个粉碎。他悲伤地说："我唯一的知音已不在人世了，这琴还弹给谁听呢？"

两位"知音"的友谊感动了后人，人们在他们相遇的地方筑起了一座古琴台。直至今天，人们还常用"知音"来形容朋友之间的情谊。后人有诗赞美：

> 摔碎瑶琴凤尾寒，子期不在与谁弹？
> 春风满面皆朋友，欲觅知音难上难！

古代还有一对有名的朋友，一个叫管仲，一个叫鲍叔牙。

管仲年轻时和鲍叔牙一起做生意。因为家里穷，本钱几乎都是鲍叔牙投资的，可是赚钱以后，分红却拿得多。

鲍叔牙的仆人就说："这个管仲真奇怪，本钱拿得比我们主人少，分钱的时候却拿得比我们主人还多！"

鲍叔牙却对仆人说："不可以这么说！管仲家里穷又要奉养母亲，多拿一点没有关系。"

管仲三次参加战斗，不是后退就是从阵上逃跑回来。人们讥笑他是个贪生怕死的人。

鲍叔牙马上替管仲说话："你们误会管仲了，他不是怕死，他得留着命去照顾老母亲呀！"

在长期交往中，两个人结下了深情的厚谊。管仲多次对人讲："生我的是父母，了解我的人可是鲍叔牙呀！"

后来，齐国发生了公子小白和公子纠争夺王位的内乱，结果公子小白当上了国王，就是后来春秋五霸之一的齐桓公。公子纠的大臣管仲成了阶下囚。

齐桓公决定封鲍叔牙为宰相，鲍叔牙却说："管仲各方面都比我强，应该请他来当宰相才对呀！"

齐桓公一听："管仲要杀我，他是我的仇人，你居然叫我请他来当宰相！"

鲍叔牙却说："这不能怪他，他是为了帮他的主人纠才这么做的！"

齐桓公又问鲍叔牙："管仲与你比较又如何？"

鲍叔牙沉静地指出："管仲有五点比我强：宽以从政，惠以爱民；治理江山，权术安稳；取信于民，深得民心；制定礼仪，风化天下；整治军队，勇敢善战。"鲍叔牙进一步谏请齐桓公释掉旧怨，化仇为友，如果赦免其罪而委以重任，管仲一定会像忠于公子纠一样为齐国效忠。

经鲍叔牙的建议，齐桓公同意选择吉祥日子，以非常隆重的礼节，亲自去迎接管仲，以此来表示对管仲的重视和信任。同时，也可以让天下人都知道齐桓公的贤达大度。此后，齐桓公拜管仲为相，一同商谈国家大事。

周襄王七年（前645年），为齐桓公创立霸业呕心沥血的管仲患了重病，齐桓公去探望他，询问他谁可以接受相位。管仲说："国君应该是最了解臣下的。"齐桓公欲任鲍叔牙，管仲诚恳地说："鲍叔牙是君子，但他善恶过于分明，见人之一恶，终身不忘，这样是不可以为政的。"齐桓公问："易牙怎样？"管仲说："易牙为了满足国君的要求不惜烹了自己的儿子以讨好国君，没有人性，不宜为相。"管仲最后推荐隰朋为相。易牙知道这件事后，便去挑拨鲍叔牙，说管仲阻止齐桓公任命鲍叔牙。鲍叔牙笑道："管仲荐隰朋，说明他一心为社稷宗庙考虑，不存私心偏爱友人。现在我做司寇，驱逐佞臣，正合我意。如果让我当政，哪里还会有你们容身之处？"易牙讨了个没趣，深觉管仲交友之密，知人之深，便灰溜溜地走了。

杜甫《贫交行》将古道与现实对比，赞叹二人贫富不移的深厚交情。

> 翻手作云覆手雨，纷纷轻薄何须数。
> 君不见管鲍贫时交，此道今人弃如土。

■春树暮云
■凉风起天末，君子意如何？

唐诗中，也有很多作品歌颂真挚的友谊。天宝三年（744年），44岁的李白在朝廷不为权贵所容，被玄宗"赐金放还"，在河南洛阳第一次见到杜甫，时年33岁。用闻一多的话来说，这好像是太阳在空中走，碰到了月亮。闻一多还说，"我们该当品三通画角，发三通擂鼓，然后提出笔来蘸饱了金墨，大书而特书。因为我们四千年的历史里，除了孔子见老子，没有比这两个人的会面更重大，更神圣，更可纪念的。"就这样，李杜见面了，大有相见恨晚的感觉，很快亲如兄弟。杜甫写诗说：

> 李侯有佳句，往往似阴铿。
> 余亦东蒙客，怜君如弟兄。
> 醉眠秋共被，携手日同游。
> ……

那一年，李白和杜甫"游于梁宋"，在今天的河南、山东一带游山玩水，饮酒赋诗。这在古代叫游学，是一种非常有效的学习方法，也就是古人说的"读万卷书，行万里路"，积累大量的创造素材，也积淀丰富的人生财富。

当时的李白，诗名远播，正可谓"天下无人不识君"，如他慨然自诩的"虽长不满七尺，而心雄万夫"，贺知章这样的狂客见了他也要惊为谪仙人；他又是个游侠，自少年时代就喜好任侠，写下了很多譬如《侠客行》之类歌颂游侠的诗；他曾经胆气豪壮地手刃数人，面不改色地离去；他在长安街头凭借出众的剑术，与街头一帮混混相斗，尔后能安然脱身。在盛唐那尚武并尚诗的时代，他是文武兼备的大众宠儿。

这所有的光环叠加在一起，没有一个在他近旁的人不会被辐射到，而杜甫在当时还诗名未成，一方面是由于惺惺相惜，确实爱其诗才，另一方面也是由于太白的声名使得他对李白的仰慕如无尽长江滚滚来。除了在一起樽酒论文、同榻夜话之外，他还跟着李白学起了求仙问道，"相期拾瑶草"。随后，他们又深入到道家圣地王屋山上的小有清虚洞，意欲寻仙修道，采取灵药。但是他们想参拜的华盖君还没成仙，就入土了，于是，"诗仙"和"诗圣"不得不走回头路。在洛阳初遇正值早春三月，访仙归来已是秋高气爽，在归途中又遇到另一位诗人高适，三个人在一起，过汴州，豪饮至酣，登台浩歌，慷慨怀古，正是这次欢聚，在杜甫一生的记忆里挥之不去。两个人在山东东石门分手，从此之后，再未谋面。

临别时，李白赠诗《鲁郡东石门送杜二甫》：

> 醉别复几日，登临遍池台。
>
> 何时石门路，重有金樽开。
>
> 秋波落泗水，海色明徂徕。
>
> 飞蓬各自远，且尽手中杯。

诗中说，辞行的酒虽已喝过，但李白游兴犹酣。几天来，走遍了名胜古迹，这次分别，什么时候才能再相会，把酒言欢？秋风吹过，泗水碧波渐落，徂徕一片苍翠。干杯吧，从此以后，各自踏上征程。

杜甫已结束"放荡齐赵间，裘马颇清狂"的漫游生活，沿着汶水，现在叫汶河，向西南方向走，先回洛阳再到长安。在洛阳时，写了一首诗《冬日有怀李白》：

> 寂寞书斋里，终朝独尔思。
>
> 更寻嘉树传，不忘角弓诗。
>
> 短褐风霜入，还丹日月迟。
>
> 未因乘兴去，空有鹿门期。

两个人在山东分手以后，李白暂时留在山东沙丘城，非常想念年轻的好朋友，他写了一首诗，叫《沙丘城下寄杜甫》：

> 我来竟何事，高卧沙丘城。
>
> 城边有古树，日夕连秋声。
>
> 鲁酒不可醉，齐歌空复情。
>
> 思君若汶水，浩荡寄南征。

李白说，我对你的思念好像滔滔不绝的汶河水一样，源源不断地向西南方向流去。

又过了一年，也就是天宝五年（746年），35岁的杜甫到了长安。此刻，李白也离开山东，到了吴地，即现在的南京一带。杜甫想念李白，写了一首《春日忆李白》，其中有两句：

> 渭北春天树，江东日暮云。

春暖花开，我在渭水北面的长安，远远眺望江东，想看看好友李白，可视线被渭北春天葱茏的树木挡住了。此时，李白在江南也一定在想念我，他会不会站在长江南岸，向西北瞭望，天空中聚集的云彩和晚霞，也挡住了他的视线。

这两句诗，后来浓缩为描写友谊的成语：春树暮云。知心朋友分别生活在两个地方，隔着千山万水，互相思念对方，后人就说是"春树暮云"。

生活经验告诉我们，朋友有真有假，有轻有重，我们该如何鉴别朋友呢？唐人会给出怎样的答案？

古人谈到友谊时，有多种说法：贫贱而地位低下时结交的朋友叫"贫贱之交"；情谊契合、亲如兄弟的朋友叫"金兰之交"；同生死、共患难的朋友叫"刎颈之交"；在遇到磨难时结成的朋友叫"患难之交"；情投意合、友谊深厚的朋友叫"莫逆之交"；从小一块儿长大的异性好友叫"竹马之交";以平民身份相交往的朋友叫"布衣之交";辈分不同、年龄相差较大的朋友叫"忘年交";不拘于身份、形迹的朋友叫"忘形交";不因贵贱的变化而改变深厚友情的朋友叫"车笠交";在道义上彼此支持的朋友叫"君子交"。

我们来看看唐代的诗人,是怎么描写各类友谊的。

李白到了江东两年,天宝七年(748年),他的好朋友,著名诗人王昌龄,因所谓"不矜细行"的罪名被流放到现在的湘西,龙标旁边的夜郎。

秦汉时期,夜郎在黔地(今贵州省)由少数民族建立,是中国历史上神秘的三大古国之一,存在了两三百年,然后神秘消失。有故事说,夜郎的国王压根不知道自己的国家有多大,恰好汉朝派使者去跟他进行外交沟通。国王问使者:汉朝跟我夜郎比,究竟哪个更大?后来就有了"夜郎自大"这一成语。

王昌龄被贬的夜郎,不是汉朝的夜郎国,而是唐朝的一个县,在湖南西部,现在叫芷江县。在唐朝,那是一个非常偏僻荒凉的蛮夷之地,山深水急,瘴气肆虐,是自然条件比较恶劣的地方,要不,怎么会把罪犯流放到那里呢?

江东扬州的李白听说王昌龄的遭遇,写了一首诗来为他送行:

> 杨花落尽子规啼,闻道龙标过五溪。
>
> 我寄愁心与明月,随君直到夜郎西。

暮春时节,柳絮漫天飞舞,漂泊不定;杜鹃一声声"不如归去",鸣声凄厉。我心中充满愁思,只能托付给明月,带给远在天涯的沦落人。

诗中为什么用"子规"这一意象呢?古代传说,子规(杜鹃鸟)的前身是蜀国国王,名叫杜宇,号望帝。后来失国身死,魂魄化为杜鹃,鸣声凄凉,古人常用杜鹃来表达飘零离别的悲苦凄凉。

这是一首歌颂友谊的诗,实际上也是对患难之交的歌颂。这时候,王昌龄已是罪人,贬到离京都三千多里的"遐荒",李白不顾"谤议沸腾",直抒胸臆,表达对好友王昌龄深厚的同情与慰藉。

但是,李白万万没有想到,七年之后,唐朝爆发了改变国家命运的"安史之乱",竟然导致他自己也被流放夜郎。这是怎么一回事呢？李白流放在哪个夜郎呢？史学界至今没有定论，主流的看法是流放到古夜郎国属地——贵州省桐梓县。事情还得从"安史之乱"说起。

天宝十四年（755年）十一月，唐玄宗的干儿子安禄山伙同史思明，发动叛乱。唐玄宗一班人马逃奔四川，刚到离长安百余里的马嵬坡（今陕西省兴平市西）时，在太子李亨和宦官高力士的秘密授权下，随从军士杀死杨国忠，逼死杨贵妃。

马嵬坡兵变后，李亨前往灵武（今甘肃省临夏回族自治州境内），第二年夏天擅自登基，另立中央，称为肃宗，直到秋天，唐玄宗才知道李亨做了皇帝。此时的永王李璘接受玄宗的命令，带领军队沿长江东下，准备到江南一带，夹攻安史叛军。哥哥李亨做了皇帝后，怕弟弟抢他的皇位，就下令李璘不得东行。

李璘不听哥哥的命令继续东下。路过庐山，李白那时正在庐山隐居，住在屏风叠，心中始终存在退隐泉林还是入仕济民的矛盾斗争。李璘要招募贤才，听说李白先生在庐山，赶快上山去请。李白一心想要报效国家，同意抗击安史叛军，欣然下山，高高兴兴地加入了李璘的军队。

李璘军队东下来到江南丹阳、常州一带，被唐肃宗的军队镇压，李白只好往西逃走，逃到江西鄱阳湖旁时，就去自首了。下狱浔阳（今江西省九江市）。次年，也就是乾元元年（758年），57岁的李白以"从逆"的罪名被判流放到古夜郎——贵州省桐梓县。

朝廷对李白的惩处实际上只是象征性的，肃宗谦不想让这位"名动京师，上皇闻而悦之"的大诗人过于受苦，免得让天下读书人寒心。所以李白流放途中完全不像罪人，也没有限定何时到达，从九江出发，一路上慢吞吞地走。第二年的春天，才走到长江三峡边上的夔州白帝城，也就是现在的重庆市奉节县，朝廷因关中大旱，宣布大赦，规定死者从"流"，"流"以下完全赦免。李白坐船沿长江东下。写下一首《早发白帝城》：

朝辞白帝彩云间，千里江陵一日还。

两岸猿声啼不住，轻舟已过万重山。

这首诗后世一直解读为表现李白遇赦后欢快的心情。真是这样吗？我想，李白58岁，经历了太多的人生沉浮，不会这么容易忽悲忽喜、这么情绪化，而且他的创作技法、艺术构思早已炉火纯青，不会在珍贵的二十八个字中简单重复，更不会用猿啼表现愉悦，那该怎样解读呢？

2010年4月，我读到著名学者汪宏华重评唐诗《早发白帝城》，终于解开了疙瘩。"两岸猿声"是用倒叙和隐喻，讲述自己获赦之前的惊悚见闻。李白在唐玄宗的两个互相残杀的儿子李亨与李璘之间，没有明显的政治倾向，给予了同等的悲悯与谴责：人文层面，李白认为兄弟相争是两败俱伤，胜利者良心不安，失败者死不瞑目，还要搭上大批的无辜者；人伦层面，他认为兄弟相争是非人的不义之举。

李白的遭遇，杜甫知不知道呢？知道，只知道李白被贬，还不知道中途遇赦，而且知道得很晚，主要是古代交通不便，信息传递很慢。此时的杜甫已经流浪到秦州（今甘肃省天水市）了。杜甫非常想念李白，也为他担忧，写了三首怀念李白的诗，全部都选到《唐诗三百首》里。

后来杜甫读到李白的《早发白帝城》，才知道老朋友已幸免于难，正在湘江一带散心呢！心中的一块石头终于落地。诗人长叹一口气，马上又紧锁眉头，不由得又一次紧张起来——湘江？湘江啊，那可是屈原放逐含恨自沉的地方呀！！杜甫忧心如焚，吟哦一首《天末怀李白》，"天末"就是指天边、天涯。

凉风起天末，君子意如何？

鸿雁几时到？江湖秋水多。

文章憎命达，魑魅喜人过。

应共冤魂语，投诗赠汨罗。

此诗大意为：风飕飕地从天边刮起，李白呀，我的兄弟，你的心境是怎样的呢？我的书信不知何时你才能收到？只恐江湖险恶，秋水多风浪。创作诗文最忌讳坦荡的命运，奸佞小人最希望好人犯错误。你与沉冤的屈子同命运，应投诗于汨罗江诉说冤屈与不平。

李白流放到湖南西部，要经过湘江流域，路过汨罗江，那是屈原投江的地方，杜甫想，李白肯定会写诗，来悼屈原，充满了对李白的理解和同情。

李白与杜甫的交往，也是很短暂。相识已是太晚，作别又是匆忙。重情的杜甫在这以后的十多年里，一直处于对李白的思念之中，不管流落何地都写下刻骨铭心的诗句。留存至今的有近20首，其中《杜工部集》中收录了12首，李白写杜甫的诗现存4首。李白应该也在思念吧，但他步履放达、交游广泛，杜甫的名字再也没有在他的诗中出现过。这里好像出现了一种巨大的不平衡，但天下的至情并不以平衡为条件。即使李白不再思念，杜甫也作出了单方面的美好承担。李白对他无所求，他对李白也无所求。

李白与杜甫的友情，是一种心神相顾的共鸣，如同琴瑟上和谐的弦音，一个音色钻入高天，一个音色扑向大地，由此，精神的苍穹才能趋向圆满。性相悖，神相依，如此未能忘吧。

杜甫有一颗悲悯之心，这心不属于他。这颗心很大，装得下整个国家；这颗心很小，时时有对朋友的牵挂，至情至性，至诚至真，这都因为他是一个仁爱之人。爱人者人恒爱之，杜甫也得到了朋友的真诚资助。他一生颠沛流离，经常是在朋友的帮助下渡过难关。比如逃难中，他从甘肃流离到成都，朋友严武等人帮他在浣花溪边盖起草堂，让他在长夜沉沉中睡一个安稳觉。杜甫先后在此居住近四年，创作诗歌240余首。

岑参漫游到成都时，意外得知杜甫也在这里，便特意前往杜甫的草堂拜访。二人相见，老泪纵横，很是高兴。杜甫赶紧吩咐妻子打火做饭。可是，家里朝不保夕，时常断炊，今天只有两个鸡蛋、一棵白葱，如何招待客人？突然，她想起了丈夫新近创作的一首绝句。

杜甫为岑参斟上一杯柳叶茶，谈起彼此的思念、分别后的生活。岑参得知杜甫在成都暂时过上了安稳的日子，心中的担心慢慢放下。这时，杜甫家待客的第一道菜便端上来了：盘中竖躺着一节葱叶，上面压着两个蛋黄。杜甫轻声说："动筷吧，两只黄鹂鸣翠柳……"

紧接着，第二道菜也上来了：蓝色的瓷盘中整齐排列着葱段，随着杜甫那"一行白鹭上青天"的诗句吟出，这道菜便别有一番情趣了。

两个人边吃边聊，耳边传来菜刀急促的节奏，很快第三道菜上桌了：这是一盘切碎的蛋白。杜甫介绍说："窗含西岭千秋雪……"

"妙啊……真妙！"岑参赞不绝口。

时候不早，岑参该动身了，适逢其时，第四道菜端上来了。原来这道菜仅是一大碗冒热气的清水汤，上面飘荡着两个鸡蛋壳！早已处于亢奋状态的岑参禁不住诗兴大发，几乎与大诗人同时脱口而出："门泊东吴万里船。"这是送行的船，这是祝福的船，祝朋友在宦海中一帆风顺吧！然后，三人走出草堂，杜甫夫妇深情地目送岑参登船。

后来，岑参担任嘉州（今四川省乐山市）刺史，杜甫得知后专程去找，但未能谋面。后来，岑参也专程来成都，可惜杜甫又走上流浪之途。他们总是在成都找寻，总是与友人擦肩而过。再后来，唐代宗大历五年（770年），岑参因病客死成都，同年，杜甫也在湘江的一叶扁舟上悄然辞世。那次草堂会晤，竟成了诀别。

让我感叹不已的是，两位诗坛巨擘，如此简单的一顿便餐，却胜于无数的山珍海味、满汉全席。变了味的宴请，还能品出真味，吃出真情吗？常读唐诗，常怀古人，就如品一瓯心灵鸡汤，滋养我们的灵魂，使它变得纯净、大度、高洁……

■元白之好
■寻常不省曾如此，应是江州司马书。

当我们谈到诗人间的友谊时，无法避开"元白之好"。二人相识，很快成为莫逆之交，就是非常要好、情投意合的朋友。

白居易年长元稹7岁，两个人有着相似的经历：一起登科，一起在朝任职，又在同年被贬，同年生子，相似的经历，一样的文学素养，把他俩紧紧地连在了一起。二人成为挚友后，无论身在哪里，赠、寄、酬、唱、和、答诗总是不断。

白居易少年得意，据宋人尤袤《全唐诗话》记载：白居易 16 岁时从江南到长安，带了诗文谒见当时的大名士顾况。顾况看了名字，开玩笑说："长安米贵，居大不易。"但当翻开诗卷，读到"野火烧不尽，春风吹又生"两句时，不禁连声赞赏说："有才如此，居亦何难！"很快，白居易就赢得了长安文艺界的普遍赞誉。27 岁那年，白居易再接再厉，以第四名的优异成绩高中进士，在同时考中的十七人中最为年轻。后来，白居易不无得意地写道："慈恩塔下题名处，十七人中最少年。"然而，这位"春风得意马蹄疾，一日看尽长安花"的年轻进士，43 岁时被贬谪为江州司马，时间在元和十年（815 年）八月。白居易心里十分惆怅伤感，常常夜不能寐。他在赴江州的船上总是看元稹的诗，以慰藉受伤的心灵，在《舟中读元九诗》中写道：

> 把君诗卷灯前读，诗尽灯残天未明。
>
> 眼痛灯灭犹暗坐，逆风吹浪打船声。

白居易在诗里以"灯残"和"眼痛"表示彻夜在读元稹的诗，尽管未写读后的感受，但是以暗中独坐和静听风浪作结，通过营造气氛来表达自己的感伤。

白居易是在元和十年八月被贬江州的，元稹在同年三月被贬为通州司马。到通州后不巧染病在身，命悬一线，他在夜里听到自己挚友被贬的消息后，震惊得一下子从床上坐了起来。在他看来，他们的友情重于自己的生命。他在《闻乐天授江州司马》诗中写道：

> 残灯无焰影幢幢，此夕闻君谪九江。
>
> 垂死梦中惊坐起，暗风吹雨入寒窗。

不久，白居易收到了这首诗，他被好友的关切之情所打动，他在给元稹的信中十分动情地说："这首诗，就是不相干的人读了都会感动得不忍再看，何况我呢？直到现在每逢看到它，我心里都会凄恻难忍。"元稹接到白居易的书信当即哭了，吓得妻女惊慌失措，以为出了什么大事。元稹在《得乐天书》诗中写道：

> 远信入门先有泪，妻惊女哭问何如。
>
> 寻常不省曾如此，应是江州司马书。

这两位同被逐出京城的"天涯沦落人",患难之中相互慰藉,其情、其意、其怜、其爱,就是同胞兄弟也不过如此!

而最富传奇色彩的是元和四年(809 年)元稹到梁州出差,白居易还在长安。两个人好像"心有灵犀一点通"似的,这天竟各写了一首诗。他在诗里说:

> 梦君同绕曲江头,也向慈恩院院游。
>
> 亭吏呼人排去马,忽惊身在古梁州。

诗中说,元稹夜里梦见与白居易、李杓直及白行简三个人一起到曲江游玩。而这一天,白居易等三人的确去曲江游玩了,他们在喝酒时想起了元稹,白居易写《同李十一(即李杓直)醉忆元九》诗道:

> 花时同醉破春愁,醉折花枝作酒筹。
>
> 忽忆故人天际去,计程今日到梁州。

白居易计算得很准确,那天元稹真的到了梁州。长安和梁州山水相隔,白居易与元稹两个人的心理感应竟如此一致,这不能不说是千古奇闻。

元稹去世后,白居易亲自为其撰写墓志。自元稹死后,白居易对他的思念从未停止过。十年后,已经 70 多岁的白居易有一天在好友卢子蒙那里看到了卢子蒙与元稹的唱和诗,感今伤昔,不禁老泪纵横,于是,饱蘸墨汁在诗集最后的空白处写下这样的诗句:

> 昔闻元九咏君诗,恨与卢君相识迟。
>
> 今日逢君开旧卷,卷中多道赠微之。
>
> 相看泪眼情难说,别有伤心事岂知?
>
> 闻道咸阳坟上树,已抽三丈白杨枝!

日久见人心,患难见真情。白居易和元稹这两位诗人,都有着卓越的才华和诗情。却在尔虞我诈、世路凶险的宦海沉浮中一如既往地保持着真诚而默契的友情。

■行走路上
■柴门闻犬吠，风雪夜归人。

　　普通人之间的友谊是怎样的？唐诗中有没有记录这些平凡的故事呢？

　　杜甫被贬华州司功参军之后，见到了分别二十年的老朋友，写了一首《赠卫八处士》，诗写偶遇少年知交的情景，抒写了人生聚散不定，故友相见格外亲切。然而暂聚忽别，又觉得世事渺茫、无限感慨。主人公是一个名不见经传的人，我们连他叫什么名字都不知道，只知道他姓卫，排行老八。杜甫说他是"卫八处士"，"处士"就是不做官的人。这首诗同样被选入《唐诗三百首》，同样是千古传诵的名篇。

　　　　人生不相见，动如参与商，今夕复何夕，共此灯烛光。
　　　　少壮能几时，鬓发各已苍，访旧半为鬼，惊呼热中肠。
　　　　焉知二十载，重上君子堂，昔别君未婚，儿女忽成行。
　　　　怡然敬父执，问我来何方，问答未及已，驱儿罗酒浆。
　　　　夜雨剪春韭，新炊间黄粱，主称会面难，一举累十觞。
　　　　十觞亦不醉，感子故意长，明日隔山岳，世事两茫茫。

　　在黄道二十八个星座中，有一个叫"参"，一个叫"商"，就是现在我们说的猎户座和天蝎座。这两个星座从地球上看，一个在西边，一个在东边。这个升起来，那个就落下去，从来不见面。如果形容两个人长期不见面，就说这两个人像"参"和"商"一样。

　　两个普通人之间偶遇后的一次家宴，互相拉家常，没有什么修饰，普普通通，平平淡淡。给人的感觉却那样真诚、温馨、温暖。

　　任何纯真的情感，都是心灵的彼此慰藉，或张扬或内敛，但绝不矫揉造作，友情也不例外。唐诗中的友情以艺术的方式为后世树立了不朽的楷模，是我们在尘世获得幸福的指南针。

　　陌生人之间的情谊读来更令人向往。

在人生旅途中，虽然有些人和我们素不相识，可他们仍然给予我们无私的帮助，即使是一个微笑，也如生命之花，绽放在人生旅途的某个站点。

> 日暮苍山远，天寒白屋贫。
> 柴门闻犬吠，风雪夜归人。

这首诗叫《逢雪宿芙蓉山主人》，在某个严寒的冬天，温暖着诗人刘长卿，温暖着诗坛万年青。

当我们客居异乡时，还会遇到芙蓉山主人那样的好人吗？他们愿意给予陌生人无私的帮助，温暖风雪中的求助者。也许只是一面之缘，却让人终生难忘。

《庄子》里有一句话，庄子说：

> 君子之交淡如水，小人之交甘若醴；
>
> 君子淡以亲，小人甘以绝。

君子之交淡如水，它清纯、不掺假、无杂质。天下容万物者莫过于水，容万事者莫过于君子，君子之交珍惜缘分，不强人所难，彼此避让而不棱角相触，它出于本真，经得住时间的考验，因为他们之间是一种心灵的契约，是一种道义的诠释，是真诚的给予，看似平淡，却能长久。

第九篇
佳节倍思亲

　　孟郊屡试不第，仕途失意，他的《游子吟》带给我们怎样的感动？杜甫颠沛流离，穷困潦倒，他能否享受到天伦之乐？李白恃才放旷，游走江湖，他的心里是否有对儿女的牵挂？白居易、王维少年得志，十六七岁名震京华，他们又是怎样抒写兄弟手足情？"每逢佳节倍思亲"，当中秋、重阳、冬至、除夕到来，你是独自抱膝凝想，还是与家人围炉拥坐……

■母爱与父爱

■泪墨洒为书，将寄万里亲。

　　血浓于水的亲情总在我们的生活里不断增长而光景长新，有许多事情，当时谈笑浑闲事，过后思量尽可怜，纵是无情也动人。随着岁月的流逝、人丁的消长，爱我们的亲人只会减少，不会增加。所以古往今来，人们格外珍惜亲情，把得到亲情的滋润说成是享受天伦之乐。

　　唐诗对亲情的歌咏，有不少感人肺腑的千古绝唱。写母爱的代表作当之无愧是孟郊的《游子吟》。从古至今，大家公认这首诗是对母爱歌颂得最好的一首。即使是最不喜欢孟郊诗作的苏东坡也承认，孟郊的《游子吟》"诗从肺腑出，出辄愁肺腑"。

　　　　慈母手中线，游子身上衣。

　　　　临行密密缝，意恐迟迟归。

　　　　谁言寸草心，报得三春晖！

　　母亲——这个世界上和我们最亲的人，因为那一根脐带，任子女走到哪里，母爱都会延伸到哪里，儿行千里母担忧！每个人都有母亲，都沐浴过母亲慈爱圣洁的光辉。母亲不仅用人世间最无私、最博大的爱哺育了我们，还以宽厚待人、勤俭持家的高尚品德感染了我们，使儿女们从小就知书达礼，懂得如何做人，如何做好人的道理。母亲温良恭俭让，处事谦和、善待生活的良好作风启蒙和开拓了后人的成长之路。

　　这首诗为什么传颂千秋而历久弥新呢？

　　因为这首诗说出了古今无数儿女心中的话——感恩母亲，孩子永远都无法报答母亲对自己的关爱。你看，诗里描写的是一幅多么动人的画面：白发苍苍的母亲在灯下给即将远行的儿子缝补衣服，虽然已经准备得很充分了，但母亲总怕孩子很久才回来，所以每一件衣服每一道针线都缝得那么密、那么牢。父母一生的心血都献给了孩子，而报答父母的孩子又有多少呢？古语说："树欲静而风不止，子欲养而亲不待。往而不来者，年也；不可得再见者，亲也"。父母抚养子女之日长，而子女赡养父母之日短。因此，孟郊觉得自己的感恩之心，正像小草感激太阳在春天带来的温暖一样，是那样微不足道啊。

孟郊一生穷愁潦倒，妻子早死，三子夭折，46 岁才中进士，50 岁才做了一个小县尉。《游子吟》就作于他即将赴任时。

46 岁进士及第，这也许是孟郊凄风苦雨人生中最快乐时刻的写照吧。像"洞房花烛夜，金榜题名时"这样的人生幸事，应该记录下来，所以我想把孟郊的《登科后》介绍给大家，为他多舛的人生增添一抹暖色。

> 昔日龌龊不足夸，今朝放荡思无涯。
> 春风得意马蹄疾，一日看尽长安花。

言归正传，50 岁的孟郊做了溧阳县尉，要离开母亲远行了。但他的心还系念着白发苍苍的母亲。他知道母亲的这颗心一定在为牵挂他的安危而逐渐衰老。到了任上，也就是今天的江苏省溧阳市，他就把老母亲从老家接到溧阳奉养。在迎接母亲之前，孟郊先寄去了一封信：

> 泪墨洒为书，将寄万里亲。
> 书去魂亦去，兀然空一身。

他知道，母亲也一定非常想念他，而他的仕途刚刚开始，不能衣锦还乡报答母亲的养育之恩。想到这一点，泪水长流滴落在墨迹未干的家书上。信托人带走了，自己的魂也随着远去，只觉得心里空荡荡的，像丢了什么。

2015 年 2 月 1 日，我在市图书馆里看书，很偶然的机会，我看到一首诗《岁暮到家》，诗中说，慈母的爱抚如春晖之无尽。读完之后，我非常兴奋，这正是我需要的一首诗。可惜它不是唐人写的，作者是乾隆时"江右三大家"之一的蒋士铨。

> 爱子心无尽，归家喜及辰。
> 寒衣针线密，家信墨痕新。
> 见面怜清瘦，呼儿问苦辛。
> 低徊愧人子，不敢叹风尘。

我们都有过这样的经历，去外面读书或者工作，时间久了，当你把准备回家的消息告诉家里的时候，最激动、最开心的一定是母亲。因为你要回家，她准备了好多天：你喜爱的食品、家乡的土特产、温暖柔软的被窝……然后是天天倚门翘首，盼望儿归。当你踏进家门时，母亲会上上下下地仔细看一遍，长胖了、高了，她高兴；瘦了、脸色黄了，她焦急。在父亲的催促声中，她又赶紧为你淘米、洗菜，张罗了一桌可口的饭菜……当母亲用粗糙的双手拂拭着你的脸，仔细地端详久别的你时，你的心里有什么感受呢？

这首诗感情特别真挚，诗人用朴素的语言，细腻地描写出母亲看到儿子归来时的喜悦与关心。诗中把母亲爱儿子的种种情状尽皆写出：母亲缝制的棉衣非常细密，唯恐儿子在外穿破；家信又刚刚写完，墨痕犹新；一看到儿子回家，就心疼孩子瘦了；把儿子喊到身边，仔细问他在外面是否困苦艰难……如此种种，我们不是都经历过、感受过吗？面对母亲深厚无比的爱，诗人惭愧自己没能尽到儿子的责任，低着头，不愿意把在外面的风尘之苦告诉她。

我读的清人作品不多，但记得早年读过蒋士铨的《鸣机夜课图记》，印象十分深刻。蒋母最贤惠之处就是善于教育孩子，规劝丈夫好好为官，可谓是贤妻良母。这篇文章写蒋父任侠好客，家道中落，妻子毫无怨言，丈夫远行他乡，她在孩子4岁的时候就教他读书明理。其中一段尤其感人：

> 记母教铨时，组绣纺绩之具，毕陈左右；膝置书，令铨坐膝下读之。母手任操作，口授句读，呫唔之声轧轧相间。儿怠，则少加夏楚，旋复持儿泣曰："儿及此不学，我何以见汝父？"至夜分寒甚，母坐于床，拥被覆双足，解衣以胸温儿背，共铨朗读之。读倦，睡母怀。俄而母摇铨曰："可以醒矣。"铨张目视母面，泪方纵横落。铨亦泣。少间，复令读，鸡鸣，卧焉。诸姨尝谓母曰："妹一儿也，何苦乃尔？"对曰："子众，可矣；儿一，不肖，妹何托焉？"

这段话读来令人感叹唏嘘，潸然泪下。天下的母亲都是这样疼爱子女、为孩子的成才费尽心血的。

让我们再回到唐朝吧。

孟郊晚于杜甫三十多年出生，属于中唐诗人，幼年时也经历了"安史之乱"。他一生清苦至极，与杜甫颇有相似之处。因此，他们的诗都有一种沉郁之气。那么，生于盛唐的李白，他对天伦之情的描写，是不是也像他的性格，豪放而浪漫呢？

狂放不羁的李白，蔑视权贵，笑傲王侯，一生喜欢周游名山大川，活得那是潇洒旷达，对子女却也柔情似水，父爱深沉。《寄东鲁二稚子》里的李白，可不是什么"诗仙"，而是一位普通的父亲，胸中涌动的是寻常人都具有的既怀乡又思念子女的亲情。当年，39岁的李白在漫游东吴时，其第一任妻子许氏（宰相许圉师的孙女）已经去世，留下一子一女，姐姐叫平阳，弟弟叫伯禽。一天，李白突然想念起寄养在山东泰安的两个孩子，便提笔写下：

> 吴地桑叶绿，吴蚕已三眠。
>
> 我家寄东鲁，谁种龟阴田？
>
> 春事已不及，江行复茫然。
>
> 南风吹归心，飞堕酒楼前。
>
> 楼东一株桃，枝叶拂青烟。
>
> 此树我所种，别来向三年。
>
> 桃今与楼齐，我行尚未旋。
>
> 娇女字平阳，折花倚桃边。
>
> 折花不见我，泪下如流泉。
>
> 小儿名伯禽，与姊亦齐肩。
>
> 双行桃树下，抚背复谁怜？
>
> 念此失次第，肝肠日忧煎。
>
> 裂素写远意，因之汶阳川。

诗人看到江南吴地已是春耕时节，蚕已三眠，马上就要结茧了，于是想到自己家里的土地谁来耕种呢？楼东的桃树是自己当年亲手种的，现在应该与房屋一样高了。桃树这样，那家里的孩子呢，长得怎样呢？爱女平阳常在桃树下走，折一枝桃花就想起了种树的父亲，可现在父亲不在身边，只有暗自落泪；儿子伯禽，现在恐怕跟他姐姐一样高了，姐弟俩在桃树下走，有谁抚摸他们的背去疼爱他们呢？想到这里，这位本来不以儿女之事记挂心田的硬汉，写了这首诗告诉孩子们，父亲也在思念他们。

在李白的诗集里很少看到有关家庭生活的诗篇，这首诗却深深地震撼着我们的心灵。无情未必真豪杰，怜子如何不丈夫！只有怀着赤诚之心，爱儿女、爱家庭的男人才是真诚的男人，才是当之无愧的父亲！

在生活中，有很多东西当你还没有失去它的时候，往往不觉得它可贵。比如健康，一个人没有生病时，就体会不到健康的宝贵，一旦失去健康，或者看到别人生病之后，你才真正觉得健康太宝贵了。天伦之情也是一样。

杜甫诗中的天伦之情，随处可见。动荡的时代，他和家人在战火纷飞中聚少散多，两地相悬，这时所表现出的天伦之情，就更加可贵。

"安史之乱"第三年（757 年）的春夏之交，杜甫冒着生命危险，从长安逃到了凤翔。那时，唐朝的临时政府在凤翔（现陕西省宝鸡市凤翔区），离长安有几百里。当时，被扣在长安的官员，大大小小不知有多少，很少有人逃出来，只有杜甫侥幸逃了出来，唐玄宗就叫他做左拾遗的官。然而，由于他老是向朝廷提意见，皇帝很不高兴，甚至有点儿讨厌杜甫，感觉他在身边很碍事。这一年是闰八月，皇帝顺水推舟让杜甫回鄜州探亲。九月底，杜甫回到羌村见到家人，最小的一个儿子已经不认识他了。孩子们衣衫褴褛、面黄肌瘦，生活十分困难。过了几天，孩子们才跟父亲熟悉了，也亲热了起来。

> 生还对童稚，似欲忘饥渴。
>
> 问事竞挽须，谁能即嗔喝？
>
> 翻思在贼愁，甘受杂乱聒。

孩子们纷纷扯住他的胡子，打听外面的情况。为什么要拉扯胡子呢？估计是有好几个孩子在提问，杜甫正在回答其中一个孩子的问题，其他的孩子着急了，就拽父亲的胡子想吸引他的注意力。

在封建时代，孩子拽父亲的胡子是不可以的，一般情况下要受到责备，但杜甫丝毫不责怪，回想自己被抓到叛军营中期间，一心想念家人，一心想看到自己的孩子，现在终于见到了，挽须问事也是踏踏实实的天伦之乐呀！

杜牧留下一首《归家》，其中有一个细节，即从小孩的疑惑写岁月的流逝，很能触动父母的神经。

> 稚子牵衣问，归来何太迟？
> 共谁争岁月，赢得鬓边丝。

诗中这个孩子好久没见到父亲了，所以问了两个难以回答的问题：你为什么才回来？你为什么有了白发？孩子是天真的，在他的世界里没有年龄的概念，以为父亲赢得了岁月，才会青丝换白发！当我们徐徐吟哦时，是否从"丝"即"思"的双关中解读出孩子的心灵渴求呢？父亲，你有没有想过我，这是隐含在诗句里的第三个问题。

还有一首诗，是韦应物写的，题目叫《送杨氏女》，杨氏女是韦应物的大女儿，她嫁给了一个姓杨的人家，所以叫杨氏女。

韦应物和妻子元苹结婚以后，夫妻恩爱，元苹36岁那年，生了一场大病后去世，留下三个孩子，前面两个是女儿，最小的一个儿子还不满周岁。那一年，韦应物40岁。后来韦应物在安徽滁州做刺史，过了七年，长女出嫁，杨家派人来接新娘子，接亲的船沿长江而行。韦应物送大女儿出嫁的时候，写下了这首诗：

> ……
> 尔辈苦无恃，抚念益慈柔。
> 幼为长所育，两别泣不休。
> 对此结中肠，义往难复留。
> 自小阙内训，事姑贻我忧。
> ……

诗中说，妻子去世后留下几个孩子，是我独自把他们抚养长大。我非常疼爱他们，为他们倾注了全部的父爱。我既当爹又当娘，在教育方面肯定有所欠缺，特别是有关闺房方面的教育肯定不够。韦应物觉得有点儿担忧，女儿出嫁后到了夫家，能不能跟公公婆婆搞好关系？

姑娘临行前，韦应物告诉她到了婆家以后，应该怎么样，说了一些教育她的话。

> 贫俭诚所尚，资从岂待周。
>
> 孝恭遵妇道，容止顺其猷。

过贫俭的生活本来就是我们所崇尚的，我们不贪求富贵。"资从"的意思是你对嫁妆不要有太高的要求，我们也是清寒人家，经济条件有限，陪嫁就这么多。你到了夫家之后，一定要孝顺老人，恭恭敬敬地对待老人，要遵守妇女应有的道德，你的举止言谈要遵守夫家的规矩。

在唐代，像韦应物这样的书香门第，一个女孩子，即使从小没有母亲，但对于孝敬老人、勤俭持家这样的道理不会不知道。那韦应物为什么还要写一首诗来谆谆嘱咐呢？

是父爱使然，离别之际，他一定要对女儿说一番话。当我们离开父母出去读书、工作的时候，哪个父母不会这样谆谆嘱咐呢？比如清早上学，母亲总是提醒孩子在学校里要好好学习、听老师的话；中午吃饭要慢慢吃、别噎着；晚上睡觉前，嘱咐盖好被子别着凉等。总是反复交代，说了一遍又一遍。当时，我们也许觉得，父母真是唠叨，纯属多余。"当家方知柴米贵，养儿方知父母恩"，只有到了自己做了父母之后，再回想父母当年的言行，才会有新的感悟。没有高深理论，没有豪言壮语，也没有名言警句，恰恰是这些语言，凝聚的是父爱和母爱，不但值得我们去听、去珍惜，而且必将在人生路上指引我们前行。

■夫妻间的深情
■恩君如满月，夜夜减清辉。

父母之命，媒妁之言，在以包办婚姻为主的封建社会，夫妻间的情感与其说是爱情，还不如说是亲情。

唐诗中的夫妻恩爱之情，一般都是通过浓烈的相思来表达的。恋爱的男女如此，夫妻更是如此。当初杨柳依依，丈夫离家远行，或从军，或求学，或仕宦；无论独守空房的妻子，还是漂泊在外的男人，都禁不住对爱人的思念。唐代这类题材的诗篇不胜枚举，精品如夏夜晴空，繁星满天。如李商隐的《夜雨寄北》：

> 君问归期未有期，巴山夜雨涨秋池。
>
> 何当共剪西窗烛，却话巴山夜雨时。

这首诗抒写诗人在秋雨之夜思念妻子的深情，同时，设想有朝一日与妻团聚时，在西窗的烛照之下，再向妻子细细吐露当初那强烈的思念之情，委婉细腻，曲尽人情。

张九龄的《赋得自君之出矣》是描写丈夫远行、女子在月夜相思的名篇，具有古风之美：

> 自君之出矣，不复理残机。
>
> 思君如满月，夜夜减清辉。

《自君之出矣》是乐府诗杂曲歌辞名。按规矩：凡是指定、限定的诗题，题目前须加"赋得"二字。张九龄摘取古人成句作为诗题，故题首冠以"赋得"二字。看来，这位张丞相很懂得女性的心理，不是一个只理朝政的官僚。此诗代女子作心灵独白，诉说自良人远行后自己的心情：郎君啊，自从你远行后，我再也无心织那剩下的半匹布了，天天思念你，不知道你今天走到了哪里，是否平安。一天天下来，我的身体渐渐消瘦，就像十五以后的满月，一天天减去它的光辉，容颜也憔悴不堪了。

诗人用皎皎明月既表明思妇节操的纯洁无邪、忠贞专一，又反映了她日夜思念、容颜枯槁的情状。这位开元贤相怎么会想出这么精妙的比喻？淡淡几句就把思妇那种刻骨的相思描绘得淋漓尽致，给人以极大的思维空间。"夫妻本是同林鸟，大难临头各自飞"，这是无情人说的无情话，珍惜人间情谊的人决不是这样。

写到这里，我突然想起"吃醋"的典故，说的是宰相房玄龄和他的夫人。据《隋唐嘉话》记载：

> 梁公夫人至妒，太宗将赐公美人，屡辞不受。帝乃令皇后召夫人，告以媵妾之流，今有常制，且司空年暮，帝亦有所优诏之

意。夫人执心不回。帝乃令谓之曰："若宁不妒而生，宁妒而死？"曰："妾宁妒而死。"乃遣酌卮酒与之，曰："若然，可饮此酖。"一举便尽，无所留难。帝曰："我尚畏见，何况于玄龄！"

这说明，宰相房玄龄"惧内"是出了名的。其妻虽然霸道，但对房玄龄的衣、食、住、行十分精心，从来都是一手料理，容不得别人插手。

一日，唐太宗请开国元勋赴御宴，酒足饭饱之际，房玄龄经不得同僚的挑逗，吹了几句不怕老婆的牛皮。已有几分酒意的唐太宗趁着酒兴，便赐给房玄龄两个美人。

房玄龄没料到自己酒后吹牛被皇帝当了真，收到两位美人后，想到霸道且精心的妻子，愁得不知怎么才好。还是尉迟敬德给他打气，说老婆再凶，也不敢把皇帝赐的美人怎么样。闻言，房玄龄才小心翼翼地将两个美人领回了家。

房玄龄的老婆却不管皇帝不皇帝的，一见房玄龄带回两个年轻漂亮的小妾，大发雷霆，指着房玄龄大骂，并操起鸡毛掸子大打出手，赶两位美人出府。房玄龄见苗头不对，只好将美人送出府，此事很快被唐太宗君臣知道了。李世民想压一压宰相夫人的气焰，便立即召宰相房玄龄和夫人问罪。

房夫人也知此祸不小，勉强跟随房玄龄来见唐太宗。唐太宗见他们来了，指着两位美女和一坛"毒酒"说："我也不追究你违旨之罪，这里有两条路任你选择，一条是领回二位美女，和和美美过日子，另一条是吃了这坛'毒酒'，省得妒忌旁人。"房玄龄知夫人性烈，怕夫人喝"毒酒"，急忙跪地求情。李世民怒道："汝身为当朝宰相，违旨抗命，还敢多言！"房夫人见事已至此，看了看两位美女的容颜，知自己年老色衰，一旦美女进府，自己迟早要走违旨抗命这条路，与其受气而死，不如喝了这坛"毒酒"痛快。

房夫人大步向前，举起坛子，"咕咚咕咚"将一坛"毒酒"喝光。房玄龄急得老泪纵横，抱着夫人抽泣，众臣子却在一旁大笑。

原来，那坛子里装的并非毒酒，而是食醋。唐太宗见房夫人这样的脾气，叹了口气道："房夫人，莫怨朕用这法子逼你，你妒心也太大了。不过念你宁死也恋着丈夫，朕收回成命。"

房夫人想不到自己冒死喝"毒酒"得了这么个结果，虽酸得伸头抖肘，但心里高兴万分。房玄龄也破涕为笑。从此，"吃醋"这个词便成了妒忌的代名词。《朝野佥载》还有一则这样的故事：

> 唐左仆射房玄龄少时，卢夫人质性端雅，姿神令淑，抗节高厉，贞操逸群。龄当病甚，乃嘱之曰："吾多不救，卿年少，不可守志，善事后人。"卢夫人泣曰："妇人无再见，岂宜如此！"遂入帐中，剜一目睛以示龄。龄后宠之弥厚也。

从这里我们可以看出，这位卢夫人不但美丽端庄，而且对爱情忠贞不二，只是做法有些极端。

我们回过来看房玄龄。

与卢夫人相比，房玄龄的爱情显得更博大、更深沉一些。他没有把夫人当成私有财产，而是为她的幸福着想。重病时对她说："我多半活不成了，你年轻貌美，不要守寡委屈自己，可另嫁他人。"但谁也没想到，她当即就在帐内挖掉自己的一只眼睛，以此表示自己对爱情的坚贞。"龄后宠之弥厚也"。"宠"与"厚"连起来，中间加一个"弥"字，可见房玄龄对妻子的爱了。

很难想象房玄龄当时的心境。

房玄龄不是一般人。他活了71岁，当了十五年的宰相。他出身官宦世家，父亲是隋朝司隶刺史，他18岁中进士，当过隋朝的羽骑尉。中年以后，一直是唐朝的股肱大臣。

他是不是有过累的感觉，起过纳妾的念头？笔者想，有这种可能。要不就很难理解李世民的这句话，"我尚畏见，何况于玄龄！"但他的这种念头遭到卢夫人的坚决反对，还不止一次，要不就很难理解卢夫人的妒忌会如此出名，甚至连皇帝都知道。

唐诗中也有以"寓爱于怨"的手法来反映夫妻深情的。如刘得仁的《贾妇怨》：

> 嫁与商人头欲白，未曾一日得双行。
> 任君逐利轻江海，莫把风涛似妾轻。

此诗以商妇的口吻叙述嫁与商人没过上一日夫妻团圆生活的苦恼。商人只知逐利于江海之上，而使妻子孤守于家，妻子难免抱怨。尽管如此，作为商人之妻，她还是原谅了他，并嘱咐丈夫对江海风涛不要掉以轻心，要注意安全。非常曲折而又自然逼真地写出了妻子的一片深情。这种既恨又爱的情感，应该是千古不变的真实生活。《贾妇怨》的最大成功，就在于它把"打是亲、骂是爱"的大众心理用诗句镌刻在历史的展板上，让后世的恩爱夫妻从中获得共鸣。家庭的幸福，往往是背后默默的付出。我觉得，老婆的"怨"有时比"夸"更让人感动并引发感慨。男人总是粗心马虎或者有志于事业，往往忽略妻子，我们应当静心从"怨"中体会家人的"爱"，捡拾那些曾丢失的细节。

读唐诗中的悼亡诗，更能感受到夫妻间挚诚的情感。

受时代风气的影响，诗歌往往成为人们最好的装饰，这种装饰竟然可以永久化，变成人的一种品质或象征。像我们熟知的元稹的《遣悲怀三首·其二》：

> 昔日戏言身后意，今朝都到眼前来。
> 衣裳已施行看尽，针线犹存未忍开。
> 尚想旧情怜婢仆，也曾因梦送钱财。
> 诚知此恨人人有，贫贱夫妻百事哀。

《离思五首·其四》：

> 曾经沧海难为水，除却巫山不是云。
> 取次花丛懒回顾，半缘修道半缘君。

这是妻子韦丛去世后，元稹写的众多悼念诗中的两首。第一首选择了两人生活过程中的片段。韦丛和元稹成婚时，生活条件不是很好，但他们的感情很好，没想到年纪轻轻就阴阳两隔，想必当年戏言白发年老生涯的时候，也没想到这一天会突然来到。自己现在还像韦丛活着的时候一样，经常周济困难的婢女及仆人，但是韦丛的针线还好好地保存着，不忍打开送人。能够共同经历磨难，但是等到可以一起享受成功之际，一方已经永离人世了，共患难的贫贱夫妻往往抱有这样的终生遗憾，所以元稹在另一首中说："今日俸钱过十万，与君营奠复营斋"，现在倒是很有钱了，可以给你多多地诵经，多多地办些贡品，但是这又有什么用呢？只不过徒增伤感罢了。

后一首是写亡妻的不可替代性，曾经沧海，天下再也没有可观之水；除却巫山，天下再也没有可以入眼的云朵；经历了韦丛这样的妻子，纵然眼前美女如云，元稹也没有兴趣。歌咏爱情之真挚，元稹的诗歌可以说是一时无两，经年流播之下已经成为忠诚于爱情的符号。"曾经沧海难为水，除却巫山不是云"，又有哪个少男少女不曾朗诵过？"诚知此恨人人有，贫贱夫妻百事哀"，相信每一对历经波折劫难的夫妻都曾经为之共鸣不已。

但揭开历史的真面目，元稹并非人们心目中的情圣式人物，他的第一场恋爱，就是以元稹的始乱终弃而收场；后来他飞黄腾达，在一定程度上得益于走宦官的后门，也不见得体面。但对于一个如此懂诗的才子，人们往往表现出宽容，于是千年以来，人们只看到了元稹吟唱爱情的款款深情，而逐渐模糊忘记了他那些不光彩的部分。

217

■兄弟姐妹手足情
■共看明月应垂泪，一夜乡心五处同。

也许是父母之恩高若天、深若海，是无法用言语来表达的，所以在唐代诗歌里，少有写父母的诗词，而多是兄弟姐妹之情的诗篇。

在这一篇章中，我将从"诗佛"王维、"诗魔"白居易、"诗圣"杜甫等人的作品中品读唐诗中的兄弟姐妹之手足情深。

王维的父亲很早辞世，家里还有四个弟弟、两个妹妹。为了维持家里的经济开支，王维15岁离开家乡，开始了宦游生活，自觉挑起家庭的经济重担。他先是结识了玄宗的大哥宁王李宪（此人让位于唐玄宗），后又投靠在岐王李范门下，两个人引荐王维于玉真公主，遂高中解元，即乡试第一。这段时间，家里的千斤重担都压在母亲的肩上，他总觉得不应该让母亲独自挑起全家的重担，母亲太苦了；总觉得自己对弟妹们照顾不够，对不起他们。对家庭、对弟妹，总怀着一份深深的愧疚。

高中魁首以后，他兴冲冲地回家，把这个消息告诉母亲和弟妹，又匆匆赴大乐丞任，负责皇室宫廷宴乐的工作。《别弟妹》诗两首，就是他匆匆而回又匆匆而别时写给弟妹的，从中可见他们骨肉深情之一斑。

其　一

两妹日成长，双鬟将及人。

已能持宝瑟，自解掩罗巾。

念昔别时小，未知疏与亲。

今来始离恨，拭泪方殷勤。

其　二

小弟更孩幼，归来不相识。

同居虽渐惯，见人犹未觅。

宛作越人语，殊甘水乡食。

别此为最难，泪尽有馀忆。

第一首写与妹妹的离别。诗人回家不久又要远行了，最不舍的是妹妹。几年不见，两个妹妹都长大了，也渐渐懂事了。她们会对铜镜打扮，也知道笑的时候用罗巾掩脸。想到当初远行时，她们还很幼小，不懂得什么是离别，这次离别时，她们依依难舍，眼泪像断线的珍珠不断地流，一直擦个不停。

女孩子总是柔情似水，眼泪是很多的。王维看到妹妹落泪，心里怎能不伤感呢？但为了生活，为了让她们过得好一些，他不能不远行。你看，诗人笔下的两个妹妹是多么可爱，他对妹妹的情意又是何等的真挚深厚！诗里既有对妹妹长大懂人事的欢欣，又有兄妹情深而别离的惆怅。

第二首是写与幼弟分别。这个弟弟是全家年龄最小的，诗人去长安时他什么也不懂，所以王维回来时他也不认识，睁大了眼睛望着他。相处了一段日子后他才渐渐适应，知道这是自己的大哥，但他非常顽皮，常常找不到人。小孩具有学人言语的爱好，学江南人说话学得惟妙惟肖，也爱吃江南水乡的食物。与这个天真的弟弟分别是最难的，抱着他不知道该说些什么好。流着泪离开家后，还不断想念他。

有这样一位疼爱自己、关心自己的哥哥，真是极大的幸福。

王维与弟弟王缙的感情尤其深厚。两个人年龄相差不多，在一起的时间最长，风雨里患难与共。"安史之乱"中，王维来不及跟随玄宗逃奔四川，被叛军捉住，拘于普施寺。安禄山非常欣赏王维的才华，就逼他到洛阳供任伪职。王维服药称喉咙失声。叛军头目在凝碧池举行宴会，召集众多梨园弟子奏乐，王维十分悲痛，赋诗曰：

> 万户伤心生野烟，百官何日再朝天？
>
> 秋槐花落空宫里，凝碧池头奏管弦。

当诗传到肃宗皇帝行在（皇帝临时住所），肃宗读后也很感动。西安、洛阳相继收复后，凡任伪官者皆定罪，但王维的这首诗描写了叛军作乱后给人民带来的痛苦，表达了自己眷念旧朝的忠贞，其情可悯；同时，王缙全力恳求肃宗愿削官为民为哥哥赎罪，王维遂得以免遭缧绁之苦。从中我们可以看到骨肉相连的深厚情谊。

诗人总有一颗敏感且多情的心灵，身在远方，无论大小节日，都会情不自禁地思念家人。韦应物的《寒食寄京师诸弟》写的是寒食节的思念。

> 雨中禁火空斋冷，江上流莺独坐听。
>
> 把酒看花想诸弟，杜陵寒食草青青。

寒食节禁火是为了纪念春秋时期晋国的名臣介子推。在晋文公重耳逃亡最困难的时候，介子推毅然割下自己的股肉让晋文公吃。重耳回到国内做了君主，大封一起流亡的大臣，却遗漏了介子推。子推不求利禄，与老母一起躲到山上自食其力。后来，晋文公想起这位恩人，非常内疚，力请子推下山为官，介子推婉言拒绝。有人献策让晋文公放火烧山逼出介子推，结果一把火把介子推母子烧死在山上。后人为了纪念这位很有气节的介子推，在他被烧死的这一天禁止生火做饭，只吃冷的食物，故称"寒食"。

韦应物宦游异乡，孤单伶俜，在这个节日里，分外想念在京城里的几个弟弟，故而写下这首诗，表达自己的思念之情。

第九篇　佳节倍思亲

首句写时、写地、写气候，又重在写"冷"。"时"是禁火的寒食节，"地"是寂寥无人的空斋，气候又是霏霏春雨，诗人一个人在这样的环境里过节，能不寂寞吗？虽为春天，但春寒料峭，加上心理上的异样孤独，也就格外感到寒意阵阵。这里的"空"字，不仅是官衙空空荡荡，更是内心的空虚无凭。外面，鸟儿愉快地歌唱着，它们快乐的鸣叫声使作者想起在家乡时的情景，每当春天，他总与弟弟们一起走出书斋看草绿花红，听鸟啼虫鸣，有时肆意地躺在如茵的绿草上，尽情地享受着春天的美。现在却一个人静静地立在这偌大的官衙里，任凭外面流莺百啭千啼，悦耳如乐，也唤不起他的兴奋了。无聊极了，便以饮酒赏花来消除自己的寂寞忧闷，但当看到鲜艳的花儿，也就更加思念弟弟们了。这时候他们在做什么呢？以前每逢寒食节，自己总和他们一起带着食物去芳草如茵的杜陵一带饮酒赏花，疯狂地玩上一天……

人同此心，心同此理，因而在节日降临之际，无论是在家里，还是出门在外，人们都因亲人不能在一起共度佳节而遗憾，而思绪绵绵。

古人说，"士穷节乃见"，同样在战乱频仍、饿殍遍地的情况下，更能够见证兄弟姐妹之间情谊的深浅厚薄。分别后所遇到的种种困难，简直难以想象：天寒冻死、缺食饿死、染疾病死、抓丁战死、盗贼杀死……所以，有时候兄弟分手、姐妹离散，也许就是永别。

杜甫不仅热爱国家，更是一位深爱自己弟弟的模范兄长，他的《月夜忆舍弟》就是反映战乱岁月里思念亲情的名篇，至今铭刻在人们心田：

戍鼓断人行，边秋一雁声。

露从今夜白，月是故乡明。

有弟皆分散，无家问死生。

寄书长不达，况乃未休兵。

"安史之乱"的爆发，使杜甫四处流浪。乾元二年（759 年）秋，他流浪到秦州（今甘肃省天水市）。这年九月，史思明从范阳引兵南下，攻陷汴州，西进洛阳，山东、河南都处于战乱之中。杜甫的老家在河南巩县，现在几个弟弟正分散在这一带，由于战事阻隔，音信不通，引起他强烈的忧虑和思念。

四年多的战争使无数人失去家园，诗人也像无根的浮萍一样在天地之间漂泊。道路阻断，人与人之间的联系也断了。一到晚上，荒野了无人迹。偶尔，天空会传来失群的孤雁的悲鸣。诗人在暂栖的小屋前踯躅，寒冷的月光照在他身上，冰冷的露水悄无声息地润湿着他的衣服。看到月亮，想到弟兄们像被驱散的鸟儿，各奔东西，如今也不知道在何方，更无法了解他们的近况。战争还未结束，寄信根本不能送到。唉呀，不知道他们是否平安？这场战争什么时候才能结束？老百姓什么时候才能够过上安稳的日子啊？

对血脉相连的骨肉的牵挂，令诗人忧心如焚！那种兄弟相依、其乐融融的生活已经是一个遥远的梦。今生今世，也不知道还有没有机会与弟弟们再相聚。《楚辞》有言，"悲莫悲兮生别离，乐莫乐兮新相知"，别后无望相聚，那种揪心的痛苦是最难熬的。战乱使无数人的兄弟姐妹逃难离散，所以诗人不只是吟唱自己的苦难，而是作为时代的歌手吟唱着千万百姓的心声。

公元 759 年冬天，杜甫一家的生活实在太艰难了，只好带着全家离开秦州（今甘肃省天水市），准备逃往成都，途中经过同谷县（今甘肃省成县），正好是天寒地冻的年尾，没有吃的，杜甫用一把铁铲在野外挖了些植物的根茎充饥。就在同谷县，他写了一组诗，叫《乾元中寓居同谷县，作歌七首》，第三首是想念他弟弟的。

> 有弟有弟在远方，三人各瘦何人强？
> 生别辗转不相见，胡尘暗天道路长。
> 东飞鸳鹅后鹜鸽，安得送我置汝旁！
> 呜呼三歌兮歌三发，汝归何处收兄骨？

我有弟弟都分散在各处，三个人都面黄肌瘦，没有一个身体强健的（杜甫有四个弟弟，即杜颖、杜观、杜丰、杜占）。为什么说"三人各瘦"呢？原来他的小弟弟杜占一直在身边跟着他。杜甫非常想念在战乱中的其他三个弟弟，不知道他们的生活过得怎么样。莫说各自漂流，就说你们回到故乡，我自己都说不上会流浪到哪里，你们想替我收尸，也没有确切的地方！

第四首是想念他妹妹的：

> 有妹有妹在钟离，良人早殁诸孤痴。
>
> 长淮浪高蛟龙怒，十年不见来何时。
>
> 扁舟欲往箭满眼，杳杳南国多旌旗。
>
> 呜呼四歌兮歌四奏，林猿为我啼清昼！

钟离是现在安徽省的凤阳县，妹夫早死，几个孩子都还年幼不懂事，杜甫非常挂念妹妹。战乱当中，南方也不太平，满眼是乱箭战旗，耳畔尽是猿猴的悲啼！

此诗中，他对家人的深情在战乱中显得更加鲜明，更加感人，更加珍贵。

杜甫于上元元年（760 年）漂泊到成都后，总算过上了安稳的日子。这时候，他又想起几个弟弟来了。此时"安史之乱"还未平息，除了跟来的弟弟杜占外，其余几位生死不明。作为大哥，他怎能不牵挂？七言律诗《恨别》就是在这样的情况下写的：

> 洛城一别四千里，胡骑长驱五六年。
>
> 草木变衰行剑外，兵戈阻绝老江边。
>
> 思家步月清宵立，忆弟看云白日眠。
>
> 闻道河阳近乘胜，司徒急为破幽燕。

与弟弟在洛阳分别，现在相隔几千里之遥，安史叛军在中原的骚扰破坏已有五六年之久，给百姓带来了极大的灾难，不要说庄稼被毁，连草木都衰败不堪，茫茫大地荒无人烟。自己与弟弟们被兵戈阻隔，很久不得相见。现在自己安家在离中原很远的蜀地，不知道什么时候才能回去相会。每当想念家里亲人的时候，就常常伫立在月光下，静静地看着天上明月皎皎，月亮缺了也能够圆，亲人分离了难道不能团聚吗？有时候，白天无心写诗，就躺在那儿，看天上云卷云舒，便会想到亲人的分离聚散，真是人事无常啊！"忆弟看云白日眠"，似乎很安闲，很舒适，其实哪是这样的呢？只是躺在那里对着蓝天白云飘移不定，苦苦想着兄弟却无可奈何。能睡得着吗？他的心情，比黄连还苦！

上元元年（760 年）三月，检校司徒李光弼破安太清于怀州城下；四月，又破史思明于河阳西渚。这就是诗中"乘胜"的史实。当时，李光弼又急欲直捣叛军的老巢幽燕，以打破相持局面。这一消息传到了杜甫的耳中，他真切盼望李光弼能够率军早早攻破幽燕、平定叛乱，让百姓得以休养生息，自己也可以回到中原与弟弟们团圆了。

白居易也有类似的作品。

"安史之乱"平定之后，社会依然没有得到安定，那些在平定"安史之乱"中有功之将纷纷独霸一方，政令自出，藩镇割据的局面也就逐渐形成。藩镇之间经常有摩擦，战事依然没有停止。

白居易所处的中唐更是一个多难的时代，藩镇尾大不掉，向中央要物要权，战争又连绵不断。贞元十五年（799 年）春，宣武军（治所在今河南省开封市）节度使董晋死，其部下举兵叛乱；继之彰义军（治所在今河南省汝南县）节度使吴少诚亦叛，朝廷不得不发兵征讨，河南一带再次沦为战乱的中心。由于漕运受阻，加上旱荒频仍，关内（今陕西省中北部及甘肃省一部分地区）饥馑严重，饿殍遍野。他的《自河南经乱，关内阻饥，兄弟离散，各在一处。因望月有感，聊书所怀，寄上浮梁大兄、於潜七兄、乌江十五兄，兼示符离及下邽弟妹》一诗大概写于这一时期，真实地表达了在乱世中思念兄弟姐妹的感情。

> 时难年荒世业空，弟兄羁旅各西东。
> 田园寥落干戈后，骨肉流离道路中。
> 吊影分为千里雁，辞根散作九秋蓬。
> 共看明月应垂泪，一夜乡心五处同。

时代多难，战乱频仍；天怒人怨，祸不单行，年景一塌糊涂，诗人世代所传的基业荡然无存。兄弟们为生计所迫，各自奔走在他乡的道路上。从此兄弟再也不能相聚，家里田园荒芜。骨肉离散，犹如那分飞千里的孤雁，只能独自在空中叫几声而已；辞别故乡流离四方，又多么像深秋里断根的蓬草，随着萧瑟的西风漫无目标地飞。在这种情况下，远离家乡的诗人对兄弟们的怀念越发深沉，中夜难寐，举首遥望那孤悬夜空的明月。啊，明月啊明月，你是否知道，我的兄长弟妹们今晚沦落何方，他们是否安康？如果此时大家都在举目遥望你，也一定会和我一样潸潸垂泪吧！诗人知道，在这月明之夜，流散五处深切思念家园的心，一定会有心灵感应，真的能够"在这宁静的夜晚，你也思念，我也思念"。

■思家念亲人
■独在异乡为异客，每逢佳节倍思亲。

前几节我们跟随诗人品读了父母之爱、夫妻之情、兄弟姐妹之谊。唐诗中吟诵天伦之乐还有一种画面，它包含了父母兄弟妻儿老小，写全家人。"每逢佳节倍思亲"，我选择了四个传统节日和四位诗人，从中秋到重阳，从冬至到除夕，读读杜甫、王维、白居易、高适的诗篇。为什么选读他们的诗呢？除了这几首诗既写节日又写亲人外，这四首诗还有一个共同点：都不写自己如何思念家人，而是从对方写起，背面敷粉，高人一筹。

至德元年（756年），逃难中的杜甫被安史叛军所羁押。这年中秋节，他写了《月夜》一诗：

> 今夜鄜州月，闺中只独看。
>
> 遥怜小儿女，未解忆长安。
>
> 香雾云鬟湿，清辉玉臂寒。
>
> 何时倚虚幌，双照泪痕干。

战争年代里，天下大乱，家人离散，生死不明，因而思念之情更为强烈。当时，杜甫的家在鄜州，叛军还没有占领那里，所以杜甫知道家人暂时不会有什么危难。但妻子就不同了，知道他这次离家是去追随皇帝、效忠朝廷，一路上要通过叛军占领的区域，要经历千难万险，很担心他的安全。在这样的月夜里，一定会想念他，渴望了解他的近况和未来的去向。作为丈夫，杜甫当然了解妻子的内心所想。因此，对着一轮明月，他想得很深很苦，便写了这首诗，间接地反映自己对家庭和妻儿的思念。

此诗之妙，在于不写自己如何思念妻儿，而是凭借想象写妻子在月夜里对自己的思念，尤其是借"遥怜小儿女，未解忆长安"一联，天真的儿女们一点儿都不理解母亲的情怀，以为母亲望着月亮，是在赏月呢。要是孩子懂事，就可以替母亲分忧，这里正是以孩子的"未解"衬托妻子的思念之苦。她静静地望着月亮，念着丈夫，想得很远很多，入神忘己。一直到后半夜，秋雾慢慢打湿了她的秀发，清冷的月光照在她的手臂上，洁白如玉的手臂也有些寒冷。真是"相思一夜知多少，地角天涯未是长"！

我在杜诗中，第一次发现他把妻子写得这么美。在其他诗中他将妻子称为"老妻"或"妻子"，更别说是工笔描绘了。唯有这首《月夜》用"云鬟"和"玉臂"形容，再加上"香雾"和"清辉"的烘托，让我们读到了辗转流离中杜甫夫妇生活的艰辛与困顿，连一句赞美的话都成了难得的奢侈品。

唐人作诗之妙，就在于将本可以直接抒发的思想感情，蕴涵在诗的深处，曲折致意。明明是自己思念，却背面敷粉，写对方想念自己，转了一层，欲说还休，吞吐含蓄，情致宛然，读来回味无穷。下面这几首诗，都是用了这样的方法。

王维17岁那年，正逢一个人在京师过重阳节。以往每年的这一天，他都会和自己的兄弟插上茱萸，登高饮酒赏菊，而现在，第一次单独在外，很自然地想起家里的父母兄弟。于是，17岁时孤身在长安的王维，写了那首不朽的诗——《九月九日忆山东兄弟》：

　　　　独在异乡为异客，每逢佳节倍思亲。
　　　　遥知兄弟登高处，遍插茱萸少一人。

前面讲过，王维兄弟之间的情谊很深。身居异乡，独为异客，"残杯与冷炙，到处潜悲辛"，家中只有寡母一人支撑，每当佳节临近，怎么不引起他强烈的思念之情呢？

白居易早年学习非常刻苦，"昼课赋，夜课书，间又课诗，不遑寝

第九篇　佳节倍思亲

息矣。以至口舌成疮，手肘成胝"，他广采博取，为我所用，才成为唐诗的一代大家。他有一首《邯郸冬至夜思家》：

> 邯郸驿里逢冬至，抱膝灯前影伴身。
>
> 想得家中夜深坐，还应说着远行人。

古代每逢冬至，朝廷放假，民间互赠饮食、穿新衣、贺节，一切和元旦相似。这样一个佳节，在家中和亲人一起欢度，其乐融融。白居易在大家庭里排行二十二，可见他们白家人丁也颇为兴旺，兄弟们在一起过节一定热闹非凡。我们小时候过节最喜欢与兄弟姐妹们在一起胡闹。年长了有了许多心事，才会在"千家笑语漏迟迟"时一个人跑出来，"一星如月看多时"。这样的情况，只有结婚生子的人才能体会得到。

白居易是一个重情且多情的诗人。可是为了生活，为了前途，16岁的他就出门远行了。冬至又住宿在邯郸的客店里，呆呆地守着一盏昏灯，独自抱着双膝凝想。没有亲人的笑语，也没有同伴的豪饮，他怎能不思念亲人呢？他想，虽然夜已经深了，家里人一定还坐在灯下，念叨着我现在在哪里，正在做什么呢。

此外，还有高适的《除夜作》：

> 旅馆寒灯独不眠，客心何事转凄然。
>
> 故乡今夜思千里，霜鬓明朝又一年。

高适早年仕途不畅，后经宋州刺史张九皋的推荐，举"有道科"，担任了封丘的县尉。县尉的主要任务是负责地方治安、缉贼捕盗，上有县令、县丞，是一个不到九品的小官。在高适看来，这是一个"拜迎官长心欲碎，鞭挞黎庶令人悲"的苦差事，他心里实在不能忍受这种低声下气的日子，不久便辞官了。"安史之乱"起，随哥舒翰守潼关，之后在玄宗、肃宗、代宗各朝不断升迁，最后官散骑常侍，进封渤海县侯，成为唐代诗人中官位最显赫的一位。

这首诗是他在未显达而四处游历时所作。除夕之夜，独居旅馆，寒灯荧荧，心里顿感凄然。多年奔走权门，四处流离，迄无成效，心灰意冷。在这除夕之夜，心绪繁杂。为什么"胸有文武术"，却不能"货与帝王家"？外面，人们都在庆祝新年的到来，阵阵热闹声使他更感孤寂。在家千日欢，出门半时难，他不禁想起昔日在家里的温暖日子。此刻，亲人们一定会思念远方的自己吧？离开家这么长时间，年老的父母何时不在想念自己啊？明天，新的一年又要开始了，他们的双鬓也一定会增添新的缕缕白发，而我却一事无成！

中国古代的知识分子千百年来一直面临着一个重要的问题，就是怀才不遇。"学成文武艺，货与帝王家"本是苦守寒窗十年的终极目的。"修身、齐家、治国、平天下"是人生的全部，其中的"治国、平天下"大概就是"文武艺"的最高成就。但生活常常和他们开玩笑，虽然自己文成武就、满腹经纶，或者"胸中自有百万兵"，但就是找不到"识货者"，因此，胸中的积货一直卖不出去。于是大多数人都会想到家，从而产生回家去享受人间至爱的念头。

眼前无路想回头，本是人之常情。尽管高适怀念亲人，心情悲凉，却没有打退堂鼓。路总是坎坷不平的，把它看作是对自己毅力和意志的考验吧，还得坚持走下去，凤凰不会永远与麻雀栖宿在一起，总有一天会发迹的！

高适就是这样不断自勉着，沿着坎坷的路走了下去。后来终于发达了，贵为王侯，他比唐代的很多诗人都幸运得多，成为唐代知识分子奋斗成功的一个案例。

诚然，大多数人注定了一辈子默默无闻，但拥有一个温暖的家才是生活之根本。冬日的寒夜里，一家人聚集在一起围着火炉，品尝着父母精心为我们做的饭菜，虽然很普通，但心里是平静、安详、幸福的；不在一起时，有的是思念、牵挂。相聚的时刻其乐融融，分离的日子殷殷思念，不也是别样的美丽吗？

这就是天伦之乐。

第十篇
爱情传佳话

　　"青梅竹马""两小无猜"，发源于唐诗；"心有灵犀一点通""春蚕到死丝方尽"，也发源于唐诗。唐诗中描写爱情的诗篇，都美到骨子里了，那些或浓或淡的缤纷情事，已随时光远去，化作历史记忆里的一缕风烟。而当我们翻开发黄的线装书，却发现，唐诗中的爱情，在急管繁弦中吟唱，被秦淮的夜月渲染，其诗句中散发的温柔墨香，依然令人迷醉。爱情的面目永远生动，千年不老……

　　爱情是令人唏嘘的千古话题，而唐诗是爱情长河里飞溅出的唯美浪花，它们或气质雍容，或情致高雅，那些或浓或淡的情感，已随时光洇染在民族的血脉之中，当我们翻开那些发黄的线装书和唐贤对话之时，眼前常会蓦然发亮：千古一脉的爱情，其潺潺余韵原来一直生动地活在我们的心里。

■情歌源头
■关关雎鸠，在河之洲。

　　"无郎无妹不成歌"，诗词是爱情的产物，说法虽然有点儿偏激，但也并不为过。要不然，为什么我国古代诗歌的两大源头《诗经》和《楚辞》中都有大量歌咏爱情的佳作呢？

　　大概是由于《关雎》太过脍炙人口，中学时代又学过，自认为已经完全懂得了它的意思，所以哪怕后来重读《诗经》，我也总是略过《关雎》而不看。

　　　　关关雎鸠，在河之洲。窈窕淑女，君子好逑。
　　　　参差荇菜，左右流之。窈窕淑女，寤寐求之。
　　　　求之不得，寤寐思服。悠哉悠哉，辗转反侧。
　　　　参差荇菜，左右采之。窈窕淑女，琴瑟友之。
　　　　参差荇菜，左右芼之。窈窕淑女，钟鼓乐之。

　　先秦是一个比较自由的时代，封建礼教束缚少，美好的姑娘，人人都有追求的权利。男主人公也是这样认为的，所以他上前去求爱了。在那个河滩上，一对雌雄雎鸠"关关"地叫着，河边有一位窈窕淑女，她的纤纤玉手正在采摘河边的荇菜。想想看，在那个荒烟蔓草的年代，好山好水好姑娘，同时出现在一幅画面里，是多么惬意。

求爱的台词无非一些"邂逅相遇，适我愿兮"，或者"姑娘，我看你很眼熟，愿意和我一起吃饭吗？"但伤心的是，姑娘并没有看上男主角。拒绝的词我们也可想而知，不是"妾是庶人，不乐君子"，就是"对不起，跟你不熟""我没时间"等。话说回来，假如路上第一次偶遇就上来跟你说这样的话，你的第一反应会觉得这个人"有毛病"，或者是跟朋友打赌来戏耍自己的，抑或是像"登徒子"一样无礼，换了谁也不会马上答应下来吧？

　　总之，姑娘就是没答应男主角的求爱。求爱遭拒总是要伤心一阵的，尤其对有自尊的人来说。按照诗中所写，正是荇菜疯长的季节，那就应该是夏天了，在这样的盛夏，男主角当时心都凉了一大截。

　　经历了很长一段时间，男主角经历了一番求之不得的痛苦，吃饭没味道，觉也睡不着，长久的失眠，大晚上一个人思念，辗转反侧，实在是太痛苦、太揪心了。经过漫长的情感与理性的挣扎，男主角以"琴瑟友之"。我弹琴，你鼓瑟，做个志同道合的伙伴，变成生命里的好友，也不枉费认识一场了。

　　再后来，男主角变得很豁达，眉宇也开始疏朗，不仅希望跟姑娘变成好朋友，还"钟鼓乐之"。音乐有俗乐和雅乐的区别，琴、瑟、钟、鼓，都属于雅乐。从"琴瑟友之""钟鼓乐之"中，我们看到的是一个很有修养的谦谦君子。

　　从前读《关雎》的时候，重点总是在"求之不得"的痛苦，后来才领悟，《关雎》后半篇的思想境界已经升华，变成了一种高尚的爱情。孔子说："诗三百，一言以蔽之，思无邪"，"乐而不淫，哀而不伤"，正是这样一种状态。洋洋洒洒的305篇诗，如果用一句话来概括它，就是情思深深，却没有邪念，人们不以占有为目的，不会不择手段地强取豪夺，虽然有哀愁，但从不会伤透心。

　　爱让人如痴如醉，对于心思细密的文人墨客来说，更是别有一番滋味，他们把对爱情的敏锐体验融入诗词，成就了许多爱也悠悠、恨也悠悠的名篇。缠绵悱恻的爱情，可以让相爱的人生死相依，但甜蜜的同时也总伴随着多情苦、别离恨。

唐诗中写爱情的篇章，如果按社会等级来看，主要有三类，分别是宫廷爱情、民间爱情、士大夫爱情。如果按性别来看，又有男性与女性的不同，那些表达女性爱情的诗歌，更值得关注。

■ 帝王宫廷爱情
■ 陌上花开，可缓缓归矣。

有一则故事主要讲述了晚唐时吴越王钱镠的原配夫人戴氏王妃，她是横溪郎碧村的一个农家姑娘。戴氏是乡里出了名的贤淑之女，嫁给钱镠之后，跟随钱镠南征北战，担惊受怕了半辈子，后来成了一国之母。虽年纪轻轻就背井离乡，却还是解不开乡土情结，丢不开父母乡亲，每年春天都要回娘家住上一段时间，看望并侍奉双亲。钱镠也是一个性情中人，最是顾念这个糟糠结发之妻。戴氏回家住得久了，便要带信给她：或是思念，或是问候，其中也有催促之意。从临安到郎碧要翻一座山岭，一边是陡峭的山峰，一边是湍急的苕溪溪流。钱镠怕戴夫人乘坐轿舆不安全，行走也不方便，就专门拨出银子，派人前去铺石修路，路旁边还架设栏杆。后来，这座山岭就改名为"栏杆岭"了。

那一年，戴夫人又去了郎碧的娘家。钱镠在杭州料理政事，一日走出宫门，但见凤凰山脚、西湖堤岸，已是桃红柳绿、万紫千红，想到与戴夫人多日不见，不免生出几分思念。回到宫中，便提笔写上一封书信，虽寥寥数语，但情真意切，细腻入微，其中有这么一句："陌上花开，可缓缓归矣。"九个字，平实温馨，情愫尤重，戴夫人看后当即落下两行珠泪。此事传开去，一时成为佳话。后来，还被当地人编成山歌，命名为《陌上花》，在家乡民间广为传唱。清代学者王士禛曾说："'陌上花开，可缓缓归矣'，二语艳称千古。"

如果事情真的是这样，确实值得点赞，在那个男尊女卑的时代，要做到恩爱两不疑、举案齐眉很困难。而钱镠却发自内心地体谅妻子，在妻子回乡探亲后，虽然也甚是思念，但他懂得妻子的爱好，并且愿意成全她。他们之间早已逾越了山水的险阻，已经不在乎空间上的距离了，真正达到了"两情若是久长时，又岂在朝朝暮暮"。

如果故事就是这样，真的很圆满。不过，仔细考究一下出处，故事的真实性就相当可疑了。在《五代史》中，没有提及这件事，甚至压根儿都没有戴氏这个人。清代人写的《十国春秋》中倒是提及钱镠的两个老婆，即庄穆夫人吴氏、昭懿夫人陈氏，至于戴氏，不知道是从哪儿穿越来的。

所以说，所谓的"陌上花开，可缓缓归矣"，只能当作文学作品里的一则故事，并没有那么多真实性可考。

最刻骨铭心的爱情，当属唐明皇李隆基与杨贵妃的纠葛痴缠，对这对忘年鸳鸯的恋情，后世的评价莫衷一是。

白居易的《长恨歌》，通过描写唐玄宗与杨贵妃缠绵悱恻的爱情故事，成为千古绝唱。不过，也有人提出这样的疑问：白居易的《长恨歌》，到底是淫乱的哀歌，还是爱情的绝唱？

首先，我们必须得承认，白居易是古代写爱情的高手，可以让活着的人因他的诗而死，也可以让死去的人在诗中复活，这话一点儿不夸张。白居易曾用一首诗逼死名妓关盼盼。关盼盼是徐州名妓，被徐州守帅张愔纳为姜室，两年后张愔病逝，姬妾们作猢狲散，只有关盼盼难忘恩情，移居旧宅燕子楼，矢志守节，过着与世隔绝的生活。一晃十年过去了。

白居易听闻关盼盼守节一事，大为感动，于是提笔作诗，托人转交关盼盼，诗云：

> 黄金不惜买蛾眉，拣得如花四五枝。
> 歌舞教成心力尽，一朝身去不相随。

诗中说，张愔不惜重金买回四五个如花似玉的美女，费尽心血让她们学会了轻歌曼舞，可是张愔去世后，没有哪个娥眉愿意相随而去。性情贞烈的关盼盼看到此诗后，绝食十天而亡！

能见证让死人复活的奇迹，当属《长恨歌》中唐玄宗和杨贵妃的故事。唐玄宗和杨贵妃原是翁媳关系，很明显，他们的相恋是违反伦理道德的。为了把这种建立在乱伦基础上的所谓爱情披上浪漫的纱衣，白居易居然把杨玉环写成"杨家有女初长成，养在深闺人未识"，纯粹是一个纯情如玉的少女形象。诗中铺陈渲染，写尽了杨玉环的美貌、唐玄宗宠爱杨贵妃的痴迷。

> 回眸一笑百媚生，六宫粉黛无颜色。
>
> 春寒赐浴华清池，温泉水滑洗凝脂。
>
> 侍儿扶起娇无力，始是新承恩泽时。
>
> 云鬓花颜金步摇，芙蓉帐暖度春宵。
>
> 春宵苦短日高起，从此君王不早朝。
>
> 承欢侍宴无闲暇，春从春游夜专夜。
>
> 后宫佳丽三千人，三千宠爱在一身。

特别是杨贵妃在马嵬坡殒身后，唐玄宗从行宫夜雨到凯旋京都，处处触物伤情，时时睹物思人，苦苦追觅。现实中找不到，就到梦中去找；梦中找不到，就到仙境中去找。总之，在白居易的笔下，唐玄宗、杨贵妃之间的爱情，成了流传千古的典范。

> 七月七日长生殿，夜半无人私语时。
>
> 在天愿作比翼鸟，在地愿为连理枝。
>
> 天长地久有时尽，此恨绵绵无绝期。

那一声声梧桐细雨，那一句句夜半私语，仅仅是白居易对这对至高而又至惨鸳鸯的同情吗？不，更多的是他对爱情的感叹。

其实，白居易在写此诗时，好友陈鸿也写了一篇《长恨传》。陈鸿看了《长恨歌》后曾对他说："乐天之歌，何其虚诈乃尔？"白居易辩解道："诗歌所重者，情也。不必直书写事实，务求恳言实情。故以事实而论，诗歌难免有诈。更有甚者，陶令之《桃花源记》全诗皆诈也。"至此，我们才豁然明白，原来我们都被白居易"诈"了，所谓唐玄宗和杨贵妃的爱情，也许只是白居易杜撰出来的。

由唐玄宗和杨贵妃在马嵬坡的诀别，我想到了虞姬在垓下的殉情。唐玄宗的所作所为是多么自私而卑劣，和霸王项羽形成了鲜明的比照；至于杨贵妃被赐死后，白居易写唐玄宗如何思念她，这简直是谎言，是白居易留给文学史的一个不大不小的"诈"。

白居易去世后，宣宗皇帝李忱写诗悼念，其《吊白居易》云：

> 缀玉联珠六十年，谁教冥路作诗仙。
>
> 浮云不系名居易，造化无为字乐天。
>
> 童子解吟长恨曲，胡儿能唱琵琶篇。
>
> 文章已满行人耳，一度思卿一怆然。

诗中写出了皇帝对白居易的深厚情谊，也反映了白居易《长恨歌》《琵琶行》的流传盛况。

北魏时两度临朝听政的胡太后，"性聪慧，多才艺"，但她生性放荡，先后将许多大臣收服在自己的石榴裙下。杨白华是名将之后，相貌魁伟，武艺出众，自然是胡太后的猎物之一。聪明的杨白华很清楚，与太后私通是滔天大罪，弄不好将祸及九族，于是携家带口，化名杨华逃到了南朝的梁。胡太后却对他思念不已，写了一首诗表达相思之情，令宫女们在宫中歌唱不停。据《梁书·玉神会传》载："胡太后追思之不能已，为作《杨白华歌词》，使宫人昼夜连臂踏足歌之，辞甚凄婉焉。"

> 阳春二三月，杨柳齐作花。
>
> 春风一夜入闺闼，杨花飘荡落南家。
>
> 含情出户脚无力，拾得杨花泪沾臆。
>
> 秋去春还双燕飞，愿衔杨花入窠里。

这首失恋之歌收录在《乐府诗集·杂曲歌辞》中，"用笔双关，饶有古趣"，读来荡气回肠。前四句写阳春时节爱意萌生，"落南家"暗写情人舍己而去南投梁朝。后四句寄托相思之情愫，"脚无力""泪沾臆"是因为情不自禁，爱意深切。胡太后突发奇想：这南来北往的双飞燕能衔杨花，要是将情人带回身边多好啊！

全诗用比兴、双关手法，"杨花"既是自然界中的柳絮杨花，也是情人杨华的名字，后人评说此诗"妙在音容声口全然不露，只似闻闲说耳"，"音韵缠绵，令读者忘其秽亵"。

在中国，传得最快的消息就是那些风流韵事。太后本该懿德垂范，

第十篇 爱情传佳话

竟然做出这种伤风败俗的事来，令天下百姓大牙都笑掉。于是，民间有"杨婆儿，共戏来"之语，后来"婆"渐渐讹传为"叛"，成为乐府诗题。如北齐时的童谣《杨叛儿》：

> 暂出白门前，杨柳可藏乌。
>
> 郎作沈水香，侬作博山炉。

"白门"是南朝刘宋都城建康（今南京市）的城门。南朝情歌常常提到在白门相会，后遂以此代指男女欢会之地。

两情相悦，缱绻温存，那是无数男女的梦想。李白有《杨叛儿》一诗，就是写男女欢会，沈德潜称赞此诗"语不嫚亵，故知君子言有则也"。

> 君歌《杨叛儿》，妾劝新丰酒。
>
> 何许最关人，乌啼白门柳。
>
> 乌啼隐杨花，君醉留妾家。
>
> 博山炉中沉香火，双烟一气凌紫霞。

一对青年男女，为有机会在一起而十分高兴，男唱歌、女劝酒，尽情享受，感情非常融洽。黄昏时的乌鸦在白门的柳树上啼叫，这个时间最荡人心魄。但李白的诗主题抛开了胡太后与杨华的苟且之事，而是歌颂民间青年男女追求和享受自由爱情的甜蜜情景。借着李白的《杨叛儿》，我们将诗的背景从宫廷移到民间，这里有更多可爱的东西。

■民间爱情
■停舟暂借问，或恐是同乡。

民间的爱情质朴生动。

《唐诗三百首》里有三首诗标题为《长干行》的爱情诗。其中两首是崔颢的五言绝句：

（一）

> 君家何处住，妾住在横塘。
>
> 停舟暂借问，或恐是同乡。

家临九江水，来去九江侧。

同是长干人，生小不相识。

这两首诗妙在何处呢？朱光潜在《诗论》中称赞此诗道：

> 这两首诗都俨然是戏景，是画境。它是从混整的悠久而流动的人生世相中摄取的一刹那、一片段。本身一刹那，艺术灌注了生命给它，它便成为终古，诗人在一刹那之间心领神会的，便获得了一种超时间的生命，使天下后人不断地去心领神会……诗的境界中刹那间见终古，在微尘中见大千，在有限中寓无限。

长干在何处？在今江苏省南京市。"长干里"既靠秦淮河，又临长江水，住在那里的多是经商的生意人，还有跑运输的船夫，每天看着过往船只，难免勾起心中欲说还休之事。从唐代另一位诗人李益的《江南曲》（嫁得瞿塘贾，朝朝误妾期，早知潮有信，嫁与弄潮儿。）也可以看出唐代社会中商人的行踪，他们长期离家经商，造就了太多闺怨离愁。流动人口多了，很容易产生对爱情的歌唱。

两只船在长江里航行时，一个长期往来江上住在横塘的少女，听到邻船上那个男人的说话声似乎有家乡的口音，不觉欣慰万分，尽管对方是个素不相识的男子，还是停止划船，天真地问道：大哥，我家住横塘，你住哪儿啊？是不是和我同乡？

诗用"停舟"二字，表明双方都在水上航行，是偶然的巧合。"君"是对男孩的尊称，"妾"是古代女子对自己的谦称。用一个"君"字既与前面的"妾"相对，指出对方是男性；又反映了这位女子虽然是船家，但彬彬有礼，更暗含了她对这个男子的情愫。这种一石三鸟的手法，言简意赅，收到了艺术效果。

第二首是那个敦实淳朴的男子作答，同样凝练朴实。他先告诉对方自己家靠近九江水，经常在九江一带来来去去。因为长期在外，没有机会与同乡人交往，所以"同住长干里，生小不相识"。我们在这些语言里可以看到，这个男子说话时带着些许遗憾和惆怅，更有一种他乡遇故知的喜悦和激动。

这两首诗用白描的手法，不以任何色彩映衬，不用任何装饰烘托，寥寥几笔，就使人物、场景、对话跃然纸上，如见其人，如闻其声。到这里，诗人就再也不写什么了，一切都在不言中，让读者自己去想象。你说他们以后会怎么样？是真诚的朋友，还是情深的伉俪？是两棵偶然漂在一起的浮萍，还是命中注定的佳偶……

　　"诗仙"李白的《长干行》是一首五言叙事古诗，讲的是有一个小男孩和一个小女孩从小都住在长干里。长大后二人结了婚。男的外出经商，坐船经过险峻的三峡到长江上游去。从春到秋，家门前长满了青苔、落满了枯叶，还不见丈夫回来。妻子在家非常想念他，盼望丈夫早点儿回来，你什么时候回来？动身前先写一封信给我，我可以早早去接你。诗的前六句是：

> 妾发初覆额，折花门前剧。
>
> 郎骑竹马来，绕床弄青梅。
>
> 同居长干里，两小无嫌猜。

　　当我还是一个小女孩的时候，折花在家门口玩儿，邻居家的小男孩，骑着竹马跑来了。"剧"是玩耍的意思，"床"不是家里睡觉的床，指的是井的栏杆，古时井的栏杆叫"井床"。我们两个就围着井栏杆跑，天真烂漫，彼此之间没有猜疑。"青梅竹马"和"两小无猜"都源自《长干行》。

　　在平民阶层中，如果有客人到来，家里无其他人，那么女孩子只好出来招待；或者春日去郊外踏青，偶然相见，一见钟情；草根男女，少了一些礼教的束缚，邻家儿女，低头不见抬头见，情愫暗通，密约相会等，这些情况也不鲜见。女子一旦遇到自己心仪的男子，一见钟情之下，不顾一切地去爱，爱而不见，忧思成疾，这在唐代诗歌里也有所反映。如崔护的《题都城南庄》：

> 去年今日此门中，人面桃花相映红。
>
> 人面不知何处去，桃花依旧笑春风。

　　这里含有一个美丽动人的故事。据唐人孟棨《本事诗》载：书生崔护年少多才、风流倜傥，去长安应试，未中。一日，喝酒之后，信步走到长安城郊外散心。途经"此门中"，无意间邂逅了一张同桃花一样美艳嫣红的笑脸。遂相顾无言，凝睇良久，怦然心动，悄然种下爱情的嫩芽。一年后，金榜题名的崔护特意绕道来此，然物是人非，大门紧闭，迎风怒放的花朵依然笑得那般灿烂，可那张熟悉的姣好脸庞呢？崔护怅然若失，便在门上题了这首诗离开了。那个姑娘搬家了吗？没有，那天刚好随父亲出门，回来后看到崔护的诗就相思成疾，一病不起，气若游丝。崔护自然不知此事，但他情不能已，夜不成眠，所以过了几天又来看望，见女孩病入膏肓，不禁失声痛哭，女孩听到崔护的哭喊苏醒过来。两个人终于得以相聚，有情人终成为眷属。

这首诗成功剪辑了惊鸿一瞥的爱情画面，构成了一组永远活着的爱情蒙太奇，很能引起青年人的共鸣。一次偶然的相遇，爱情已经产生，两颗年轻的心，已经碰撞出热烈的火花。在封建社会，礼教势力非常强大，青年男女之间除了一见钟情以外，没有更多的机会去谈情说爱。

■士大夫爱情
■身无彩凤双飞翼，心有灵犀一点通。

唐朝还有一类对后世影响深远的爱情诗，它是写士大夫、诗人一类人的爱情诗。

唐末范摅所撰笔记《云溪友议》中记载了这样一个故事：唐宪宗元和年间，秀才崔郊在姑妈家读书，姑妈家的一个婢女长得既漂亮又端庄，还擅长音乐，是当地最美的女孩。崔郊对她极为慕恋，便想千方百计与她联络感情，拉近距离。时间长了，女孩也被感动了，两个人私下"谈起恋爱"来。崔郊的姑妈根本不知道侄子爱上了婢女，过了一阵子，当地的军政统帅于頔得悉此女美得不可形容，于是，派人把这个婢女买来。这婢女一到帅府，于頔就十分宠爱她。尽管这个婢女已名花有主，但崔郊对她依然思恋不已，经常在帅府外头徘徊，希望能够见此女一面。寒食节这天，该婢女外出游春，崔郊正好站在距离帅府不远处的柳荫下。二人相见，不觉相向而哭。崔郊当即赋诗一首，写在罗帕上赠给心上人。诗云：

> 公子王孙逐后尘，绿珠垂泪滴罗中。
>
> 侯门一入深如海，从此萧郎是路人！

西晋时的富豪石崇有个美姬叫"绿珠"，所以后来文学作品中"绿珠"就成了心上人的代称。萧郎是善于吹箫的萧史，秦穆公把女儿弄玉许配给他，后世便用"弄玉"泛指美女或仙女，用"萧郎""萧史"借指情郎或佳偶。

崔郊说，心爱的人，我知道你那么美，那么知书达礼，在你身后，一直有许多公子王孙追逐，我这样贫穷，你能够爱上我，这是我一生最幸福的事情，我终生难忘你宝贵的情意。虽然我们曾经相爱，也有过无数次的盟誓，但侯门如海，你进去以后，我们就成了陌路之人，再也不能互诉衷肠了。

诗中充满了崔郊的无奈及他对爱人的不尽思念，还有为她的命运担忧的心情。

这首诗被于頔读到了，也许是他有古代君子之风，知道"君子成人之美，不成人之恶"，决心慷慨一把。当即把崔郊叫来，说："'侯门一入深如海，从此萧郎是路人！'这诗是你写的吧？虽然我很喜欢她，但君子不夺人所爱，现在我就把她还给你，让你们这对有情人终成眷属吧！"说完，就叫那婢女出来，当即把她交给了崔郊，同时还赠送了许多嫁妆。

崔郊幸运得很，这个婢女也能够得其所归，真是皆大欢喜！

与崔郊情况有些相似，赵嘏原先家在浙西，家里有个美姬，他十分宠爱她，想带她到京师去，又担心母亲寂寞，就让她留下来侍候老母。在七月半的时候，她陪同赵嘏的母亲去游鹤林寺，当时管理浙西军政的统帅看见了这个女子，非常喜欢，就把她抢到府里占为己有。第二年，赵嘏进士及第，得悉美姬被抢，悲痛万分，自伤赋诗曰：

> 寂寞堂前日又曛，阳台去作不归云。
>
> 当时闻说沙吒利，今日青娥属使君。

这首诗用的典故是唐代番将沙吒利恃势劫占韩翃的爱姬柳氏一事。

后使用"沙吒利"借指霸占他人妻室或强娶民妇的权贵。"青娥"是对女性的称呼。

后来，那个大帅听到了这首诗，又知道他是新及第的进士，心中未免有些惭愧，就派人将这个女子送往长安赵嘏的旅舍。这时赵嘏准备回家，正出潼关，得悉那个大帅将自己心爱的女人送来，就停留在横水驿。不久，女子乘着一抬小轿来了。赵嘏走上前去，与女子相拥而泣，他认为大难之后能够破镜重圆，从此可以不离不弃、相与偕老。岂知此女不像上面那个婢女幸运，早已肝肠寸断，痛不欲生，只是为求一见才坚持到今天。现在能够重新见到赵郎，此愿已足。于是，她的精神彻底放松，过了一晚就病故了。赵嘏悲不自禁，将她埋葬于横水的北岸。此后思慕不已，深为此女的坚贞不渝感动，于是，眼前老是看到她，不久赵嘏也去世了。

看来，赵嘏也是一个重情专一的男子，留下了这段爱情佳话。

前面说过，西晋时的石崇有一个美姬绿珠，被将军孙秀闻知，便率军索讨，结果绿珠坠楼而死，石崇也被杀。无独有偶，初唐的乔知之也有相似的遭遇。乔知之有一个宠婢窈娘，色艺皆绝，尤其擅长歌舞，跳起舞来，柳腰柔软，衣袂飘飘，如同仙女，乔知之对她宠爱无比。不知谁把他家里有个美女的事告诉了武承嗣。武承嗣是何许人也？他是武则天的侄子，官居一品，权倾一时，炙手可热。听说窈娘美貌无双，遂派人送来聘礼，将窈娘生生抢走。乔知之悲愤填膺，但束手无策，遂作《绿珠篇》寄给窈娘，窈娘将此诗缝在衣带里，然后投井而死。诗云：

> 石家金谷重新声，明珠十斛买娉婷。
> 此日可怜君自许，此时可喜得人情。
> 君家闺阁不曾关，常将歌舞借人看。
> 意气雄豪非分理，骄矜势力横相干。
> 辞君去君终不忍，徒劳掩袂伤铅粉。
> 百年离恨在高楼，一代容颜为君尽。

乔知之其人，在唐代诗人中名声并不响亮。然而本诗却有些名气，沈德潜的《唐诗别裁集》也收录了它。他写这首诗的目的，就是劝窈娘宁愿像绿珠那样去死，也不要屈从于武承嗣的淫威。客观地说，这样的男人，既没有能力保护自己心爱的女人，又不想别人占有她，竟然拿历史上的殉情故事做杀人刀，真不厚道！

此诗写了绿珠被石崇所买，成为石崇歌女而得宠，结果为主而死的经过，没有多少议论。要旨在最后两句。绿珠的"离恨"是什么？诗人似乎写出了绿珠跳楼自杀时的心声：我站在这高楼与你永别，再也不能与君相爱，这是我一生最大的悲伤，让我美丽的容颜为您而毁灭吧。他尽情地赞扬绿珠心甘情愿为主人殉情的行为。其用心一目了然，希望窈娘也学绿珠那样，为他殉情。

窈娘当然是个冰雪聪明的女孩，岂不知其用意？所以她毅然投井，毁灭自己。然而，事情并没有了结，武承嗣把窈娘的尸体从井里捞出来后，发现她腰带里有乔知之的那首诗，勃然大怒，请有司寻了一个罪名，把乔知之处死了。其实，绿珠本人面临孙秀的腾腾杀气，深感一个弱女子可怜无助，因此，"一代容颜为君绝"这句可以这样理解：绿珠并不是心甘情愿为石崇殉身，而是穷途末路时的埋怨——"我美丽的容颜因为你才落到这毁灭的地步！"你争我抢，作为男人的玩物，这样的生存有什么意义呢？倒不如死了算了。临死之时，她难道没有埋怨吗？如果有，那么该埋怨谁呢？

杜牧的俊爽风流、飘逸潇洒在唐代诗人中是独一无二的。他有很好的家世，祖父杜佑不仅因编撰《通典》流名于后世，还历任德宗、顺宗、宪宗三朝宰相，声名显赫、德高望重。杜牧饱读三坟五典、诸子百家，志在朝廷，冀一展雄才。23岁那年，因一篇《阿房宫赋》而名满天下。

杜牧在任侍御史分司东都洛阳时，有一个当过司徒的李愿罢居洛阳，常常招朋呼侣，饮酒作乐，蓄养了多名歌妓。杜牧听到这消息后，就写了一封信给李愿，希望能去参加李愿的酒会。酒会上有一百多个歌妓，都是绝等美色，杜牧独自坐在歌女身边，谈笑自若，暗中逐个欣赏。酒过三巡，他站起来问主人："听说有一个叫紫云的姑娘，是哪一个啊？"李愿就指给他看。杜牧凝神细看，说："果然名不虚传，把她送给我，行吗？"接着又喝了几杯，站起身吟诗道：

> 华堂今日绮筵开，谁唤分司御史来？
>
> 偶发狂言惊四座，两行红粉一时回。

杜牧公然叫板，让李愿把紫云让给他，仪态从容，旁若无人。李愿想了想，就将这个名叫紫云的歌女送到杜牧的府上。紫云临别李愿时，赋诗道：

> 从来学制斐然诗，不料霜台御史知。
>
> 忽见便教随命去，恋恩肠断出门时。

这个女子好像不太情愿跟杜牧走，临行时还对李愿情意深长。

提到爱情诗，大家最关注的应该是李商隐。但他的爱情，就像他生活的晚唐一样充斥着凄风苦雨、严霜冷雪，芬芳而沧桑。其诗作表现出来的多是朦胧中的婉约。从某种意义上说，完全可以赐他一顶"爱情朦胧诗鼻祖"的桂冠。

在李商隐的人生历程中，有过一次特殊的恋爱，即与女道士宋华阳的交往（华阳不是她的名字，而是她修道的华阳观，其名不可考）。华阳观为唐华阳公主的故宅。在唐代，许多女子求为女道士，因为道士而声名鹊起，容易赢得当时著名文人学士的青睐。如王维、李白都曾是女道士玉真公主宅上的座上客。总之，在李商隐一生中，有过好几次恋情，而衷心于恋情，正是他无题诗创作的基础。

他的每一首无题诗都是字字珠玑，简直是爱情诗的千古绝唱：

> 相见时难别亦难，东风无力百花残。
>
> 春蚕到死丝方尽，蜡炬成灰泪始干。
>
> 晓镜但愁云鬓改，夜吟应觉月光寒。
>
> 蓬山此去无多路，青鸟殷勤为探看。

这首诗的颔联妇孺皆知、老少可诵。但全诗还是很深奥的。首先，没有借题目点明写作内容，只能各自按照自己的经验或体会去解读。其次，它们写于什么时候、什么背景，我们不知道，许多评论家都是靠对李商隐身世的分析而作出推测，而非有案可稽。因此，在清代就有几个评论家各持己见、争论不休。或曰"此亦感遇之作"，认为是感叹人生遇合的艰辛；或曰含"光阴难驻，我生行休也"之寓意，是叹老嗟卑之作；冯浩、张采田认为此诗是寄意于旧相识令狐绹，希望得到其援引，诗中还表达了自己对他的忠贞不渝之心。如此等等，他们都不承认这是一首爱情诗。

首先，可以确定，这是一首离别诗。为什么说"相见时难别亦难？"只有男女之间才会这样说。"男女授受不亲"严重束缚着人们的思想，使有情人不敢越雷池半步。正因为异性之间相见本来就很难，有机会见面当然是一种机缘；相识暗生情愫，更是难得的情缘，别离就意味着这种情缘的结束。因为此去一别，不知今后还有没有可能见面。如果是死别，也就罢了，随着时间的流逝，将逐渐忘却，但偏偏是生离，"悲莫悲兮生别离"，这是人世间最大的苦痛！这份情愫刚刚萌芽，就要埋在心里，自己却又无法把握这份感情的结局。诗的首联将绝望与希望胶结在一起，写得分外沉痛。在诗人眼里，此时东风也有气没力地吹着，百花纷纷凋零，大好春光马上就要消逝。这是以哀景写哀，属于正面衬托。

离别之时，青年男女一般都要表达祝福、安慰自己等。颔联就是诗人爱的宣言。"丝"是"思"的谐音，这种谐音假借手法在南朝乐府诗中就大量使用。如"理丝入残机，何悟不成匹""昼夜理机丝，知欲早成匹"中的"丝"都借谐音表达思念之情。李商隐告诉对方，自己对她无尽思念，永远不会断绝，一直到生命的最后，像春蚕那样，死后才不吐丝。即使在夜里，我窗前的蜡烛也为你点燃，那蜡烛掉下的烛泪，就是我的眼泪，只有到了这蜡烛燃烧完时，我的眼泪也才会流尽。到时，人不在，心已灭，一切都消失了，我才不再思念你。

这样来说，未免有些伤悲，弄得女方也难受了。在颈联中，诗人宽慰对方，我知道你是一个深于情而钟于情的女子，是不会忘记我的。我就担心你每天早晨起床对镜梳妆时，脸容憔悴、鬓发染霜，长期的相思，会使人形销骨立；晚上你如果在月光下吟诵怀人的诗章，应该随时了解气候的变化，免得在春寒天气里，再添心底的凄冷。语重心长，谆谆告诫；一片真诚，全在对方身上。

最后又劝慰女方，虽然现在分别了，但知道你的地址，我可以频频写信，托青鸟传递，把我的消息、我的情意、我的相思带给你。外界虽然阻隔了我们的身体，但不能阻隔我们的心，就让我们借信使互通情愫吧。这样一解释，不是很通顺吗？它不是爱情诗又是什么呢？

　　　　昨夜星辰昨夜风，画楼西畔桂堂东。

　　　　身无彩凤双飞翼，心有灵犀一点通。

　　　　隔座送钩春酒暖，分曹射覆蜡灯红。

　　　　嗟余听鼓应官去，走马兰台类转蓬。

　　这首《无题》应该也是爱情诗。此诗先叙相见的时间，是春风沉醉的昨天晚上，相爱的两个人如牛郎织女，有机会得以相逢。地点是画楼、桂堂。画楼、桂堂都是大富大贵人家的建筑。李商隐是令狐绹的朋友，又多年在王茂元幕府，有机会参加他们在豪华客厅里设的宴会。赵臣远《山满楼唐诗七律笺注》云："此义山在王茂元家窃见其闺人而为之。"如果是这样，这首诗就成了写给王茂元女儿的情诗了，此说不足信。

　　反正就在这样的宴会上，诗人相遇了那位女性。也许是一见钟情，或者是两个人早就相爱，所以一看到对方就很激动，遗憾的是自己不能长上翅膀飞到她的身边；尽管形体相隔，但两个人心犀相通，哪怕随便一个眼神、一个笑容，都能够心领神会。频频地传情达意，使诗人沉浸在喜悦之中。多么美好的时光，真是春宵一刻值千金！

　　宴会上的人们在快乐地享受，进行各种游戏，灯红酒绿、觥筹交错；隔座送钩，射覆猜谜，笑语喧哗，气氛是何等热烈！那个女子身处其中，或是送酒送茶伺候这些达官贵人，或是在旁边观看助兴，而诗人却不能与这位女子相语。所以，虽然心中快乐但也带着一丝无奈的惆怅。

　　罗隐是晚唐名家，他的作品在当时几乎家喻户晓，受到很多人的追捧。据《五代史补》载，罗隐年轻时恃才傲物，尤为公卿所恶，故六举不第，只得到钱塘钱镠处谋出身，但由于中途资费不足，只好先到另一藩镇罗绍威处"打秋风"：

　　　　将入其境，先贻书叙其家世，邺王（罗绍威）为侄。幕府僚吏见其书，皆怒曰："罗隐一布衣尔，而俟视大王，其可乎！"绍威素重士，且曰："罗隐名震天下，王公大夫多为所薄，今惠然肯顾，其何以胜！得在俟行，为幸多矣，敢不致恭，诸公慎勿言。"于是拥旆郊迎，一见即拜，隐亦不让。及将行，绍威赠以百万，他物称是，仍致书于镠谓叔父，镠首用之。

罗隐年轻的时候因为个性太强，公卿士大夫都不喜欢他，所以六次科举都没有录用他。怀才不遇的罗隐想到钱镠处谋生，但走到半路就没有了盘缠，迫不得已到邺王罗绍威那里去。他先给罗绍威写了一封信，信中把罗绍威称为侄子。邺王的幕僚一看都很生气，说这小子欺人太甚，一个平头百姓，如此无礼，太过分了！罗绍威却很淡定地说："罗隐天下闻名，不把王公贵族放在眼里，如今肯到这里来，给足了我们面子，能做他的侄子，是我的荣幸呀！"迎接的仪式非常隆重，罗隐毫不谦让。离别时，罗绍威馈赠了丰富的礼物，并给钱镠写信说，罗隐是自己的叔父，请予以关照，这才使罗隐第一次受到任用。

我觉得这位罗绍威也很有意思，将附庸风雅的事做到了极致。不仅甘心以侄子谦居，而且大方地赠送路费、热心推荐。罗隐的诗集名为《江东集》，罗绍威特别喜欢罗隐的诗，后来干脆就把自己的集子命名《偷江东集》，这本《偷江东集》据说写得也很不错。

而罗隐年轻时的另一桩遭遇就不是这样好玩了。《旧五代史·罗隐传》载有这样的一则故事：

（隐）为唐宰相郑畋、李蔚所知。隐虽负文才，然貌古而陋。畋女幼有文性，尝览隐诗卷，讽诵不已。畋疑其女有慕才之意。一日，隐至第，郑女垂帘而窥之，自是绝不咏其诗。

罗隐文采出众，但相貌丑陋。宰相郑畋的女儿是个文学爱好者，整天诵读罗隐的作品，老爹以为闺女爱上了罗隐，就请罗隐到府上做客。郑女觉得千载难逢的机会来了，心跳加速、两腮绯红，偷偷看了罗隐一眼，竟是一个丑八怪！从此再也不读他的诗了。

这位宰相家的小姐和今天的追星族很像，偶像必须得是帅哥美女才成。这种充满着盛唐风韵的佳话，可谓举不胜举。即使在考场，这种决定人生的关键场所，唐人有时候也敢诗意一下。据五代王定保《唐摭言》卷十载：乾符年间，蒋凝应博学宏词科，只写了四韵，觉得已兴尽，就丢下卷子扬长而去。

> 试官不之信，逼请所试，凝以实告。既而比之诸公，凝有得色。试官叹息久之，顷刻之间播于人口。或称之曰："白头花钿满面，不若徐妃半妆。"

蒋凝做事全凭兴致，不以名利为意，还颇有一些六朝名士的气概。

在礼法森严的古代社会，郑畋竟然能够让女儿偷窥心仪多时的男人，这已经够开明的了。许多女子在没有看到自己心仪的男子之前，总是会不断地按照自己的理想去描绘这个男子的形象——英俊、潇洒、风度翩翩，是真正的"白马王子"。但生活却常常在开玩笑，见到之后并不是自己心中所想象的，这种情况很普遍。郑女由于父亲给了她知情权，终于没有盲目地爱上罗隐。当然，她的爱情观把外貌放在了首位，这是否正确，另当别论。郑畋也是一个著名的诗人，他曾经作《马嵬坡》：

> 玄宗回马杨妃死，云雨难忘日月新。
> 终是圣明天子事，景阳宫井又何人？

以昏庸的陈后主与爱妃张丽华在隋朝大军压境之时一起躲在景阳宫井中之事来陪衬玄宗忍痛割爱、缢死杨玉环，终于保住自家性命的行为，寓讽刺于其中。

相思，这是一个多么美好而又令人惆怅的字眼，青春时代呼唤着对异性的爱慕，初涉爱河又是一片迷茫，爱而不见；搔首踟蹰，一日不见，如隔三秋，相思之情如抽刀断水水更流。说到相思，我们最先想到的是王维的那首《红豆》：

> 红豆生南国，春来发几枝。
> 愿君多采撷，此物最相思。

此诗一题为《江上赠李龟年》。"安史之乱"后，李龟年流落江南，经常为人演唱这首诗，听者无不为之动容，可见此诗是眷怀故乡之作，现在我们通常用这首诗来表达男女之间的相恋、相思之情。相传，古代有一位女子，恋人远行，久行未回。女子翘首以待，望穿秋水，双眼溢出血来仍不见归人。相思的血泪溅在树的枝头，将树上的果子染得鲜红，故而，人们称之为"相思豆"。相思豆通体红如珊瑚，豆首有一点儿乌黑，粗看似一块疤痕，仔细看去，分明如溢满相思泪的眸子。红豆何以能够引起离别的情人之间的相思？我想，除了美丽的传说，还有它鲜红浑圆、晶莹如珊瑚，鲜红象征着热烈、奔放，而它的坚硬又是体现坚贞爱情的品格。

红豆非常红，红得惊心动魄，令人想象到相思的形销骨立。因此，有些本子上将"多"改为"休"，说因为红豆最使人惹起相思，所以不要去采摘。此说固然也通，但怕相思而不采，未免太消极了；真诚地爱一个人，最渴望自己的心里永远有他（她），哪怕夜夜相思。所以"多"字就显得乐观积极，蕴含了心里永远念着心爱的人的真情。

王维此诗一出，红豆遂成为诗词习见习闻的题材，表达相思的意境。人们看到红豆，总会想到自己的家乡或者爱人，无论远近聚散；写相思，总会想起红豆，借红豆表达浓厚的感情。如温庭筠的《新添声杨柳枝词》：

> 井底点灯深烛伊，共郎长行莫围棋。
>
> 玲珑骰子安红豆，入骨相思知不知。

宋程大昌《演繁露》载："唐世镂骨为窍，朱墨杂涂，数以为采。亦有出意为巧者，取相思红子，纳实窍中，使其色明，显而易见。"将红豆按入骰子之中，本来和相思无关，但诗人从这很普通的事物引发出丰富的联想，把红豆嵌入小小的骰子之内比喻人的刻骨相思，新奇而不落俗套。

翻开古诗词，还有许多关于红豆相思的描述。如韩偓的"中有兰膏渍红豆，每回拈着长相忆"的深沉；牛希济"红豆不堪看，满眼相思泪"的沉重；伍瑞隆"庭前种得相思树，落尽相思人未归"的哀愁；屈大均"红豆尚可尽，相思无已时"的恒久……清代纪晓岚为自己的书斋题写的"书似青山常乱叠，灯如红豆最相思"对联，以红豆作喻，表现了作者夜深人静时孤灯苦读的勤学精神……红豆，承载了人们太多相思、相忆的情感。

亲爱的朋友，你有爱人吗？请送几颗红豆给他（她），让她（他）

藏在身上、挂在心窝，看到它，心便暖暖的；想到它，心也甜甜的，伴随着他（她）走过一生。

张九龄的《望月怀远》，这是唐代诗坛上最负盛名的相思佳作。

> 海上生明月，天涯共此时。
>
> 情人怨遥夜，竟夕起相思。
>
> 灭烛怜光满，披衣觉露滋。
>
> 不堪盈手赠，还寝梦佳期。

诗人起手就不同凡响，将所要抒发的情感放到一个特别阔大宏远的背景里。晴朗的蓝天一碧如洗，一轮明月从大海里慢慢升起，用它照耀着整个世界，万事万物都沐浴在美好的月光里，有些朦胧、有些缥缈。世界是那样的静谧、安详。你看，那个多情的人呆呆地望着明月，整个晚上相思绵绵，心早已飞到很远很远的地方：我那远隔万水千山的爱人啊，你最近怎么样？你还好吗？在这宁静的月夜，你会不会像我一样望着月亮，想着遥远的我呢？也许夜太漫长了，月太明亮了，"斜光到晓穿朱户"，他（她）灭了蜡烛还感到外面的月光照耀着整个世界，在床上辗转反侧，根本无法入睡，便披上衣服到外面徘徊。不一会儿，衣服就被露水沾湿了，他（她）才感到外面的秋露很浓很重。看着那纯洁的月色，多想捧一把送给自己的爱情，可这是怎样的妄想啊？那月光虽然美，怎么能满满地捧在手里送给爱人？好了，回屋去，躺到床上去，争取做个好梦，与爱人相会。

我想，等到相见的时候，诗里的主人公一定会把晚上如此难挨的相思告诉他（她），让他（她）知道，爱人啊，我是多么爱你！其实，相思的甜蜜和痛苦正在这里。没有相思的人的青春是单调的、无聊的，所以有时我们会唱"相见不如怀念"。在怀念里丰沛自己的感情！

"海上生明月，天涯共此时"，它似乎以思念主人公为中心点，向阔大无比的世界辐射出这一片无尽的思念，正如三月润物细无声的杏花雨，那样的细微而缠绵，无处不到，无人不受其滋润，此句也已经成为脍炙人口的名句。

■女性爱情

■易求无价宝，难得有心郎。

唐诗中描写爱情的诗篇，都美到了骨子里。

中年心事浓如酒，少女情怀总是诗。晚唐诗人温庭筠有一首《南歌子》，就是从女性的角度写少女思春。

　　手里金鹦鹉，胸前绣凤凰。偷眼暗形相。不如从嫁与，作鸳鸯。

少女一边刺绣，一边偷看意中人，大胆而直率地表白"不如从嫁与，作鸳鸯"。花间派诗人韦庄的《思帝乡》，则更加憨直泼辣。

　　春日游，杏花吹满头，陌上谁家年少？足风流。妾拟将身嫁与，一生休。纵被无情弃，不能羞。

此词道出一位怀春少女与风流少年邂逅，一见钟情，立即决定要嫁给他，即使将来被抛弃也不羞愧。清代贺裳在《皱水轩词筌》中云："小词以含蓄为佳，亦有作决绝语而妙者"，所举的例子就是这两首词。对比温、韦的这两首词，两个人风格上的差异也足见一斑。按现代词学名家夏承焘的说法，温庭筠的词是"密而隐"，韦庄的是"疏而显"，而韦庄词于"一生休"之下，却又加上"纵被无情弃，不能羞"，这是巧妙地写出了少女的心理活动。她打算嫁给少年，终身和他相伴，并决定即使是被薄情抛弃，也不以为羞。

但是，人生原本机遇就不多，爱情的机遇在封闭的社会中少之又少。女诗人鱼玄机在《寄李亿员外》一诗中，慨叹了有情人的难遇。

　　羞日遮罗袖，愁春懒起妆。

　　易求无价宝，难得有心郎。

　　枕上潜垂泪，花间暗断肠。

　　自能窥宋玉，何必恨王昌。

诗人得知李亿毅然地抛弃她，携妻离开长安远走了，在绝望中写下了这首传颂千古的名篇。自己被"薄情郎"抛弃，无奈之下，只好以"罗袖"掩面遮羞。今后向何处去？托身何人？心里一片茫然，故"春愁"满腹，再也不勤于梳妆打扮。这辈子无端遭人鄙弃，到何处才能找到一个能够真心相爱的有情人？晚上躺在床上偷偷地流泪，白天即使在花间漫步也会肝肠寸断。虽说"人无千日好，花无百日红"，但花即使凋谢了，来年仍然能够再开；而一个女人的青春过了，还能有第二春吗？无限的悲伤情绪充塞于她的心中。

然而，诗人并没有绝望。她知道，世上没有过不去的河流，没有爬不过的高山，人间总有真情，总会有人对她青眼相顾。"天生我材必有用"，像我这样多才多艺的女子还怕找不到如意郎君吗？所以她对李亿说，虽然你离我而去，但我会像宋玉《登徒好色赋》中那"登墙窥臣三年"的女子一样，要大胆勇敢地去追求，相信一定会找到真正爱自己的男人并相伴终生，所以也不怨恨你的离开。王昌是魏晋时一个"姿仪俊美，为世所共赏"，品质无邪的潇洒美少年，在此用来暗喻李亿（这个李亿毕竟是她心中的最爱啊）。尾联奇峰一转，将幽怨情绪化为坚定意志，告诉对方：你走吧，不要以为我找不到爱我的男人，迟早我会寻到一个有情郎的。

"易求无价宝，难得有心郎"，这句话既是遗憾于李亿的抛弃，又真实地反映了这位蔑视礼法的女性对爱情的渴求。在男权社会里，女性遇到一个真正有情有义的男人，乃极大的幸福！可惜鱼玄机最后还是没能遇上。她的命运很可悲，先为李亿小妾，后来被抛弃，逐出李府做了道士；又为了争夺自己喜爱的男人，和丫鬟绿翘争宠，打死绿翘，结果把自己送上断头台。一代才女为爱而生，因爱而死，只有她的那句"忆君心似西江水，日夜东流无歇时"，至今仍在爱情的长河里留下潺潺余韵。

鱼玄机还有一首《送别》，不知道此诗是为李亿作，还是为温庭筠所作？总之是诗人深爱的一个男人。

> 水柔逐器知难定，云出无心肯再归。
> 惆怅春风楚江暮，鸳鸯一只失群飞。

你啊，像一件东西在柔柔的水波上漂浮，飘向哪里很难确定；又如云朵无意地随处飘动，连自己也不知道会不会再回来。我伫立在春风里，看着你在楚地的江流中乘船远去，留下我这只孤独的鸳鸯，多么凄惶！

其实，鱼玄机不但多情、多艺，还是一个很有抱负的女子，她有一首《游崇真观南楼睹新及第题名处》，表达了她身为女人的深深遗憾。

云峰满目放春晴，历历银钩指下生。

自恨罗衣掩诗句，举头空羡榜中名。

自信腹有诗书，才华横溢，假如是男子，"功名"二字唾手可得。但她生在这个社会里，没有资格参加科举考试，只好望着新及第的举子的题名榜作着无奈的叹息。也正是这一原因，导致了她的最后悲剧。

相比于鱼玄机，晁采则侥幸得多了。她有一个好母亲，能够理解她的真诚爱情。据《全唐诗》载，晁采为大历年间人，从小就与邻居文茂相爱，约为伉俪。等到年纪渐增，情窦初开，为避嫌疑，二人不便多见。然而，文茂常常在暗地里写情书给晁采以表达心中的思念之情，晁采也以莲子与文茂通达情意。"莲"者，"怜"也，即热爱之意。文茂知道晁采的心意后，兴奋不已。他无意中将一粒莲子掉在盆子里，过了十来天，这颗莲子竟然长出叶子，到了夏天竟开出并蒂之花。看到这一奇观，文茂激动极了，立即把这个消息告诉了晁采。晁采懂得他们的相爱是老天的旨意，也就更加坚定，趁无人在家之际行了周公之礼。晁采的母亲知道这件事后，慨叹说："才子佳人，本来就会发生这种情况的。"于是，让他们俩结为伉俪。后来文茂去长安求仕，晁采思念他写了首《雨中忆夫》：

……

春风送雨过窗东，忽忆良人在客中。

安得妾身今似雨，也随风去与郎同。

春季是最容易思念情人的季节，晁采看着外面春风经过之处，下起了密密细雨。对一个丈夫远行、独自在家的女子来说，这场春雨就像老天织成的一张愁怨的网，把她的心紧紧地网住了。丈夫是自由恋爱找的可心男子，他远去他乡，本来实在舍不得，但男人以事业为重，女人不应以儿女之情拴住他的身。她好羡慕外面的雨，想下到哪里就下到哪里，要是自己能够像雨一样，随风而去，飘到文郎那边，滋润他的心灵，那该多好！

这是十分天真的想法，也是非常真诚的情意。女子得到自己可心的丈夫，她会不顾一切地爱他、忠于他。

晁采与文茂是两相爱悦而成夫妻，皆大欢喜。但也有许多勇敢的女子，遇人不淑。唐传奇里有一篇《非烟传》，写河南功曹参军武公业的小妾步非烟，长得美貌异常，弹琴作诗样样皆能。有一个名叫赵象的青年与她家比邻而居，看到步非烟如此美貌，不胜惊讶，因而坠入相思之中，寝食俱忘，便欲勾引她。写了一首诗，让步府的门子送给非烟，非烟本来就不喜欢武公业的粗鄙庸俗、猥琐卑劣，只因年纪很小时父亲就去世了，为媒婆所欺骗，嫁给武公业当了小妾，心里常常感到悲伤。她也看到过赵象，"郎之风调，不能自顾"，一来二去，两个人好上了。步非烟的《答赵象》云：

　　相思只恨难相见，相见还愁却别君。

　　愿得化为松上鹤，一双飞去入行云。

有情人不能长相见，偶尔得见一次，却又害怕匆匆离别。步非烟的心很苦很苦，但又有什么办法呢？偷情总不能公开。那时候又没有离婚之说，男人才有资格休妻，女人是没有这个权利的。她也知道，偷情无异于饮鸩止渴。但她太干渴了，虽然是杯鸩酒，她还是不顾后果勇敢地喝了下去。但她还心存幻想，幻想自己与赵象能够变成松树上的白鹤，飞出牢笼，直上云霄，自由自在地生活。

他们常常在武公业不在家时幽会。不久，东窗事发，非烟被武公业活活打死。而那个赵象，出事后却逃之夭夭。

离别，总会惹起无尽的相思。号称"女中诗豪"的李冶有《明月夜留别》：

　　离人无语月无声，明月有光人有情。

　　别后相思人似月，云间水上到层城。

离别的时候，这个男人没有一句话，只是呆呆地立在那里，明月也似乎很多情地用她温柔的光芒照耀着这对情人，诗人的心里是难以割舍的情丝，剪不断、理还乱。她告诉这个男子，分别以后，自己的思念就会像月亮的皓光一样，无论你在远近高低都会照来，永远在你的身边。一片深情自然流露，新奇巧妙的比喻，为此诗锦上添花。

李冶非等闲女子，她是唐代著名女诗人之一，《四库提要》评论说：

> 冶诗以五言擅长，如《寄校书七兄诗》《送韩揆之江西诗》《送阎二十六赴剡县诗》，置之大历十子之中，不复可辨。

其中《寄校书七兄诗》中的名句"远水浮仙棹，寒星伴使车"，被称赞为"幽闲和适，孟浩然莫能过"。其七言绝句亦清丽可喜，如《偶居》：

> 心远浮云知不还，心云并在有无间。
>
> 狂风何事相摇荡，吹向南山复北山。

诗中将心情比作浮云，写心绪摇荡不安，随时都能飞到很远很缥缈的地方。在此基础上她责备狂风为什么要发威，把她如云般的心随意吹向南北。表达也简洁明快、情真意切，真实刻画出女性特有的心态，显示了女性委婉的思致。

诗僧皎然是季兰的诗友，他是著名诗人谢灵运的十世孙。安史乱初，皎然返居湖州故里，与诗友酬唱之际和李冶相识，李冶与皎然相交未久，便春心萌动，对皎然产生了一片相思之情，于是，她大胆地以诗《结素鱼贻友人》相寄，表明心迹：

> 尺素如残雪，结为双鲤鱼。
>
> 欲知心里事，看取腹中书。

皎然也许碍于佛门戒律，"禅心已作沾泥絮，不逐东风上下狂"。便作《答李季兰》：

> 天女来相试，将花欲染衣。
>
> 禅心竟不起，还捧旧花归。

针对季兰的这种痴情，皎然可能心有感动，无奈身在佛门，只好在诗中回答了她的痴情。李冶的这次还没有生根的恋情即以失败而告终。

第十一篇
传奇幽明路

　　唐代诗人以自己特立独行的品格在中国文学史上留下了浓墨重彩的一页，而他们神秘的死亡也为后人留下了一段段传奇。传说卢照邻自沉颍水，骆宾王下落不明，刘希夷被人用土囊压杀，李白捉月跨鲸羽化，李贺为天帝白玉楼作记。王勃、陈子昂、杜审言、孟浩然、王昌龄、杜甫、孟郊、韩愈、鱼玄机，他们的死因扑朔迷离，众说纷纭，莫衷一是……

■骆宾王
■ [约619—687]
■死因扑朔迷离

骆宾王天资聪颖，被誉为"神童"。

> 鹅，鹅，鹅，曲项向天歌。
>
> 白毛浮绿水，红掌拨清波。

此诗是儿童启蒙诵读的必选篇章，是妇孺皆知的一首诗。《咏鹅》据说是骆宾王7岁的时候写的，然而，这位神童的生活道路却异常坎坷。他少年丧父，一生书剑飘零、沉沦下僚，最高官位不过是侍御史，更悲催的是，屈居下僚十多年，刚升为侍御史的时候，骆宾王因上疏论事触忤武后，遭人诬陷，以贪赃罪名下狱。他在《在狱咏蝉》诗中嗟怨道：

> 西陆蝉声唱，南冠客思侵。
>
> 那堪玄鬓影，来对白头吟。
>
> 露重飞难进，风高响易沉。
>
> 无人信高洁，谁为表予心？

闻一多先生说，骆宾王"天生一副侠骨，专喜欢管闲事，打抱不平，帮痴心女子打负心汉"。

诗人为什么借蝉写人呢？因为古人认为，蝉只喝朝露，所以是清高的象征。弘道元年（683年），唐高宗去世。野心勃勃的武则天趁机阴谋篡权。据说，她先后毒死太子李弘，废黜了二子李贤，三子李显以太子身份即位不到两个月又被她废弃，贬为庐陵王；改立四子李旦，是为睿宗，大权却完全掌握在她的手里。她残酷地镇压了李唐宗室和元老旧臣，紧锣密鼓地准备称帝。就在这个时候，唐朝开国元勋徐勣（赐姓李）的孙子、英国公徐敬业站了出来。他来到扬州，联络了巡察扬州的监察御史薛璋等人，自称"匡复府上将""扬州大都督"，发动了声势浩大的讨武政治斗争，骆宾王出任艺文令，写下了气吞山河的《代李敬业传檄天下文》，也就是《讨武曌檄》，从此名扬四海。

文章开篇写道："……性非温顺，地实寒微，昔充太宗下陈，尝以更衣入侍。"武后读着，露出鄙夷的神情，因为宣丑揭秘本是檄文的老套。文章接着写道："入门见嫉，蛾眉不肯让人；掩袖工谗，狐媚偏能惑主。"这一句正好道破了武后的心思，她会心地笑了。随着文章的深入："虺蜴为心，豺狼成性。近狎邪僻，残害忠良。杀姊屠兄，弑君鸩母。"这真真假假的指摘，像一道闷雷在武后心中震响。待她读到："言犹在耳，忠岂忘心？一抔之土未干，六尺之孤何托？"女皇赫然色变，忙问作者是谁？左右回答说："骆宾王。"武氏不禁慨叹："有这样的人才，却使他留落不遇，这是宰相的过错啊！"武则天惜才之心溢于言表。

在朝廷 30 万大军凌厉的攻势面前，李敬业的"义军"瞬息间土崩瓦解，骆宾王也就不知所终了。

第一种说法是，兵败后骆宾王被杀，《新唐书·李勣传》《旧唐书·骆宾王传》《资治通鉴》等书都如此记载。《资治通鉴》说："乙丑，敬业至海陵界，阻风，其将王那相斩敬业、敬猷及骆宾王首来降。"另外，与骆宾王素有世家之谊的宋之问在《祭杜审言学士文》中写及王、杨、卢、骆时说："王也才参卿于西陕，杨也终远宰于东吴，卢则其栖山而卧疾，骆则不能保族而全躯。"也说明了骆宾王不仅自身未保，甚至是家人和族人都遭到牵连而被杀。

第二种说法是，骆宾王投江而死。唐代著名小说家张鷟在《朝野佥载》说："骆宾王《帝京篇》曰：'倏忽抟风生羽翼，须臾失浪委泥沙'，后与徐敬业兴兵扬州，大败；投江水而死，此其谶也。"就是说，骆宾王最终死于江水之中，之前就有预兆。

第三种说法是兵败逃逸，不知所终。这个说法虽然含糊，倒可能是真实的。因为骆宾王本非首犯，不在"传首"之列，杀与未杀，不在必然。时隔二十多年后，唐中宗降旨搜访骆宾王的诗文，郗云卿为《骆宾王文集》作序时说："文明中，与嗣业于广陵共谋起义，兵事既不捷，因致逃遁。"郗云卿是奉旨行事，成集后肯定要进呈御览。他这么说必是经过认真调查的，并含有官方认可的意味，所以《新唐书·骆宾王传》也说："敬业败，宾王亡命，不知所之。"必定是有所根据的，不可能信口雌黄。

第四种说法更为具体，认为骆宾王在兵败后逃脱隐居，也有人说他是出家为僧。兵变失败后，官军没有捕获到徐敬业和骆宾王，他们害怕武则天治罪，所以李代桃僵，杀了两个面貌酷似徐、骆的人，将其首级报送京师。事实上，骆宾王和徐敬业二人均逃脱并在后来落发为僧。最早说骆宾王出家为僧的人是唐孟棨的《本事诗》记载：

宋之问被贬经过钱塘时，去游灵隐寺，在长廊下吟诗，好久想不起下联，有位老僧在灯下坐禅，就问："少年，这么晚了还不睡？为何在这里苦吟呢？"

宋之问说："我看今夜月色很好，想写一首诗，但是思绪不畅。"

老僧说："你先吟上联。"

宋之问念道：

> 鹫岭郁岧峣，龙宫锁寂寥。

老僧说可对：

> 楼观沧海日，门对浙江潮。

宋之问一听，不禁愕然，因为这两句诗不仅景观开阔，而且气象壮美，于是接着写道：

> 桂子月中落，天香云外飘。
>
> 扪萝登塔远，刳木取泉遥。
>
> 霜薄花更发，冰轻叶未凋。
>
> 待入天桥路，看余度石桥。

综观全诗，老僧所赠二句，实乃一篇之警策。第二天，宋之问想再去拜访他。寺僧说，他就是骆宾王，他已飘然远去，乘桴浮于海矣。寺僧接着说："当日敬业战败，与骆宾王俱逃。捕之不获，将帅恐逃失了主犯被上面怪罪，当时死者数万，就找了两个相像的人，斩首上献。后来虽然知道他们没死，但也怕犯欺君之罪，也不敢再行捕送了。"对于这段史实，深信者有之，怀疑者亦有之。

但是，核心问题又出现了，焦点集中在宋之问身上。骆宾王和宋之问的父亲一同共事，他二人也是熟识的密友、世交这种亲密的关系，宋之问说骆宾王"不能保族而全躯"，这句话该怎么解释呢？至于《本事诗》所言宋之问与骆宾王在灵隐寺月夜联句一事，又该怎么理解呢，两个人相逢时怎么可能会不相识？

　　宋之问的"不能保族而全躯"，能不能作为骆宾王被杀的证据？因为宋之问是骆宾王的好朋友，他自然是熟悉骆宾王的，那么他可能是在辨认出报送京师的乃是假骆宾王的首级后才说的那句话。他可能说出真话吗？一来他要帮好友活命，肯定不能说真话；二来恐怕他也不愿意得罪送交首级的官军。至于灵隐寺月夜联句一事，能否这样解释：骆宾王失踪时隔二十多年，又系月夜，一方有心隐瞒，另一方没有想象不到，没认出倒是情理中的事。更有人说，宋之问人品低下，不配拥有好诗句，所以后人杜撰故事，把"楼观沧海日，门对浙江潮"归于他人名下。

■刘希夷
■[约651—约680]享年30岁
■以土囊压杀

　　"年年岁岁花相似，岁岁年年人不同"是大家非常熟悉的两句诗，可问起它的作者，恐怕没几个人知道了。如果说作者是因为这两句诗冤死的话，恐怕更没人敢相信了。这两句诗出自《代悲白头翁》：

洛阳城东桃李花，飞来飞去落谁家？

洛阳女儿惜颜色，坐见落花长叹息。

今年花落颜色改，明年花开复谁在？

已见松柏摧为薪，更闻桑田变成海。

古人无复洛城东，今人还对落花风。

年年岁岁花相似，岁岁年年人不同。

寄言全盛红颜子，应怜半死白头翁。

此翁白头真可怜，伊昔红颜美少年。

公子王孙芳树下，清歌妙舞落花前。

光禄池台文锦绣，将军楼阁画神仙。

一朝卧病无相识，三春行乐在谁边？

宛转蛾眉能几时？须臾鹤发乱如丝。

但看古来歌舞地，惟有黄昏鸟雀悲。

《代悲白头吟》一诗，从女子写到老翁，咏叹青春易逝、富贵无常。此诗构思独创，抒情婉转；语言优美，音韵和谐，在初唐即受推崇，历来传为名篇。全诗可分上、下两部分。前十二句写洛阳女子感伤落花的心境，抒发了人生短促、红颜易老的感慨；后十四句写白头老翁遭遇沦落的凄惨境况，抒发了世事变迁、富贵无常的感慨。最终以"但看古来歌舞地，惟有黄昏鸟雀悲"总结全篇意旨。

此诗作者刘希夷，字庭芝，河南汝州人。他生前似未成名，可见他一生遭遇压抑，是他产生消极感伤情绪的思想根源。《唐才子传》说"希夷美姿容，好谈笑，善弹琵琶，饮酒至数斗不醉……"可惜这位诗人，自幼丧父，随母亲住在外祖父家，和比他小五岁的舅舅宋之问同师学习。上元二年（675 年），二人同科进士，后因其对武后专权不满，弃官为民，过着田园式的自由生活。一生作有《嵩岳闻笙》《蜀城怀古》《江南曲》《巫山怀古》《故园置酒》《送友人之新丰》等诗篇。而在死后，孙季良编选《正声集》，"以刘希夷诗为集中之最，由是大为时人所称"。

话说回来，刘希夷因何冤死？是谁下的毒手呢？诗的背后难道还有别的故事吗？让我们慢慢拂去历史的阴霾，试着还原当时的情景。对于刘希夷之死，《大唐新语》说"诗成未周，为奸所杀。或云宋之问害之"。就是说《代悲白头翁》完成不到一年，刘希夷被奸人谋害，有人确切地说凶手就是宋之问。宋之问也是初唐诗人，官至考功员外郎，唐中宗时选为修文馆学士。舅舅因什么原因要害死寄居篱下的外甥呢？

宋王谠在《唐语林》记载：刘希夷写罢此诗以后，还未示人，就被宋之问看到了。宋之问对"年年岁岁花相似，岁岁年年人不同"两句十分欣赏，要求刘希夷将这两句诗送给他，作为他的作品，但被刘希夷拒绝了，致使宋之问"大怒"，"以土囊压杀之"。

宋之问因诗句杀死外甥，可信度有多高呢？

有人认为，宋之问"才华盖世，无耻之尤"。他曾想当武则天的面首，给男宠张易之提尿壶。张氏兄弟被诛后，他被贬广东泷州（今罗定市），第二年春天逃回洛阳，友人张仲之可怜他，让他住在自己家里。当时，张仲之与王同皎等人密谋除掉武三思，宋之问得知后，竟指使弟弟宋之逊的儿子宋昙暗中向武三思告密，导致王同皎等被斩首弃市，宋之问则因此免罪升官，出任鸿胪主簿，但他的臭名世人皆知。宋之问人品如此之差，谋害其甥，极有可能。

害人者也没有什么好下场，睿宗即位，以"狯险盈恶"将宋之问流放钦州（今广西壮族自治区钦州市灵山县一带），玄宗即位后赐死于桂州（今广西壮族自治区桂林市），时年 56 岁。

为了两句诗，宋之问竟对外甥下此毒手，其歹毒和凶残是常人难以想象的。这个故事告诉我们：宋之问这家伙人品真的很差；刘希夷的"年年岁岁花相似，岁岁年年人不同"的确写得好！

怎么证明写得好呢？在当时及后世，都有人模仿《代悲白头吟》一诗，甚至是剽窃。《才调集》选录唐玄宗时诗人贾曾的一首《有所思》，其诗云：

> 洛阳城东桃李花，飞来飞去落谁家？
> 幽闺女儿爱颜色，坐见落花长叹息。
> 今岁花开君不待，明年花开复谁在？
> 故人不共洛阳东，今来空对落花风。
> 年年岁岁花相似，岁岁年年人不同。

此诗完全剽窃了刘希夷的主题和诗句，甚至连宋之问赞赏的两句诗也据为己有。直到清朝，曹雪芹在《红楼梦》中代林黛玉作《葬花词》，还"偷"了好几句。

■杜审言

■[约645—708年]

■今且死，固大慰，但恨不见替人。

要是唐朝时就有"吉尼斯世界纪录"的话，杜审言是当之无愧的"吹牛第一人"的夺冠者。现在就让我们用一种轻松幽默的语气讲述天下第一吹牛人杜审言的故事。

杜审言，字必简，祖籍襄阳（今湖北省襄阳市），实为洛州巩县（今河南省巩义市）人。东晋名将杜预的十一世孙，他的诗以浑厚见长，精于律诗，尤工五律。他对律诗的定型做出了突出的贡献，用他孙子杜甫的话来讲，就是：

诗是吾家事，吾祖诗冠古。

写诗是他们杜家的家事，他祖父的诗天下第一。不过和他爷爷比起来，"诗圣"的话算是相当谦虚了。

杜审言少时与李峤、崔融、苏味道齐名，称"文章四友"。诗与同时的沈佺期、宋之问齐名。看来，杜先生真是文艺界的大腕。

据史书记载，杜审言恃才傲物、目空一切，把谁都不放在眼里，万般皆下品，唯有我最牛的处世态度，注定与别人格格不入，既得罪同事，又触怒上级，自己还没少受罪。如他在吉州担任司户参军时，碰到了两个硬茬儿，自己死里逃生，却搭上了幼子的性命。那么，杜审言因何得罪他人？得罪了谁？怎么会严重到闹出人命呢？

"司马周季重、司户郭若讷构其罪，系狱，将杀之"。这两个同僚下手狠毒，竟然把他弄成了死罪。正当二人喝酒庆祝时，年仅十三四岁的杜审言的大儿子，即杜甫的伯父杜并拿着刀冲进来，把毫无防备的周季重一刀捅死，自己也被杀死在当场。在古代，儿子替父亲报仇，弟弟替哥哥报仇，不管出发点是对是错，都算孝行。《北史》列传记载，杜家的先祖杜叔毗就因为哥哥被曹策所害，大白天在京城手刃曹策，

"断手刳腹，解其支体"，然后反绑自己，请求伏诛。周太祖称赞他的勇气，特别下令赦免。

杜审言因为这个刚烈出息的儿子，得以免罪，回到洛阳。武则天赏他个著作郎的官，后因勾结张易之兄弟，被流放。

新、旧《唐书》对他毁誉参半，一方面说他是"雅善五言诗，工书翰，有能名"，但另一方面又说他"恃才謇傲，甚为时辈所嫉"，一点儿都不招人喜欢。

《新唐书》还有如下记载："苏味道为天官侍郎，审言集判，出谓人曰：'味道必死。'人惊问故，答曰：'彼见吾判，且羞死。'"天官侍郎是武则天朝的官名，其实就是吏部侍郎。作为主管干部的组织人事部副部长，苏味道是这一年科举的主考官。主考官当然不必一张一张地看考生的卷子，自有工作人员"预判"，杜审言就是其中的一个阅卷老师。阅完卷要写评语，杜审言判完卷子对别人说，这回苏味道死定了。众人不知就里，惊问出了什么事？他说："他见了我那文采斐然的判词，还能不羞死？"幸好苏味道脾气好，并没有和他计较。值得一提的是，杜审言的第三代出了"诗圣"杜甫，三百年后，苏味道的后人才出了和杜甫比肩的文人，而且一出就是三个——苏洵、苏轼、苏辙！

杜审言吃了几次亏都不长记性，不忘将吹牛皮进行到底，人之将死，其言也不善。其临死前，宋之问等一帮好友到杜府临终关怀，杜审言说："甚为造化小儿相苦，尚何言？然吾在，久压公等，今且死，固大慰，但恨不见替人！"白话意思就是："我活着，老压得你们出不了头，这回死了挺好，不过能赶上我的，还是没有啊！"

■ 孟浩然

■ [689—740] 享年 50 岁

■ 食鲜疾动

孟浩然，襄州襄阳（今湖北省襄阳市）人，世称"孟襄阳"、孟山人，以隐士终身。李白对孟浩然非常推崇，他写诗说：

> 吾爱孟夫子，风流天下闻。
>
> 红颜弃轩冕，白首卧松云。
>
> 醉月频中圣，迷花不事君。
>
> 高山安可仰？徒此揖清芬。

此诗大意为：我非常敬爱孟先生，他风雅潇洒、闻名于世。少年时鄙视富贵功名，老年后隐居林泉松山。望月畅饮、常入梦乡，迷恋花草不走仕途之路。高山挺立自叹不可攀，只有跪拜赞美你高洁。

孟浩然是唐代真正的布衣诗人，一生未入仕。难道他真的无意仕宦、欲终老泉林吗？我们先从一首著名的干谒诗《临洞庭湖赠张丞相》说起：

> 八月湖水平，涵虚混太清。
>
> 气蒸云梦泽，波撼岳阳城。
>
> 欲济无舟楫，端居耻圣明。
>
> 坐观垂钓者，徒有羡鱼情。

开元二十一年（733 年），45 岁的孟浩然西游长安，以此诗投赠张九龄希望得到引荐录用。从诗中可以看出，此时的孟浩然有着造福社稷苍生的理想，只是不知什么原因，这件事没有了下文。

这也难怪。

因为比这更好的机会——天下第一的好机会放在眼前，他都没有抓住，眼睁睁地错失良机，酿成大憾！这是一个怎样的好机会呢？让时光倒流到开元十六年（728 年）。那一年，40 岁的孟浩然游学京师，到太学赋诗，"一座嗟伏，无敢抗"，诗写得太有杀伤力了。王维不遗余力地四处推介孟浩然。某日，王维邀孟浩然到他的府衙做客，坐下不久，玄宗皇帝驾到。当时的孟浩然是一介布衣，没有面见天子的资格，情急之下慌忙钻入床下。皇帝看见桌子上有一顶没见过的帽子，就问王维是怎么回事，王维只好老实交代，当即奏明：孟浩然恐冒渎天颜，躲在床下。玄宗也没有怪罪，反而很高兴："朕闻其人而未见也，何惧而匿？"就把孟浩然从床底下叫了出来，孟浩然大气不敢出，更不敢抬头。爱好文学的唐玄宗为了打破僵局，就让孟浩然诵读几首新作。浩然遂再拜诵曰：

> 北阙休上书，南山归敝庐。
>
> 不才明主弃，多病故人疏。
>
> 白发催年老，青阳逼岁除。
>
> 永怀愁不寐，松月夜窗虚。

第一句刚出口，就吓坏了一旁的王维。及诵至"不才明主弃"，王维见圣颜已然变色。玄宗本来心情大好，可他偏偏道出了最令皇上厌恶的牢骚诗篇。玄宗的批评仍不失天子风度："卿不求仕，而朕未尝弃卿，奈何诬我？"虽说未加惩处，"不用"已是最大的责罚。

孟浩然为什么诵读这首诗呢？我想他一定是实话实说，道出了自己的肺腑之言，但没找对倾诉的对象。孟浩然有赖王维而亲沐皇恩，却在那么一个特别的情境下吟出了那首满腹牢骚的五言诗，只好"南山归敝庐"了。尽管孟浩然"少好节义，喜振人患难"。想必人缘不坏，然其豪放之处又太过无羁、任性，所以即便有朋友帮他，也往往事与愿违。

还有一次，采访使韩朝宗与浩然约好同上京师，举荐他为官，浩然聚友畅饮尽欢，朋友提醒他不要误了与韩朝宗的约会，浩然叱曰："喝酒，不要管他！"之后，等待多时的韩朝宗怒而前来辞行，孟浩然毫无悔意。就这样，他一次次错失良机。不是命运跟他过不去，是他拿命运开了一个又一个玩笑。

唐玄宗开元二十八年（740年），王昌龄南游襄阳拜访孟浩然。"时浩然疾发背，且愈，得相欢饮。浩然宴谑，食鲜疾动，终于南园，年五十。"（元王士源《孟浩然诗集序》）"疾发背"就是背疽，中医指背部皮肤肿胀坚硬而皮色不变的毒疮，在古代，这是十分危险的疾病。"食鲜"的"鲜"指什么呢？孟浩然《岘山作》诗云：

美人骋金错，纤手脍江鲜。

《从张丞相游南纪城猎，戏赠裴迪张参军》诗云：

顺时行杀气，飞刀争割鲜。

从诗中可知，"鲜"指生鱼片或禽兽之肉。

孟浩然经良医诊治，病将痊愈，但须忌口，尤其不能吃牛羊鱼之类的食品。但老友相聚，相谈甚欢，任性的孟浩然竟将医嘱抛在脑后，"浪情宴谑，食鲜疾动"。王昌龄还未离开襄阳，孟浩然却永远闭上了诗人的眼睛，终年 50 岁。后人说王昌龄心下很是愧疚，"我不杀伯仁，伯仁却因我而死"。

■ 王昌龄

■ [698—757] 享年 60 岁

■ 魂断亳州

杨花落尽子规啼，闻道龙标过五溪。

我寄愁心与明月，随君直到夜郎西。

最早知道王昌龄，缘于李白的这首《闻王昌龄左迁龙标遥有此寄》，那时候还不知道"左迁"是什么概念，不知道王昌龄为什么叫"王龙标"？只知道这是一首歌颂友谊的诗。

后来，在一位军人朋友的影响下，重读王昌龄的边塞诗，才算对他有了较深的理解。如其《出塞二首·其一》：

秦时明月汉时关，万里长征人未还。

但使龙城飞将在，不教胡马度阴山。

如《从军行七首·其四》：

青海长云暗雪山，孤城遥望玉门关。

黄沙百战穿金甲，不破楼兰终不还。

如《出塞二首·其二》：

骝马新跨白玉鞍，战罢沙场月色寒。

城头铁鼓声犹震，匣里金刀血未干。

三首七绝，结尾都是否定句，高昂雄浑、音律铿锵，取材大，境界大，气魄大，充溢着强烈的建功立业的抱负，成为唐诗中的辉煌杰作。正是凭着这一首首卓尔不凡的作品，王昌龄摘得了"七绝圣手""诗家夫子"两顶桂冠。我想，这样一位光耀诗坛的巨星，一定是驰骋疆场的飒爽将帅。当我查阅史料时，竟发现王昌龄没有在边塞任职的确切记载。

他到过边塞吗？这些诗作是现实的写照还是诗人的想象？

初唐国力强盛，为开拓国土而战事频繁。有功的边将很容易得到朝廷重用。"功名著者，往往入为宰相"，而且边将有权表奏选任自己的幕僚。因此，意气风发的有志青年往往出塞谋求出路。王昌龄胸怀韬略、谋求升迁亦是其原因之一吧。他在《少年行二首》中，就借赞美西陵少年，透露了自己的志向。

……

闻道羽书急，单于寇井陉。

气高轻赴难，谁顾燕山铭。

王昌龄虽然没有在边塞任职，但他年轻时曾来到今甘肃省的临洮、河西、张掖、玉门一带，对边塞风土和戍边生活有着亲身体验，当这种体验和诗才碰撞，就不难写出好作品了。如《从军行七首》：

大漠风尘日色昏，红旗半卷出辕门。

前军夜战洮河北，已报生擒吐谷浑。

王昌龄自幼家境贫寒，一生经历坎坷。他于公元727年30岁进士及第后，任整理图书典籍的校书郎七年，此后又任河南汜水县县尉。739年，被贬谪岭南（今广东省）；740年还京后，又赴江宁（今南京市）任江宁丞；747年，再度被贬官龙标（今湖南省黔阳）任县尉。755年"安史之乱"爆发。第二年，60岁的王昌龄在辗转回老家途中，路经亳州时被亳州刺史闾丘晓杀害。

闾丘晓为什么要杀害王昌龄？他一个刺史不过是州县级长官，凭什么杀掉同是朝廷命官的王昌龄？

元辛文房《唐才子传》中有一句发人深思的话："以刀火之际归乡里，为刺史闾丘晓所忌而杀。"许多史学家认为"忌而杀"三字，道出了王昌龄的死因。是闾丘晓忌妒王昌龄的诗才与名气，他认为在当时天下大乱之际，可以为所欲为。王昌龄只是一个被贬谪的小官吏，朝廷自顾不暇，还有谁来关心他的死活？于是悲剧发生了，"为人愎戾"的闾丘晓，找了个茬儿，杀了王昌龄。

读王昌龄读到这里，不禁让人拊膺长叹！

闾丘晓草菅人命，忌杀诗坛巨星，难道真的无人过问吗？

王昌龄冤死后不久，时任宰相兼河南节度使的张镐，就为他报了仇。

《旧唐书·张镐传》记载，公元757年，张镐奉命平定"安史之乱"。这年秋天，为解宋州（今河南省商丘市一带）之围，令亳州刺史闾丘晓率兵救援。为人傲慢、刚愎自用的闾丘晓看不起布衣出身的张镐，更怕仗打败了"祸及于己"，于是故意拖延时间，按兵不动，致使贻误战机，宋州陷落。张镐以贻误军机罪，处死闾丘晓。

在行刑时，闾丘晓露出一副可怜相，乞求张镐放他一条生路："有亲，乞贷余命"，意思是家有老母需要赡养。张镐不愧是宰相之才，一句话就把闾丘晓挡了回去："王昌龄之亲，欲与谁养？"王昌龄的母亲又由谁来抚养呢？

不难想象，张镐的这一声充满道义愤怒地喝问，在当时是多么大快人心，就是在今天听起来仍然像一声惊雷，冲破历史的积尘和层层凝血。

张镐未必是存心为王昌龄报仇。他在李白、杜甫遇难时都曾施以援手，但可以肯定地说，他的爱才之心在王昌龄和闾丘晓这场纠葛中，不会不起作用。

闾丘晓也写过诗，《全唐诗》收了他一首五律，没什么新意。少才而又妒才，碰到张镐这样爱才而又富有正义感的人，正是撞到了枪口上。

也有人说为王昌龄雪恨的是高适。

这又是怎么回事呢？

实际情况是，高适是张镐的部下，他的部队归张镐统帅，只是有人将这件事归功于主帅，有人将它归之于具体执行者。不论这位义士是谁，都是替天下蒙冤受屈的人出了一口恶气，千年之后还让人拍案呼快，随之潸然泪下。

这一切，对世道人心有意义，却丝毫无法挽救王昌龄的生命。还好对那些污蔑毁谤，他早就自己洗刷了，一首《芙蓉楼送辛渐》便是心迹最真切的表白。

> 寒雨连江夜入吴，平明送客楚山孤。
>
> 洛阳亲友如相问，一片冰心在玉壶。

他让友人对洛阳亲友转达，自己是正直无瑕的，冰清玉洁，心地光明。

后人记得这胸襟磊落的诗句。

王昌龄的七绝代表作，除了边塞诗，还有闺怨诗，例如《闺怨》：

> 闺中少妇不知愁，春日凝妆上翠楼。
>
> 忽见陌头杨柳色，悔教夫婿觅封侯。

如《春宫曲》：

> 昨夜风开露井桃，未央前殿月轮高。
>
> 平阳歌舞新承宠，帘外春寒赐锦袍。

以上诗作构思精巧、音律悦耳、情感如泉水一样流动的诗作，堪与李白的七绝媲美。清宋荦在《漫堂说诗》中说："太白、龙标，绝伦逸群，龙标更有'诗家夫子'之号。"这大概是对王昌龄最高的赞美了。只是这样崇高的评价，换取其不幸的一生，不知道自有史以来，还有几人？

"七绝圣手"从此成为绝响！

■孟郊

■[751—815年] 享年65岁

■冻馁暴卒

孟郊，字东野，和贾岛齐名。宋代苏轼说，"元轻白俗，郊寒岛瘦"，说的是他们的创作风格。孟郊、贾岛作诗苦吟，讲求炼字铸句，把作诗看为生命中最重要的事情，好像成为诗的囚徒一般，所以后人称他为"诗囚"。

孟郊的一生，可以用两个字形容：倒霉！好事从来与他无缘，背运一直与他相伴。堂堂一位进士出身的诗人，又生活在诗歌最为繁荣的唐朝，居然没过上一天舒心的日子，想想都令人唏嘘。

孟郊出生在一个贫困的家庭，生性孤僻。少年丧父，中年丧妻，暮年丧子，人生的不幸都让他赶上了。孟郊自幼和母亲裴氏相依为命，作为没有什么背景的孤儿寡母，要想混出个样子来，实在没有什么好的办法。青年时的孟郊隐居于嵩山，有一段时间，还做了僧人，号无本，自号"碣石山人"。其间，他写过一些与僧侣交往的诗，比如《赠道月上人》，此诗细腻地描写了僧人的生活和精神。

> 僧貌净无点，僧衣宁缀华。
>
> 寻常昼日行，不使身影斜。
>
> 饭术煮松柏，坐山敷云霞。
>
> 欲知禅隐高，缉薜为袈裟。

还有如《赠建业契公》：

> 师住青山寺，清华常绕身。
>
> 虽然到城郭，衣上不栖尘。

做僧人只能是独善其身，要养家糊口就得靠知识改变命运，参加科举。但按唐制，僧侣不能参加科举考试，必须得还俗，寒窗苦读，精进学问。

他能否顺利步入仕途，改变贫寒的家境呢？

韩愈在《贞曜先生墓志铭》中说：孟郊"年几五十，始以尊夫人之命，来集京师，从进士试"。根据《孟郊年谱》载："贞元七年，东野四十一岁。秋，东野于湖州举乡贡进士，旋往长安应进士试。"他的科举之路完全可以用五首诗概括。第一次科举不中，他写了一首《落第》：

> 晓月难为光，愁人难为肠。
>
> 谁言春物荣，独见叶上霜。
>
> 雕鹗失势病，鹪鹩假翼翔。
>
> 弃置复弃置，情如刀剑伤。

孟郊在此诗中道出了科场失意、万箭穿心的创痛。第二次名落孙山，他不得不接受迎面而来的打击，心情悲伤，转向消沉、绝望。《再下第》诗云：

> 一夕九起嗟，梦短不到家。
>
> 两度长安陌，空将泪见花。

诗人长吁短叹、泪花涟涟，梦中想家难回家。经历了科场失意，孟郊开始悲叹自己的命运。他的《叹命》一诗写道：

> 三十年来命，唯藏一卦中。
>
> 题诗还问易，问易蒙复蒙。
>
> 本望文字达，今因文字穷。
>
> 孤影别离月，衣破道路风。
>
> 归去不自息，耕耘成楚农。

孟郊本来对自己的科举生涯有着美好的设计，希望依靠自己过人的才华飞黄腾达，但理想与现实有着巨大反差，他在极度失望中发牢骚说既然没有当官的命，那我以后索性就不考了，回老家当一辈子老百姓。话虽这样说，但一觉醒来，孟郊还是不甘心。他在《失意归吴因寄东台刘复侍御》一诗中写道：

> 自念西上身，忽随东归风。
>
> 长安日下影，又落江湖中。
>
> 离娄岂不明，子野岂不聪？

至宝非眼别，至音非耳通。

因缄俗外词，仰寄高天鸿。

　　此诗书写了自己的失意，说自己有才华，但主考官就是不选拔他，就像世俗之人无法识别"至宝""至音"一样。

　　但在金榜题名的荣耀和母亲的一再敦促下，他决定要放开手脚，最后一搏！就这样，46岁的孟郊第三次来到京城参加进士考试，苍天护佑，年近知天命的孟郊终于考中了进士。这下可把孟郊乐坏了，压抑了四十多年的情感火山般爆发出来，他欣喜若狂写了多首及第诗。其中最有名的是《登科后》，那心情简直可以用一个"爽"字来形容。

昔日龌龊不足夸，今朝放荡思无涯。

春风得意马蹄疾，一日看尽长安花。

　　这首诗太著名了，最后两句演变为两个成语"春风得意""走马观花"。

　　京师的鲜花美景看遍了，京师的如花美女也欣赏过了，可出尽了风头之后仍没能改变命运！因为按科举规定，考进士由礼部主试，中榜后并不授官，考中进士只是有做官的资格，还须参加吏部的考试，合格后才能授予官职。

　　就这样，孟郊又经过了四年的奔波苦熬，终于获得一个溧阳县尉的官位。50岁的孟郊结束了长年漂泊流离、贫困潦倒的生活。赴任之前，古稀之年的老母在如豆的油灯下为他赶制新衣。此刻，孟郊心潮起伏，既要赴职，又放不下母亲，饱尝了世态炎凉的诗人，此时愈觉亲情之可贵。刚到任所，他做的第一件事就是把母亲从老家接来。并写出了《游子吟》这首发于肺腑，感人至深的佳诗。诗题下自注："迎母溧上作。"

慈母手中线，游子身上衣。

临行密密缝，意恐迟迟归。

谁言寸草心，报得三春晖！

　　这首诗没有任何藻绘与雕饰，文辞淳朴素淡，诗味浓郁醇美，道出了古今共感的平凡而又伟大的人性美，千百年来赢得了一代又一代读者强烈的共鸣。到了清朝，也许是受孟郊影响，有两位溧阳诗人又吟出了这样的诗句，其一是史骐生的《写怀》：

父书空满筐，母线尚萦襦。

其二是彭桂的《建初弟来都省亲喜极有感》：

向来多少泪，都染手缝衣。

现在，联合国教科文组织将《游子吟》，列为世界各国中小学感恩教育的必修课文。

遗憾的是，命运和孟郊再一次开了个玩笑。他写诗得心应手，做官还真不太合格。在溧阳，诗人从不在衙门里待着，常骑着一头瘦驴四处游逛，日出即行，日落方归，美其名曰"察民情"，可拿出的调查材料，尽是些苦吟诗作，很不实用。

孟郊既不务正业，又不会和上司搞关系，县令对他很不满意，就把他的所作所为向上反映。上面倒是没撤他的职，而是派了个人"帮助"他工作，但是要分一半工资。孟郊的俸禄本来就低，这下生活上更是捉襟见肘了。

孟郊有一首《借车》，自曝家丑，厚着脸皮吐露寒士难以启齿的困境。

借车载家具，家具少于车。

借者莫弹指，贫穷何足嗟。

百年徒役走，万事尽随花。

工作干不了，薪水只拿一半，还要看别人的脸色，无奈之下，孟郊辞职了。迫于生计的压力，孟郊在韩愈的帮助下，到河南尹郑余庆手下做官，定居洛阳。在他60岁时，母亲去世，孟郊悲痛万分，辞官回老家守孝。

元和九年（814年）的一天晚上，孟郊暴卒，有人说是冻死的，有人说是饿死的。不管怎样，对命运多舛的孟郊来说，生命的终结也许意味着一种解脱。史载：孟郊死时"家徒壁立，得亲友助，始得归葬洛阳"。通过韩愈、李观、张籍这些诗友出手相助，才买了口薄皮棺材草草将其下葬。《唐才子传》中说："郊拙于生事，一贫彻骨，裘褐悬结，未尝俯眉为可怜之色。"这是对他一生的总结。

孟郊一生有诗作500多首，他去世后乡人为其建立"孟郊祠"，祠

第十一篇　传奇幽明路

内有一副对联：名诗一首抒尽人间母子情，巨篇五百咏遍天下平民心。

其好友贾岛写诗《哭孟郊》以悼念他，诗曰：

身死声名在，多应万古传。

寡妻无子息，破宅带林泉。

冢近登山道，诗随过海船。

故人相吊后，斜日下寒天。

孟郊，一个满腹才华的诗人，却不能换得一粒一缕养活自己，终生饥寒交迫；这既是时代的悲剧，也是他个人的宿命。我们经常把文人士大夫相提并论，其实并不是所有文人都能成为士大夫，也不是所有文人都适合成为士大夫。

《论语》中说："学而优则仕。"学而优却仕不达的人，孟郊不是第一个，也不是最后一个。

■韩愈

■[768—824年]享年57岁

■硫黄中毒？

韩愈从小就过着十分清苦的生活。

韩愈3岁时父亲逝世，由哥哥韩会抚养成人。韩愈从小便刻苦读书，无须别人嘉许勉励。后韩会早逝，韩愈又随寡嫂郑氏避乱宣城，颠沛流离。19岁时至京师长安求仕，25岁时考中进士，但又连着几年没有通过吏部的选拔考试。文章投递到公卿之间，前宰相郑余庆极力为他播扬声誉，效果很好，但此时徒有声名，没有官做，只好流落到地方节度使的幕府里任职。35岁时，他终于进入官场，又因与宦官、权要相对抗，甚至触怒龙颜，屡遭贬谪，长达十几年不得志，连生活费都要靠他人接济。

在韩愈仕途中，有这样几件事不得不提。元和十二年（817年）八月，50岁的韩愈随宰相裴度平定淮西后，因功授职刑部侍郎，宪宗便命他撰写《平淮西碑》，其中有很大篇幅叙述裴度的事迹。事实上，李愬当时率先进入蔡州生擒吴元济，功劳最大，他对韩愈所写愤愤不平。后李愬之妻入宫禁诉说碑辞与事实不符，宪宗便下令磨掉韩愈所写碑文，命翰林学士段文昌重新撰写并刻石为碑。

元和十四年（819年）正月，宪宗派使者去凤翔迎佛骨，长安一时间掀起崇佛狂潮，韩愈不顾个人安危，毅然上书《谏迎佛骨表》极力劝谏，说供奉佛骨实在是一件荒唐事，要求将佛骨烧毁、永远根除，不能让天下人被佛骨误导。宪宗看了韩愈的上表非常生气，要用极刑处死韩愈，经裴度、崔群等人极力劝谏，才免除刑罚，但宪宗仍很愤怒。一时人心震惊叹息，乃至皇亲国戚也认为对韩愈加罪太重，都为韩愈说情，宪宗便将他贬为潮州刺史。被贬后，韩愈写诗表达了他忠心进谏、一心为国为民的情怀。

> 一封朝奏九重天，夕贬潮州路八千。
>
> 欲为圣明除弊事，肯将衰朽惜残年！

长庆二年（822年）二月，韩愈就任兵部侍郎不久，一项极其棘手的使命摆在他面前——平定镇州王庭凑叛乱。

镇州之行，韩愈只身深入虎穴，在充满敌意的骄兵悍卒面前，在森严的兵甲环绕之中，他大义凛然，镇静应付；举重若轻，以理服人，不辱使命，为朝廷平息了叛乱。宋苏轼在《潮州韩文公庙碑》中称赞韩愈"勇夺三军之帅"，指的就是他这种一般文人所缺少的胆气。

唐穆宗在接见凯旋的韩愈时大喜过望，说："爱卿不仅是写文章的圣手，还是个灵敏机智的演说家。"对他极其赞许，准备重用。韩愈期待中的光明仕途终于到来。

长庆四年（824年）夏天，韩愈57岁，由于突然生病，不得不请假到新置的城南别墅里休养。过了中秋节，病情突然加重，没过多久，便溘然而逝。据韩愈的女婿兼门生李汉说："长庆四年冬，先生殁。"殁于何因？并未言明。

白居易的《思旧》诗中说：

> 退之服硫黄，一病讫不痊。

五代时的陶穀说韩愈晚年亲近女色，还经常吃喂了硫黄的雄鸡。

据记载，韩愈晚年曾蓄买姬妾多人，有的善弹琵琶，有的长于调筝。服食丹药及亲近女色，都是为了乐享晚年。在唐人来看，不违情理，更无妨韩愈的声誉。不过，清代的方崧卿、李季可、钱大昕等都认为陶毂"诬谤前贤"。方崧卿据《卫府君墓志》说，当时有一个人叫卫中立，字"退之"，因服食丹药而死，白居易说的卫中立，不是韩愈。李季可、钱大昕更进一步提出，韩愈曾在去世前一年写过一篇《李干墓志》，批评了六七个人，这些人都是因为炼丹服药而死的。韩愈不可能一面斥责别人，一面自己"试祸"。

白居易和韩愈只是泛泛之交。和卫中立呢？据近代国学大师陈寅恪考证，白居易和不是进士出身、到死都是边陲之地幕僚的卫中立毫无交往。白居易写《思旧》诗时，怎么会突然想到一个和自己毫无交往的人呢？说卫中立，更不合理。既不是韩愈，又不是卫中立，那是谁呢？难道在白居易的"旧友至交"中，还有另外一个人叫"退之"吗？这实在是一个谜，一个千古之谜！

白居易《浩歌行》有云：

> 既无长绳系白日，又无大药驻朱颜。

诗中的"大药"，也叫丹药，就是道家的金丹，一般用丹砂、硝石、硫黄及铅等矿物质提炼而成，古人认为服用丹药有养颜的功效。东晋道士葛洪的《抱朴子·金丹篇》说："服此而不仙，则古来无仙矣。"特别是硫黄，也叫灵砂，道教经书《灵砂大丹秘诀》第一篇《抱一圣胎灵砂》就说："丹灶之统辖，修养之领袖，大药之祖，金丹之宗"，此"抱一灵砂，外可以富国家，内可以成大道，乃长生不死之大药也"，就是说，如果长期服用还能长生不死。

北宋陈师道《后山诗话》记载："又为李于志叙当世名贵，服金石药，欲生而死者数辈，著之石，藏之地下，岂为一世戒耶？而竟以药死！故白乐天云'退之服硫黄，一病讫不痊'也。"宋孔平仲《孔氏杂说》："韩退之晚年遂有声乐而服金石药。张籍祭文云：'乃出二侍女，合弹琵琶筝。'既而遂曰：'父疾日浸加，孺人侍汤药。'白乐天《思旧》诗云'退之服硫黄，一病讫不痊'，退之尝讥人不解文字饮，而自败于妓女乎！作《李博士墓志》，切戒人服食金石药而自饵硫黄乎！"

服用硫黄对身体是有很大的损害的，韩愈在《祭十二郎文》中说："吾年未四十，而视茫茫，而发苍苍，而齿牙动摇。"其《落齿》诗云：

> 去年落一牙，今年落一齿。

> 俄然去六七，落势殊未已。

韩愈写过一首长诗《赠刘师服》，诗中表露了他对有着满嘴好牙的刘师服的羡慕。想着人家吃肉、硬饼送进嘴里嚼得嘎吱作响，自己却只能软饭入口像牛反刍一样慢慢嚼，两相对比，个中滋味只有韩愈自己知了。

> 匙抄烂饭稳送之，合口软嚼如牛呞。

■ 鱼玄机
■ [约844—871] 享年约28岁
■ 爱的悲剧

长安咸宜观女道士鱼玄机，原名幼薇，字蕙兰，长安倡家女也。她出身低微，才色兼具。在成为女道士之前，她的生命已经走过太多坎坷。其父饱读诗书却功名未成，于是悉心培养幼薇。

幼薇不负父望，小小年纪便成为远近闻名的诗童，可惜父亲不久就去世了。鱼幼薇的才华引起了名满京华的温庭筠的关注。

一个暮春的午后，温庭筠在平康里一所破旧的小院中找到了鱼家。平康里位于长安的东南角，这里娼妓云集。母女俩靠着给附近青楼娼家做些针线和浆洗的活儿勉强维持生活。温庭筠面对这位不满13岁的女诗童，当即出题"江边柳"。鱼幼薇以手托腮略作沉思，在一张花笺上飞快地写下一首诗，双手捧给温庭筠评阅。

> 翠色连荒岸，烟姿入远楼。

> 影铺秋水面，花落钓人头。

> 根老藏鱼窟，枝低系客舟。

> 萧萧风雨夜，惊梦复添愁。

温庭筠反复吟读着诗句，觉得此诗不论是遣词用语、平仄音韵，还是意境诗情，都属于难得一见的上乘之作。此后，温庭筠经常出入于鱼家，不时地予以帮衬，他与幼薇的关系，既像师生，又像父女、朋友。不久之后，温庭筠离开长安，情窦初开的鱼幼薇发现自己疯狂地爱上了自己的老师，情诗写了一首又一首。

心明如镜的温庭筠哪能不解她的心思？也许是年龄悬殊，也许是自惭形秽（温庭筠才情非凡，面貌奇丑，时人称之为"温钟馗"），他对鱼幼薇虽然十分怜爱，但仍以师生关系来往。

一日，鱼幼薇去崇真观中游览，正碰到一群新科进士争相在观壁上题诗留名，他们春风满面、意气风发，令一旁的鱼幼薇羡慕不已。人影散去，她也满怀感慨地悄悄题下一首七绝：

> 云峰满目放春晴，历历银钩指下生。
>
> 自恨罗衣掩诗句，举头空羡榜中名。

此诗前两句气势雄浑、势吞山河，抒发了她满怀的雄才大志；后两句笔锋一转，恨自己生为女儿身，空有满腹才情，无法与须眉男子一争伯仲，只有无奈空羡！

几天之后，新科状元李亿游览崇真观时，无意中读到了鱼幼薇留下的诗，心中大为仰慕，便暗暗记下了这个名字。

无巧不成书，在温庭筠的撮合下，在长安繁花似锦的阳春三月，一乘花轿把盛装艳饰的鱼幼薇，迎进了李亿为她在林亭置下的一栋精美别墅中，此时的鱼幼薇，刚刚 15 岁。

佳人适才子，这也许是鱼幼薇一生中少有的亮色。但李亿是有妇之夫，鱼玄机只能是"为李亿补阙侍宠"。鱼玄机没能过上几天安稳日子，因为"夫人妒不能容"，最终她被赶出家门，只好入咸宜观做了女道士。

咸宜观观主一清，为鱼幼薇取了"玄机"的道号。一个风华绝代、才情似锦的姑娘岂能甘于孤伴青灯，做一世道姑呢？长夜无眠，鱼玄机在云房中思念着昔日的丈夫李亿，以泪水和墨写下了好几首相思的诗章，却无法捎给李郎。留给鱼玄机的，也只是守着寂静与道友为伴。

三年时光默默流走，一清师父年老力绝，溘然长逝；另一位与鱼玄机年龄相仿，朝夕为伴的彩羽道姑，跟着一位来道观修补壁画的画师私奔了。咸宜观中，就剩下鱼玄机孤零零的一人。

就在这时，她又听说她日夜盼望的李郎，早已携带娇妻出京远赴扬州任官了。这一消息对鱼玄机来说，无疑是一个沉重的打击，她觉得自己被人抛弃了，自己空将一腔情意付与了李子安。

鱼玄机遂一改过去洁身自爱的态度，索性放纵起来。她深夜秉烛，写下了一首《赠邻女》：

> 羞日遮罗袖，愁春懒起妆。
> 易求无价宝，难得有心郎。
> 枕上潜垂泪，花间暗断肠。
> 自能窥宋玉，何必恨王昌？

此诗不啻是她人生的分水岭。从此以后，她只为享乐纵欲，变成了一个放荡的女人。她陆续收养了几个贫家幼女作为她的弟子，实际上是她的侍女。观外贴出了一幅"鱼玄机诗文候教"的红纸告示，这无疑是一旗艳帜，文人雅士、风流公子纷纷前往咸宜观拜访，谈诗论文，聊天调笑，咸宜观一夜之间成了文士们向往的场所。鱼玄机的艳名也越传越广。她有一首《遣怀》，就颇能体现出此时的生活境况。

> 闲散身无事，风光独乐游。
> 断云江上月，解缆海中舟。
> 琴弄萧梁专，诗吟庾亮楼。
> 丛篁堪作伴，片石好为俦。
> 燕雀徒为贵，金银志不求。
> 满怀春绿酒，对月夜窗幽。
> 绕砌澄清沼，抽簪映细流。
> 卧床书册遍，半醉起梳头。

拜倒在她石榴裙下的有一个叫左名扬的落第书生，此人酷似李亿。于是，鱼玄机对他倾注了满腔的柔情，时常将他留宿在云房中。

鱼玄机虽敞开了怀抱，但她最终仍没有寻到真爱，而是一场风月，也引来杀身之祸。

鱼玄机的弟子、贴身侍婢绿翘，受鱼玄机影响，也是双眼含媚，善弄风情。某日，鱼玄机应邀春游聚会，临出门时嘱咐绿翘说："如有客人来，可告诉我的去向。"

鱼玄机回到咸宜观时已是暮色四合。绿翘禀报："温大人午后来访，我告诉他你去的地方，他'嗯'了一声，就走了。"鱼玄机心想：平常自己外出，温大人总是耐心地等她归来，今天怎么急急地走了呢？再看绿翘，只见她面带潮红，举止似乎也有些不自然。

入夜，点灯闭院，鱼玄机把绿翘唤到房中，强令她脱光衣服跪在地上，厉声问道："今日做了何等不轨之事，从实招来！"绿翘吓得缩在地上，颤抖着回答："自从跟随师父，随时检点行迹，不曾有违命之事。"鱼玄机逼近绿翘，仔细检视全身，发现她胸前有指甲划痕，于是拿起藤条没命地抽打。绿翘矢口否认自己有解佩荐枕之欢，被逼至极，她反唇相讥，历数鱼玄机的风流韵事。鱼玄机暴跳如雷，毒打猛笞。等她筋疲力尽时，绿翘已气绝身亡。

鱼玄机一看出了人命，遂慌了手脚，趁着夜深人静，把绿翘的尸体埋进后花园。

事情很简单，然而生命却很复杂。当鱼玄机无情地笞打绿翘时，她的怀才不遇，她的婚姻不幸，她的情场背叛，她所有的怨恨，都倾注在了比她更柔弱的另一个女子身上。弱者只有在更弱者身上才能找到一点儿心理平衡。于是悲剧不可避免。她将自己的怨气抒发之后，也意味着她的生命走到了尽头。

时隔不久，有位新欢的客人到后院紫藤花下小便，见有一大群苍蝇聚集在花下的浮土上，驱赶开后又复聚过来。土上无一脏物，为何引来蝇聚？客人心中生疑，回家后告诉了做衙役的哥哥，于是官衙派人勘查，挖开紫藤花下的泥土，见到了一具女尸——正是绿翘。

于是，鱼玄机被带到公堂，审问她的竟是旧日情人温璋，绿翘也是因他而死。按照《唐律疏议》规定："主杀奴，减等处理。"可是她太独特了。最终，他无情地对她施与更加严重的刑罚。因为他的上司要她死。唐懿宗亲自批示："杀！"

天子的脾气真是难以捉摸！懿宗想必对这位奇女子有所耳闻，但口含天宪的帝王，有时器量还真是狭小，容不下一个女子。

在笔者看来，所谓鱼玄机"妒杀"绿翘案是千古奇冤。

温璋，为唐初名臣温彦宏六世孙，为政严明，执法如山，但也有滥用刑罚的嫌疑。他的执政名言是："罪无轻重，恶无大小。除恶务尽，犯意方绝，此谓之能治者。"

咸通十一年（870年）八月，同昌公主得病故亡，唐懿宗悲痛不已，怒杀医官及家属，下狱者三百人。温璋上书，认为量刑过重，唐懿宗大怒，贬温璋为振州司马，责令三日内离京。温璋叹曰："生不逢时，死何足惜？"当晚服毒自尽死。懿宗得知温璋死讯，还气愤地说："恶贯满盈，死有余辜！"

……